Gisela Stammer

Goldkuhle

Einhundertdreißig Jahre Hofgut

Gisela Stammer wurde 1952 auf dem elterlichen Bauernhof in Visselhövede, Landkreis Rotenburg/Wümme, geboren. Nach einer Ausbildung zur ländlichen Hauswirtschaftsgehilfin gelangte sie über Umwege zum Studium (u.a. Literaturwissenschaft und Philosophie).
Sie lebt seit vielen Jahren in Darmstadt, arbeitete teilzeitbeschäftigt an einer Beruflichen Schule und begann, geprägt durch ihre Kindheitserfahrungen im bäuerlichen Umfeld Norddeutschlands, zu schreiben: 2009 erschien der Roman *Bauernkanari*, 2014 der Roman *Heimlichmilch*, 2019 die Erzählung *Heugebläse*.

Lektorat: Mareike Kaden
Umschlagfotos:
Oben: Demonstration gegen den Bau der Autobahn/Bundesstraße über das Oberfeld. Foto: Hilde Roth, Darmstadt, 1950–1990. Stadtarchiv Darmstadt.
Unten: Hofgut, Café und Laden, von der Straße aus gesehen.
Foto: Marianne Kissel-Lesser und Dr. Werner Lesser
Rückseite: Luftaufnahme vom Hofgut, um 1960. Stadtarchiv Darmstadt

ISBN 978-3-96045-339-0
www.atelierbauernhaus.de

Gisela Stammer

Goldkuhle

Einhundertdreißig Jahre Hofgut

Erzählung

Teil I Einblicke in die Geschichte

Personen

Hofmeierei- / Staatsdomänen-Pächter*innen:
Wilhelm Schwarz 1897-1918; Johanna Schwarz 1919-1926; Karl Schwarz 1926-1928; Gustav Vierling und Frau 1928-1970; Eberhard Vierling und Frau 1970-2006;
Hofmeiereiverwalter:
Otto Södler 1892-1895; Wilhelm Schwarz 1896;
Mitarbeiter*innen:
mehrere langjährig Beschäftige, stellvertretend für alle anderen: Leonard Kohlmann; Franz Paulenski; Franz Kriszinski; Christian Schindler; Adam Dapper; Fritz Schindler; Otto Bettin; Bernhard Meiermann; Wolfgang Schindler u.a.... sowie viele weibliche Arbeitskräfte: u.a. Fräulein Maili, Waltraud Liesegang ...

1892/93

Auf der neuen Hofmeierei wurde am Vormittag das erste Kalb geboren. Wie von alleine kam es auf die Welt – sanft landete es am Ende des Geburtsvorganges auf dem sorgfältig vom Melkburschen aufgeschüttelten frischen Stroh, nachdem Vorderpfötchen und Kopf zuvor von Butterblüte, der Mutterkuh, ins Licht der Welt gepresst worden waren. Der Hofmeiereischweizer hatte die Geburt dieses Kalbes in gebotenem Abstand beobachtet. Seine Aufgabe war, wie die eines jeden Schweizers, sich um die Herde zu kümmern, zu melken und Viehzucht zu betreiben. Er wusste genau, wann bei einer Geburt einzugreifen war. In diesem Fall erst jetzt. Wenn alles gut lief, sollte man eine kalbende Kuh in Ruhe lassen, dennoch die Zeit im Auge behalten und die Phasen der Geburt registrieren.

Aber jetzt, das Kalb war da, musste schnell gehandelt und das Kalb sofort entfernt werden. Dies war der Produktivität der Hofmeierei geschuldet. Das Saugen des Kalbes am Euter der Kuh könnte diese dazu veranlassen, ihre Milch auch später noch für das Kalb zurückzuhalten, statt sie der Hofmeierei zu überlassen. Also wurde das Neugeborene mit Hilfe des unter dem Strohbett gelegenen Sacktuches zügig vom Melkburschen und Hofmeiereischweizer von der Kuh fort zur Stallwand gezogen. Jener übernahm sogleich die Rolle der Kalbmutter und entfernte den Geburtsschleim des Neugeborenen – indem er es mit einem Strohbüschel abrieb, während sich im Kalb das Leben zu regen begann, es mit dem Kopf schaukelte, linkische Aufstehversuche unternahm und immer wieder zurück aufs Strohbett fiel. Nebenbei warf er einen fachmännischen Blick auf den Bauch des Tieres: „E Määdsche!“ Lachend rief er es dem Melkburschen zu, der nichts Besseres zu tun hatte, als sich über Pusteblumen lustig zu machen. „Bass bloos uff!“ Bei dieser besonderen, einer hoch auf dem Sockel stehenden

Kuhmutter – große Erwartungen lasteten auf ihren Schultern, genauer gesagt auf ihrem Euter (schließlich befinden wir uns in einer Meierei) –, waren keine albernen Scherze erwünscht.

Butterblüte, obwohl erschöpft von der Geburt, versuchte indessen, soweit es die Kette zuließ, sich nach hinten zu drehen, um nach ihrem Kalb Ausschau zu halten – wie wir wissen, vergeblich. Also begann sie laut nach ihrem Kalb zu bölken. Der Melkbursche sprang eilfertig hinzu, ermunterte sie mit freundlichen Worten und einem aufmunternden Klaps zum Aufstehen, hielt ihr einen Eimer Wasser unter das Maul, streute Kraftfutter in den Trog, damit sie sich von der Geburt erholte, beruhigte und der Schweizer die so wichtige erste Milch für das Kalb, das Kolostrum, auch Biestmilch genannt, im Laufe der nächsten Stunde würde melken können. Am ersten Tag soll ein Kalb fünfmal damit gepäppelt werden.

Die Milch der Mutter, die Milch der Ahnen. Sie war der neuen Hofmeierei mit der Übernahme der Herde der inzwischen dem Erdboden gleichgemachten alten Hofmeierei übergeben worden, und wenn wir uns schon mit dem Nachwuchs in der neuen Hofmeierei beschäftigen, so sollte doch an dieser Stelle ein Blick auf die Ahnentafel dieses jungen Kälbchens geworfen werden: Seine Vorfahren stammen nicht aus dem Großherzogtum Hessen, auch nicht aus dem Deutschen Reich, sondern aus dem Nachbarland, der Schweiz. Unter diesen achtzehnhundertachtzig vom örtlichen landwirtschaftlichen Verein eingeführten Kühen war die Kuh Bernerblume, die Ahnenpatronin des am Vormittag geborenen Kalbes, sozusagen dessen Urgroßmutter. Sie war eine hell gescheckte Simmentalerin des hauptsächlich im Saanental, einem kleinen Nebental, vorkommenden Schlags, der sich besonders durch höhere Milchergiebigkeit gegenüber dem rotscheckigen Simmentaler Vieh auszeichnete. Ihre bereits auf der Hofmeierei gezüchtete dritte Tochter namens Butterblume, des neugeborenen Kälbchens Großmutter, brachte es an den insgesamt dreihundertfünfundsechzig Tagen nach der Geburt fast auf eine, für die damalige Zeit außergewöhnliche, Verdopplung der Hofmeierei-Durchschnittsleistung, nämlich auf sage und schreibe siebentausend Kilogramm Milch. Diese Leistung ist zwar noch um einiges von den Milcherträgen der heutigen Hochleistungskühe entfernt, doch die Richtung war bereits eingeschlagen. Kein Wunder, dass Butterblume bei der DLG-Ausstellung achtzehnhundertachtundachtzig in Breslau den ersten Preis erhielt und damit die bereits im Großherzogtum Hessen als vorbildlich angesehene Hofmeiereiherde im gesamten Deutschen Reich berühmt machte. Ein erster Schritt zum Ruhm dieses Hofes. Dass man später, viele Jahrzehnte später, mit einem anderen ebenfalls hier gezüchteten Tier, einem Pferd, jemals Weltruhm erlangen würde – niemand dachte damals daran, sondern nur an die Wunderkuh, und nach deren Rückkehr aus Breslau geruhten seine Königliche Hoheit, der alte Großherzog, gnädigst, zur Hofmeierei zu fahren, um sich im Beisein des Ökonomierats und Oberhofmeiereiverwalters die Wunderkuh vorführen zu lassen, bevor diese zum Melken in den Stall zurückkam. Zu dem Zeitpunkt lag er noch am Herrngarten, mitten in der Stadt. Damals, in der alten Hofmeierei.

Achtzehnhundertzweiundneunzig musste er wegen des Baus der Technischen Hochschule abgerissen werden. Eine Stadt, die was auf sich hält, möchte sich entwickeln und wachsen, braucht genügend Entfaltungsraum. Deshalb wurde die neue Hofmeierei der Landeshauptstadt Darmstadt draußen vor den Toren der Stadt errichtet, die zu dem Zeitpunkt noch an der Station Rosenhöhe, dem späteren Ostbahnhof, endete. Weit draußen. Dennoch nahm man gerne regen Anteil, und wer seit Monaten den bei den Menschen dieser Stadt so beliebten Spaziergang an der Rosenhöhe vorbei auf der Roßdörfer Landstraße, der heutigen Erbacher Straße, Richtung Wald nicht unternommen und somit immer noch nicht mitbekommen hatte, was sich gen Osten tat, konnte im *Tagblatt* Ende Juli davon erfahren. Kurz vor Eintritt in den Wald auf der rechten Seite, gegenüber der Abzweigung des Katharinenfalltorweges und neben der Dreibrunnenquelle, waren die Wirtschaftsgebäude der neuen Hofmeierei von Frühjahr bis Sommer sozusagen ‚aus der Erde gewachsen' – im Rohbau nahezu fertiggestellt und sogar vom Woogsdamm aus zu sehen!

Das sprach sich in der Stadt herum. Wem der Weg dort hin zu beschwerlich war und wer wenigstens von Weitem einen Blick auf die neue Hofmeierei werfen wollte – und wer wollte das nicht –, der begab sich zum Damm des großen Woogs, einem kleinen Badesee, blickte von dort gen Osten über das Woogswasser hinweg und dann über die freien Felder: Malerisch hoben sich die Gebäude vor dem Waldhintergrund ab. Bevorzugt kamen die Menschen an Sommerabenden mit klarer Sicht und schauten voller Bewunderung auf die so schnell emporgewachsenen Rohbauten, später auf die mit roten Ziegeln gedeckten Dächer. Was der neue Großherzog, erst wenige Monate im Amt, schon alles geschafft hatte!

Nach einer Bauzeit von nur gut einem halben Jahr waren die Wirtschaftsgebäude, repräsentativ im Halbkreis angeordnet, wie geplant im Oktober bezugsfertig. Stattliche Gebäude, die hundert Jahre später unter Denkmalschutz stehen würden. Den Blickfang bildete der zweiundvierzig Meter lange unterkellerte Kuhstall in Hanglage. Linker Hand der Pferde- und Ochsenstall, daneben der Schweinestall, rechter Hand der Milchpavillon und das Kesselhaus mit einem sechs Meter hohen Schornstein.

Bereits seit zehn Tagen genossen die Tiere den Schutz dieser neuen Gebäude. Dann und wann ließ sich ein leises Grunzen hier, das Scharren mit den Hufen dort, ein lautes Wiehern, das Rasseln der Kuhketten vernehmen, schoben die Stallknechte Karren mit Futter über den Hof, klirrte im Schweinestall die Mistforke zu Boden, klapperten die Tagelöhnerinnen mit Eimern im Kesselhaus, wenn sie heißes Wasser zum Abwaschen der Milchkannen holten. Die Dreibrunnenquelle versorgte diesen Hof mit Wasser. Je zwei schwere zwanzig-Liter-Kannen schleppten sie sodann mit dem Tragejoch – die Tagelöhnerinnen, die nicht voller Bewunderung auf die imposanten Stallgebäude schauten. Alle gemeinsam, Mensch und Tier, hauchten dem Hof Leben ein, leisteten ihren Beitrag für dessen Entwicklung.

So auch Otto Södler. Ausgerechnet an diesem Vormittag war er von Ökonomierat Müller wegen der drei Tage zuvor veröffentlichten Anzeige zur Kartoffelbestellung für die Hofmeiereigüter – die Speisekartoffeln für vier fünfzig bis sechs Mark je einhundert Kilo und die Salatkartoffeln für zwölf – in die Administation der Großherzoglichen Hofmeiereigüter, Schloßgartenstraße (kurz ‚Administration' genannt) bestellt worden, um das Auslieferungsprozedere zu besprechen. Immerhin zeigte sich jener recht zufrieden über die große Anzahl eingegangener Bestellungen – Hofmeiereiprodukte waren sehr begehrt – und verwickelte Otto Södler in ein Gespräch, zuerst über Kartoffelsorten, danach über Düngung. Außerdem versäumte Ökonomierat Müller es nicht, darauf hinzuweisen, dass er im Januar einen Vortrag für den landwirtschaftlichen Verein halten werde zum Thema ‚Kunstdünger, insbesondere über dessen Verwendung', und Södler versäumte es nicht, ihm geflissentlich seine Teilnahme zu bestätigen. Danach erkundigte sich der Ökonomierat nach dem Stand der Herde, und wegen der anstehenden Geburt eines Kalbes aus der Butterblumenlinie musste Södler sich einige, ihm längst bekannte Hinweise zur Fütterung der Mutterkuh anhören. Viel lieber aber wäre er selber bei der Geburt dieses wichtigen Kalbes zugegen gewesen, an das er dachte, während er im Galopp zurück zur Meierei ritt. Es hatte zu schneien begonnen. Der erste Schnee Ende Oktober! Nicht auszudenken, wenn die Ställe nicht rechtzeitig fertig geworden wären. Von Weitem bereits vernahm er das laute Rufen einer Kuh nach ihrem Kalb. Nun denn, sie schien wohlauf zu sein. Das andere würde sich legen. Er winkte mit einer kurzen Armbewegung den Pferdeknecht zu sich, damit dieser ihm das Pferd abnahm und eilte großen

Schrittes auf den Kuhstall zu.

Just in dem Moment – als der Schweizer begann, mit Hilfe seines Zeige- und Mittelfingers, an denen das Kalb saugte, dessen Schnäuzchen wieder und wieder in die nahrhafte Biestmilch zu tauchen und es mit Geduld dazu brachte, von dieser Milch zu trinken – wurde die Mitteltür des Stalles schwungvoll von Otto Södler geöffnet. Seine Gesichtszüge entspannten sich beim Anblick des Kalbes: wie die Vorfahren hell und gleichmäßig gescheckt, formschön, kräftiger Knochenbau. Und wie begierig es schon trank! Ein Ausdruck von Lebenswillen. Das kleine Schwänzchen bewegte sich im Takt. Er nickte bestätigend, besonders auch, weil der Hofmeiereischweizer ihm zuflüsterte, dass dies ein Kuhkalb sei. Södlers Blick wanderte im noch nicht voll belegten Stall über die Kuhherde, sah sie bereits wachsen. Dank seines Zuchtgeschickes und wohlüberlegter Fütterung würde er bei den Nachkommen dieser Butterblumenlinie für noch mehr Leistung sorgen. Zufrieden zwirbelte er an seinem Schnurrbart. Er, Otto Södler. Seit einem Jahr Hofmeiereiverwalter, der fünfte innerhalb von zehn Jahren.

Auf der anderen Seite des Stalls klirrten einige Kühe mit den Ketten, machte sich der Stallknecht bei den Schwyzer Braunkühen zu schaffen. Sie waren noch von Oberhofmeiereiverwalter Dettweiler eingeführt worden, wegen durchschnittlich besserer Milchleistung und der nur von ihnen gelieferten, sehr begehrten und gut bezahlten Kurmilch: eine Mark fünfzig für das ganze Glas und 75 Pfennig für das halbe. Wie viel Volumen diese Gläser auch fassten? Kurmilch, die in der Stadt im sogenannten ‚gelben Häuschen' im Großherzoglichen Schloßgarten, noch immer wurde der Herrngarten von der Administration so genannt, täglich von fünf bis acht Uhr nachmittags gegen Milchmarken abgegeben wurde. Wer sich diesen Luxus leisten konnte, wähnte sich in der Schweiz zur Milchkur und das mitten in der Landeshauptstadt des Großherzogtums Hessen.

Nur, was nutzten diese Vorzüge – denn daran begann Södler bereits zu zweifeln –, wenn sich das Braunvieh im Gegensatz zu den Simmentalern wegen offensichtlicher Akklimatisierungsprobleme und schlechterer gesundheitlicher Konstitution jährlich dezimierte? In den großen Kurmilchanstalten in Berlin und Frankfurt wurde deshalb nicht nur das Braunvieh aus der Schweiz importiert, sondern auch echtes Schweizer Heu dazu, an das die Tiere gewöhnt waren und mit dem sie ausschließlich gefüttert wurden. Solch ein Aufwand rechnete sich nicht für eine Hofmeierei dieser Residenzstadt.

Södler kalkulierte vor allem mit dem Simmertaler Bestand, der Butterblumenlinie einerseits, von der es leider nur wenige Nachkommen gab, und mit den anderen in den letzten Jahren importierten Simmentalern. Einige brachten es deutlich über den Hofmeiereidurchschnitt von dreitausendachthundert Kilo. Wenngleich sie nie, auch wenn weiterhin davon geträumt wurde, Butterblumes Höchstleistung je erreichen sollten. Zudem brachte jedes Tier im Vergleich zur Odenwälder Rasse einhundert Kilo mehr auf die Waage und ließ sich demzufolge auch als Schlachtvieh vorzüglich vermarkten; die männlichen Tiere konnten außerdem als Zugochsen genutzt werden. Die Simmentaler – ein Dreinutzungsrind also. Noch spielte das Gesamttier bei der Zucht eine Rolle, und das würde auch eine Weile andauern. Wenngleich der Anreiz, den die Mendelsche Vererbungslehre für die Züchtung bot, sich bei der Zucht vor allem auf einen Aspekt, die Milchleistung, zu konzentrieren, in den Gedankengängen der Züchter zunehmend auszubreiten, ja, einzunisten begann. Schließlich ließ sich die Steigerung der Milchleistung direkt in Mark und Pfennig umsetzen. Milch war zur damaligen Zeit knapp und brachte einen guten Preis. Dass am Ende, wie bei den Hochleistungskühen der heutigen Zeit, sogar die Hörner fallen und die Kühe zu Großeuterwesen mit erheblichen Gehproblemen entwickelt werden könnten, die nach zwei Laktationsperioden im Alter von vier bis fünf Jahren erschöpft der Massenschlachtung zugeführt werden mussten – nein, das war damals noch nicht absehbar. Schon gar nicht in Södlers stolzem Blick auf die ihm anvertrauten Simmentaler mit ihren wohlgeformten Hörnern in diesem Musterstall der damaligen Zeit.

Nach dem neuesten Stand der Stallbautechnik angelegt, mit preußischer Kappendecke, schienengeführter Ver- und Entsorgung, feingerillter Terrakotta-Liegefläche für die Kühe, abgedeckt mit reichlich Stroh, verteilt auf vier Reihen mit je fünfundzwanzig Anbindeplätzen. Luftschächte, große und zahlreiche Türen und Stallfenster unter roten Backsteinbögen, vor denen jetzt die Schneeflocken immer dichter tanzten, sorgten für Licht und angemessene Frischluftzufuhr. Anbindevorrichtungen, sich selbst füllende Tränken für geplant einhundert Kühe. Nur für Kühe und ein bis zwei Bullen, versteht sich. Nicht für die Nachkommen. Die Kälber blieben nur kurz auf der Hofmeierei. Die Zweitbesten wurden auf dem nahegelegenen Viehmarkt am Judenteich in der Nähe der Station Rosenhöhe verkauft und fanden reißenden Absatz. Selbst zweitklassige Hofmeiereitiere waren im Großherzogtum begehrt. Die Besten blieben der Hofmeierei vorbehalten und Fettvieh wurde am liebsten direkt auf dem Hof versteigert, denn dann mussten die Käufer auf dem Weg zurück in die Stadt den Octroi (Zoll) entrichten, nicht die Hofmeierei, immerhin zehn Mark fünfzig für einen Ochsen.

Das frisch geborene Kalb begann mit seiner quäkenden, aber doch bereits kräftigen Stimme zu blöken, nachdem der Schweizer ihm die erste Portion Biestmilch eingeflößt und es alleine, angebunden mit Hilfe eines Strickhalfters an einem Haken an der Stallwand hinter der Mutterkuh, auf seinem Strohbett zurückgelassen hatte. Was Butterblüte dazu veranlasste, mit markerschütternden, kurz aufeinander folgenden, nicht abebbenden Kuhmutterrufen zu antworten. Södler, sichtlich genervt von diesem Krach, war gedanklich mit der

Aufstockung und Veredlung der Herde beschäftigt. Denn die außerordentlich gute Kartoffelernte dieses Jahres, insbesondere der Sorte ‚Paulsens große Riesen' würde er dazu benutzen, bei der nächsten Einfuhr Simmertaler Viehes im folgenden Jahr großzügig einzukaufen. Er warf dem Schweizer einen auffordernden Blick zu, jener dem Melkburschen, der sofort zu Butterblüte sprang, ihr den Hals tätschelte, ihr gut zusprach, Kraftfutter nachlegte. Butterblüte ließ sich zumindest kurzzeitig bestechen und fraß. Der Jahrtausende währende Prozess der Domestizierung von Kühen hatte bei ihr, wie bei den anderen Kühen, gewirkt und das Aufbäumen gegen von Menschen gemachte Regeln weitgehend weggeschliffen, sie zu duldsamen Wesen geformt. Dennoch waren sie nicht alle gleich, sondern kleine Persönlichkeiten. Einige Kühe muhten nach der Geburt unablässig, manchmal sogar tagelang nach ihrem Kalb, andere schwiegen und ließen geschehen, was geschah. Butterblüte war eine von denen, die sich sonst eher in Zurückhaltung übte, auch wenn sie jetzt, kurz nach der Geburt, weiterhin nach ihrem Kalb rief. Beim Melken zeigte sie sich dennoch zugänglich und folgsam. Södler nickte ihr anerkennend zu, prüfte an ihren Ohren, ob sie Milchfieber haben könnte und verließ den Stall, nicht ohne im Gehen anzumerken, dass das neue Kälbchen – das der Schweizer, so lange Södler da war, sich bemüßigt fand zu beruhigen, indem er es an seinen Fingern lutschen ließ – Blütenmilch heißen werde. Der Melkbursche grinste vielsagend.

Draußen vor dem Stall wurden Rufe laut und Türen an der hinteren Seite links, der Ostseite des Stalles, der noch nicht vollständig mit Kühen belegt war, aufgerissen. Zwei Ochsengespanne vor je einem hoch mit Heu bepackten Ackerwagen waren früh morgens bei noch trockenem Wetter losgezogen und jetzt gegen Mittag im Schneetreiben zurückgekehrt. Weiße Flöckchen zierten das Kopfhaar der Ochsen; auf ihrem dampfenden Rückenfell schmolz der Schnee in Rinnsalen am

Fell hinunter, auf den Heufudern blieb er als Zentimeter dicke Schicht liegen.

Die Heuernte hatten sie zum großen Teil in die für die neue Hofmeierei im Sommer im Westen der Stadt gebauten Scheunen hinter der Bahnlinie gelagert. So war zur Erntezeit, wenn das Heu zügig geerntet werden musste, der Weg nicht so weit. Immerhin lagen sieben Kilometer zwischen der neuen Hofmeierei im Osten und dem Acker und Wiesenland im Westen. Diesen Weg musste man erst einmal mit einem Gespann zurücklegen. Zudem hatte sich im Sommer die neue Meierei noch im Bau befunden. Lediglich in den neuen Schuppen an der Erbacher Straße sechzig war in nur fünfhundert Metern Entfernung von der Meierei eine kleinere Menge Heu zur Zwischenlagerung gebracht worden, damit für die Kühe nach dem Rücktrieb von der Sommerweide schnell in der Nähe Futter zu beschaffen war.

Auf dem Hof waren inzwischen die Gurte der Fracht gelöst worden und Forken voller Heubüschel wegen des Schneetreibens – das Heu sollte möglichst trocken bleiben, auch wenn es in den nächsten Tagen verbraucht würde – eilig vom Wagen nach unten geworfen, von dort in einer Arbeitskette weiter in den trockenen Stall in sicherem Abstand zu den Kühen auf einen großen Haufen. Die Stallknechte und die Tagelöhner arbeiteten mit, auch die Tagelöhnerinnen, die längst die Milchkannen, Milchflaschen und das Milchgeschirr abgewaschen, der Frau des Verwalters und der Magd Feuerholz herbeigeschleppt, riesige Schüsseln mit Kohl und Kartoffeln geputzt hatten – für die täglich im Kesselhaus in der provisorisch eingerichteten Küche (bald würde ja das Gutshaus stehen, dachte man) zu kochende kräftige Suppe. Die Tagelöhner verdienten pro Tag zwei Mark. Die Tagelöhnerinnen eine Mark zwanzig. Beim Heuabladen im Takt arbeiteten alle gleich schnell. Für ein zweieinhalb Kilo schwarzes Brot mussten die Frauen einen knappen halben Tag arbeiten. Niemals kamen sie auf die Idee, an Kurmilch auch nur zu denken oder sich Hofmeiereimilch per Literflasche für eine Mark achtzig ins Haus liefern zu lassen. Kindermilch war noch teurer. Sie waren froh, dass sie für ihre Familie, so lange das Geld reichte, Milch direkt am Stall kaufen konnten.

Draußen auf dem Hof deckte der Schnee alles zu. Erst bei dauerhafter Trockenheit würden die nächsten Heufuder zur Lagerung auf dem Heuboden hergebracht werden. Hoch oben über dem Stall. Dort herrschte nämlich noch gähnende Leere unter dem mächtigen Gebälk des Dachstuhls – ein Ausdruck perfekter Zimmermannskunst – gebaut mit dem besten Bauholz, das der Hofmeiereilieferant Diehl aus Groß-Gerau je geliefert hatte. Die Fertigstellung des Dachstuhls war bereits Ende August beim Richtfest durch einen prächtig geschmückten Fichtenbaum verkündet worden. Mit geschwellter Brust und stolzem Blick hatte Diehl beim Zimmermannsspruch auf den mit seinem erstklassigen Bauholz gebauten Dachstock geschaut. Hergezogen von Groß-Gerau mit einer Kolonne von Vierspännern; ein Wagen vollbepackt mit Bauholz hinter dem anderen. Die Menschen standen an der Straße und gafften mit offenen Mündern. Dieser Transport hatte fast so viel Aufsehen erregt, aber nur fast, wie ungefähr fünfzehn Jahre später der Transport eines Riesenkessels für das neue Hallenbad, das Jugendstilbad, erregen wird. Alleine für dessen Anlieferung über die Rheinstraße, den Luisenplatz, am Schloß vorbei, die Landgraf-Georgstraße hoch zum Mercksplatz, waren zehn Pferde erforderlich gewesen. Doch das Diehlsche Bauholz mit zwanzig Pferden in fünf Vierspännern legte einen eindeutig längeren Weg zurück. Schließlich kam es ganz von Groß-Gerau. Im Westen der Stadt gelegen.

Der Westen, der so wichtig ist für diese Hofmeierei. Denn ein Hof ohne genügend Futter und Feldfrüchte lieferndes Land ist nichts.

Im Westen, auf der anderen Seite der Stadt, liegt sechzig Prozent des Acker-, Weide- und Wiesenlandes. Das sind zusammen knapp achtzig Hektar – vorwiegend auf dem Löcherfeld hinter der Bahnlinie zwischen der heutigen Mainzer (früher Weiterstädter) und Gräfenhäuser Straße, aber auch auf dem Niederfeld. Auf dem nördlichen Löcherfeld und Heinheimerfeld befinden sich je zehn Hektar Hofmeiereiland, aber nur knapp vierzig Hektar liegen direkt gegenüber der neuen Hofmeierei auf dem Oberfeld im Osten der Stadt an den Ausläufern des Odenwalds. Das Oberfeld, das sich die Hofmeierei zu dem Zeitpunkt noch mit dem Karlshof und vielen Kleinsteigentümern aus der Stadt teilen muss.

Seit dreieinhalb Jahrhunderten liegen die Felder der Hofmeierei weit in der Gemarkung verstreut. Mit dem Bau der neuen Hofmeierei im Osten liegen sie noch weiter entfernt. Das bedeutet Mobilität. Ein Teil des Weges Richtung Westen bis zum Nieder- und Löcherfeld, den auch das Diehlsche Bauholz aus Groß-Gerau passiert hatte, kann durchaus als Hofmeiereiweg bezeichnet werden. Mehrfach in der Woche, oft täglich, musste er zurückgelegt werden. Dieser Weg kam einem kleinen Ausflug gleich, denn immerhin waren jetzt rund sieben Kilometer zurückzulegen, statt früher vier; nicht mit dem Auto, einem vor PS strotzenden Trecker, einem E-Bike, sondern mit einem Pferde-, oder noch langsamer, einem Ochsengespann. Mit einer Stundengeschwindigkeit, je nach Ladung und Zugtier, von ungefähr zwei bis acht Kilometern.

Diesen Ausflug wird auch das Kalb Blütenmilch am siebten Tag seines Lebens unternehmen. Allerdings nur in eine Richtung. Zunächst. Es kommt für zwei Jahre zur Aufzuchtstation der Hofmeierei, um dann als Rind oder schon tragendes Rind wieder zurückzukehren. Der Schweizer hob es, nachdem es seine letzte Portion Muttermilch getrunken hatte, auf den kleinen mit Stroh ausgestreuten Wagen. Lattengitter waren für den Transport befestigt worden, der Pferdeknecht spannte ein Zugpferd ein, und es war an diesem Tag Otto Südler, der Verwalter persönlich, der den Kutschbock bestieg, die Zügel in die Hand nahm und Blütenmilch zur Aufzuchtstation brachte.

Er würde bei dieser Gelegenheit nach den anderen Jungtieren schauen, mit dem dortigen Verwalter über Futtervorräte sprechen und außerdem nach dem im Westen gelegenen Wiesen- und Ackerland schauen.

Im leichten Trab ließ er das Pferd laufen. Zumindest außerhalb der Stadt. Blütenmilch legte sich nach dem ersten Schreck bei der Anfahrt, immerhin war es seine erste Fahrt, vorsichtshalber auf das wärmende Stroh, den Kopf auf die Vorderläufe gestützt. Wenn es verstehen würde, was es durch die Ritzen des Lattengitters zu sehen bekam, dann würde es auf der rechten Seite beim Befahren der inneren Ringsstraße, des heutigen Spessart- und Rhönrings, den hochaufgeschütteten Bahndamm der Odenwaldbahn erkennen, rechts die Unterführung am Ende der Kranichsteiner Straße und den Arheilger Weg. Letzterer wurde beim Einbiegen Richtung Heinheimer Feld benutzt.

Einige hundert Meter weiter entstand der neue Schlacht- und Viehhof. Eine gute Nachricht für den Verwalter – bessere Vermarktung bot mehr Gewinn. Blütenmilch lag derweil ahnungslos hinten auf der Ladefläche des Wagens auf Stroh. Auch zukünftige Hochleistungskühe können möglicherweise frühzeitig dort enden.

Wie sich die Stadt doch entwickelte! Südler bog links in die Frankfurter Straße ein. Nicht nur hier im Norden und im Nordwesten – in alle Richtungen der Stadt wuchsen neue stattliche Häuser. Er schaute anerkennend zu den Fassaden hoch und bog rechts in die Pallaswiesenstraße ein. Ein Jahr zuvor im Mai 1891 hatte Buffalo Bill mit seiner Wildwestshow rechts auf dem Gelände hinter der Ecke Frankfurter Straße gastiert, in einer kurzfristig aufgebauten Arena von dreihundert mal zweihundertfünfzig Metern mit einhundert Indianern und einhundert Weißen, einhundertsiebzig Pferden, achtzehn Büffeln, sechs Mauleseln und einem Stier. Diese Begebenheit wird vor allem deshalb erwähnt, weil sechzig Jahre später immer noch davon gesprochen werden wird, zumindest auf der Meierei, und ein Melkbursche sich selber mit Kunststücken auf einem Stier erprobt – leider zu seinem eigenen Nachteil. Buffalo Bills Show hier in der Pallaswiesestraße war dagegen ein sensationeller Erfolg gewesen.

Aber bereits wenige Monate danach wurde auf dem Gelände begonnen, Baugruben auszuheben. Die Stadt fraß Land. Jetzt war erstes Mauerwerk hochgezogen. Otto Södler ließ das Pferd wieder schneller laufen, es kamen nur noch eine Gießerei, das Haus des Hofzimmermeisters Mahr, ein Schuppen und das Octroihäuschen der Stadt, auf der gegenüberliegenden Seite das Armenhaus in der Nummer sechzig. An der Gabelung Gräfenhäuser- und Pallaswiesenstraße stand die Windmühle. Danach begann die Einöde. Verstreute kleine Ansiedlungen von Industrie, ein Lumpenlager, Acker-, Wiesen- und Weideland. Das üppige Grün des Sommers war gewichen, der Himmel grau. Der Schnee des frühen Wintereinbruchs hatte sich verzogen.

Hinter der Bahnlinienunterführung befanden sich vorne das Wiesenwärterhäuschen und die neue Großherzogliche Feldscheune mit dem Unterstand für Kühe, dem alten Geschirrhäuschen und dem angrenzenden Wiesen- und Ackerland. Im Vorbeifahren sah Södler, dass das erste Fuder Heu bei der Feldscheune fast hoch aufgeschichtet war. Fuder um Fuder musste noch zur Meierei im Osten der Stadt gebracht werden. Das gab zusammen mit anderen Aufgaben, dem Dreschen, Rüben ernten und einmieten, Kartoffeln aus den Mieten holen, sortieren, Hofarbeit erledigen Beschäftigung für Knechte und Tagelöhner mit Kontrakt, die täglich kamen, und für die nur bei Bedarf bestellten Tagelöhner. Schließlich brauchte man sie im Frühjahr zur Bestellung und dann zur Ernte wieder. Und da es schwieriger wurde, wie es unter Groß- und Kleinbauern nicht nur im Großherzogtum hieß, ‚brauchbare' Landarbeiter überhaupt noch zu bekommen, sollte man sie nicht zu lange auf Arbeit warten lassen. Die Wirtschaft war in Schwung gekommen. In der Stadt gab es Maschinenbau-, Möbel- und chemische Industrie, die mit höherem Wochenlohn und weniger Arbeitszeit lockte. Die Gesindeordnung verlangte dagegen zwölf Stunden täglich, bei der Ernte deutlich mehr. Man vermietete seine Dienste – mit bedingungslosem Gehorsam versteht sich. Ein sechzehnjähriger Jungknecht war kürzlich von seinem Landwirt im Landkreis mit der Peitsche geschlagen worden und blutüberströmt zusammengebrochen. Es gab bessere und schlechtere Herren, an die man sich vermietete. Die Hofmeierei war zum Glück ein Vorzeigebetrieb.

Södler ließ das Pferd links zu den Pallaswiesen des Niederfelds abbiegen. Der Gehaborner Hof, der auf eine lange Geschichte zurückblicken kann, war bald in Sicht. Nicht im Halbkreis wie die Wirtschaftsgebäude der Hofmeierei, nein, im Quadrat war diese Hofstelle angeordnet, auf drei Seiten umgeben von einem Wall mit stattlichen Bäumen, Wald, Wiesen- und Ackerland. Seit sechzig Jahren schon diente er der Hofmeierei als Aufzuchtstation.

Die Gebäude waren deutlich in die Jahre gekommen und renovierungsbedürftig. Aber wer im Inneren des Kuhstalls die Aufzuchtstation sah und den Blick über die Kälberboxen mit zwanzig bis dreißig gut gewachsenen Tieren schweifen ließ, wusste, dass hier eine wohlgenährte, gepflegte, leistungsfähige Rinderherde herangezogen werden sollte. Dahinter in Reih und Glied angebunden auf Stellplätzen die größeren Jungtiere und Kühe zum Verfüttern ihrer Milch an Kälber in den ersten zwei Monaten und zur Lieferung in die Stadt.

‚Naturgemäße Aufzucht' lautete die Devise der Administration. Dies galt ab jetzt auch für das Kalb, Blütenmilch, in seiner frisch ausgestreuten Box, links und rechts jeweils ein etwas älteres Kalb aus der Hofmeierei. Ängstlich schaute es auf die neue Umgebung. Nach dem Abgewöhnen von Kuhmilch würde es eine eiweißhaltige Tränke aus gleichen Teilen Leinsamen-, Leinkuchen- und Hafermehl mit Lupinenschrot warm zubereitet bekommen, nach vier Monaten kalt zubereitet, dazu trockenen Hafer mit Malzkeimen, Heu, frisches Wasser. Später dann nur noch Trockenfutter. Im ersten Jahr würde Blütenmilch nicht angebunden in Boxen bleiben, im Frühjahr und Sommer auf die den Gehaborner Hof umgebenden saftigen Wiesen kommen. Wiesen, die der Hofmeierei im Osten so sehr fehlten. Ab dem zweiten Jahr heißt ‚naturgemäß' an einer Kette gebunden im Stall stehen. Frisches Gras wurde von draußen in den Stall gebracht. An die frische Luft kamen die Tiere erst wieder als Kühe auf die Sommerweide, die man nur Dank des so üppigen Wachstum verleihenden Kunstdüngers einrichten konnte.

Auf Gehaborn lassen wir Blütenmilch zurück. Sie wird sich bald eingewöhnen. Alle ihre Vorfahren haben sich eingewöhnt.

Mit dem Zustand der Jungtiere in der Aufzuchtstation war Södler sehr zufrieden, mit dem Zustand der Großherzoglichen Pallaswiese, das ist längst bekannt, nicht. Tatsache war, dass es stellenweise Verschlammung durch Stickstoffübersättigung auf den Pallaswiesen gab. Nicht nur auf den vierundzwanzig Hektar der Hofmeierei, sondern auch auf dem städtischen Teil und auf den Parzellen der Privatbesitzer. Klagen wurden laut und lauter, weil sich statt der gewünschten süßen Wiesenkräuter Brennnesseln, Kälberkraut und wilder Kümmel ausbreiteten, was tendenziell den Ertrag reduzierte. Da nutzte es nicht viel, dass die Stadt erst kürzlich über den außerordentlich guten Ertrag von Futterrüben, auch Dickwurz genannt, auf einem gerodeten Stück der großen städtischen Pallaswiese lobpreisend berichten ließ. Der gute Ertrag – einzig dem Abwasser der Stadt als alleiniger Düngung war er zu verdanken, denn damit war es berieselt worden. Jedoch es gab des Düngers zu viel und es würde noch viel mehr geben, mithin die Verschlammung zunehmen, denn die Stadt wuchs und wuchs; alleine zwischen 1885 und 1890 um gut dreißig Prozent auf siebenundfünfzigtausend Einwohner. Und sie wuchs weiter und mit ihr die Menge an Fäkalien. Es würde also zukünftig noch mehr Abwasser aus der Stadt in unterirdisch gebauten Schwemmkanälen zum Hauptkanal fließen, sich dort mit dem die Stadt unterirdisch durchfließenden Darmbach vermischen, was zu einer gewünschten Verdünnung des Abwassers führte, und dann Dank des Gefälles vom Odenwald Richtung Rhein zur großen, für diesen Zweck inzwischen aber viel zu kleinen, Pallaswiese geschwemmt werden. Aber die Stadt hatte sich nun mal entschieden, statt der Abwasserentsorgung über eine teure Kläranlage die preisgünstigere Verrieselung des Abwassers auf Rieselfelder zu wählen.

Einerseits nahmen die Eigentümer dieser Wiese den kostenlosen Dünger aus der Stadt dankbar entgegen, anderseits musste angesichts der schieren Mengen ein wachsames Auge auf diese Entwicklung geworfen werden. Das sprach sich herum. Auch in der Administration wusste man um die Verschlammung. Ökonomierat Müller hatte Södler beauftragt, regelmäßig einen Blick auf diese Wiese zu werfen und herauszubekommen, was die Stadt zu tun gedenke. Deshalb ließ Södler das Pferd anhalten, als er den städtischen Wiesenwärter, Johannes Gimbel, beim Ausmähen eines Kanals auf dem Rückweg gewahr wurde. Jener musste nicht nur für den freien Fluss des Abwassers in den Kanälen sorgen, sondern auch, basierend auf einem Jahrhunderte alten Wasserrecht, die Schleusen für die verschiedenen Eigentümer der Pallaswiese an bestimmten Tagen und Stunden zur Rieselbewässerung öffnen. Gimbel nickte zwar freundlich, als Södler ihn wegen der Verschlammung ansprach, blieb aber ungewöhnlich wortkarg. Er wollte auf keinen Fall von Södler in ein Gespräch verwickelt werden. Womöglich würde er sich verplappern und doch etwas von dem erzählen, was er bei der letzten Begehung durch Mitarbeiter des städtischen Tiefbauamtes aufgeschnappt hatte. Nein, das solle ihm keiner nachsagen können. Und da nichts aus dem Wiesenwärter herauszubekommen war, lüftete Södler den Hut und ließ das Pferd weiter traben über die Straße hinweg, an der Hofmeierei-Scheune vorbei, vorne das kleine

Wäldchen. Daneben die Großherzogliche Sommerweide – sie machte einen respektablen Eindruck. Dahinter das bis an die Gräfenhäuser Straße heranreichende Ackerland. Der Winterroggen war frühzeitig ausgebracht worden. Oekonomierat Müller hatte ihm die Düngeempfehlung des Professors Wagner der landwirtschaftlichen Versuchsstation der Stadt zur Herbstbestellung rechtzeitig zukommen lassen. Denn bei dem mehrfach auf gleichen Parzellen der Hofmeierei angewendeten Thomasmehl, einem bei der Stahlerzeugung als Nebenprodukt gewonnenem phosphatreichen Düngemittel, waren inzwischen die gewohnten Erfolge ausgeblieben. Superphosphat lautete nun Professor Wagners Empfehlung, auch wenn Guano und Knochenmehl ebenfalls eine gleichmäßige Düngung versprachen. Superphosphat war am preisgünstigsten. Schließlich musste man rechnen. Der Roggen stand gut. Im Frühjahr würde Richtung Weiterstädter Grenze Gerste ausgesät. Ein kleines Lächeln huschte über Södlers Gesicht, während sein Blick über Weide- und Ackerland streifte. Das beste Futter sollte die Tiere satt und leistungsstark, die Menschen beschäftigt, die Ackerfrüchte verkauft werden lassen. Der Erlös könnte in noch besseren Dünger, noch besseres Kraftfutter – Erdnusskuchen, Palmkuchen, Malzkeime – investiert werden. Die ersten Regenwälder wurden bereits europäischem Tierfutter für leistungsfähigere Kühe geopfert. Dass dagegen ab Januar des folgenden Jahres die Tagelöhne um zehn Prozent steigen würden, weil die Tagelöhner eine bessere Krankenversicherung bekamen, hätte Södler gerne abgelehnt.

Der älteste und erfahrenste Tagelöhner, vom Verwalter entsprechend angewiesen, war am Vormittag mit einem Trupp bestellter Tagelöhner und den beiden Tagelöhnerinnen zum Rübenblattköpfen auf dem nur fünf Fußminuten entfernt gelegenen Oberfeld gewesen, wo am Samstag zuvor noch Schießübungen des Infanterie-(Leibgarde)-Regiments Nr. 115 mit scharfer Munition stattgefunden hatten. Die Tagelöhner bückten sich dann und wann unauffällig und ließen das eine oder andere fehlgeleitete Projektil in ihrer Jackentasche verschwinden. Alles würden sie nicht finden. Denn noch einhundertdreißig Jahre später wird das eine oder andere bei der Arbeit im Saisongarten wieder zum Vorschein kommen.

Beim Mittagessen in der Gesindestube neben der provisorischen Küche am Kesselhaus im langgestreckten Gebäude mit den schlichten Mauern saßen Knechte, Mägde, Tagelöhner, Melker, Verwalter um einen riesigen Tisch vor einem tiefen Teller mit Kohl- und Kartoffelsuppe und ein paar Bröckchen fetten Fleisches. Nach fünfstündiger harter Arbeit saßen sie dort. Brot gab es genug. Der Schweizer und seine Frau waren nicht dabei. Sie lebten in der oberen Wohnung des Milchpavillons mit direktem Zugang zum Kuhstall, in der unteren wohnte Otto Södler mit seiner Frau. Fürs Erste, bis das Gutshaus stehen würde. Sie stand dem Hofmeiereihaushalt vor, wies Mägde und Tagelöhnerinnen an, wenn sie ihr zur Verfügung standen. Die Magd kümmerte sich mit ihr um das Durchseien der Milch in große Kannen für die Milchhändler, das Abfüllen für die vorbestellte Auslieferung an Kunden und die Verarbeitung kleinerer Mengen Milch zu Butter. Um die Wäsche kümmerten sie sich, die Reinigung, die Verköstigung des Gesindes. Die Jungmagd versorgte die Hühner, erledigte Botengänge, half dort, wo sie helfen konnte, auch auf dem Feld, schüttelte die Strohsäcke auf den Betten der Mägde und Knechte auf, die in den Kammern neben der Gesindestube schliefen. Im Winter waren die Bettdecken klamm gefroren. Die beiden Tagelöhnerinnen arbeiteten im Kesselhaus, im Stall und auf dem Felde. Fünf Kinder hatte die jüngere Tagelöhnerin. Die kleineren lebten bei ihr und ihrem Mann, hausten beengt in einem winzigen Anbau an der Scheune eines Bauern im Martinsviertel. Immerhin gab es einen Ofen zum Suppe kochen und ein kleines Gartenstück für Kartoffeln und etwas Gemüse. Die beiden großen verdingten sich als Gesinde auf dem Karlshof. Spätestens wenn man heiratete, wurde man Tagelöhner. Einmal Tagelöhner, immer Tagelöhner. Für die ältere Tagelöhnerin gab es nur eine Schlafstelle in der Altstadt von abends um acht bis morgens um sechs. Wohnraum war knapp und teuer. Der Bruder des alten Großherzogs hatte im Jahr zuvor für sich ein Palais auf der Rosenhöhe gebaut, genauer gesagt: er hatte bauen lassen. Auf der Rosenhöhe spielte der Preis keine Rolle. Auch nicht der Preis für eine Droschkenfahrt bis zur neuen Hofmeierei in der Erbacher Straße 125, der auf eine Mark zwanzig für ein bis zwei Personen im Einspänner festgelegt wurde. Seine Hoheit hatten ein eigenes Gefährt. Selbst am Jahresanfang kamen immer noch gerne Menschen aus der Stadt und schauten auf diesen halb fertigen Hof. Manche kamen nicht mit der Droschke, sondern mit dem immer beliebter werdenden Fahrrad. Die Tagelöhner kamen und gingen (nach zwölf, im Sommer auch mehr Stunden Arbeit) zu Fuß zur Stadt zurück.

Das neue Jahr begann für Otto Södler mit einem Paukenschlag. Butterblüte brachte es bei der monatlichen Milchfeststellung auf eine Tagesleistung von knapp dreißig Liter! Wenn er diese Leistung auf das gesamte Jahr nach dem Kalben hochrechnen würde? Aber das machte er lieber nicht, denn bekanntlich flachte die Kurve irgendwann ab. Dennoch würde Butterblüte möglicherweise ihre Mutter Butterblume überholen können. Vielleicht. Und über siebentausend Kilo Milch im Jahr liefern? Unglaublich, dachte er sich. Gut dreihundert Jahre zuvor hatten die Kühe im Großherzogtum so wenig Milch gegeben, dass sich das Melken damals kaum lohnte und die Bauern sie vor allem zum Dungspenden hielten, für den Erhalt der Bodenfruchtbarkeit; Bodenfruchtbarkeit, die später durch die Aussaat von Klee und Luzerne zusätzlich gestärkt wurde und seit gut zwei Jahrzehnten nun durch den zunehmenden Einsatz von Kunstdünger, der sogar zu Ernten mit Überfluss führte. Das minderwertigere Heu von der Pallaswiese war bereits im Juni versteigert worden. So viel hatten sie ernten können.

Der nächste Paukenschlag ging in die andere Richtung. Am

sechzehnten des Monats, noch vor des Kaisers Geburtstag, dessen üblicherweise mit Paraden in der Stadt und eines Festessens gedacht wurde, bemerkte der Schweizer frühmorgens, dass bei zwei Kühen, die nicht fressen wollten, Speichelfäden aus dem Maul flossen, dass sie Fieber hatten, Schmerzen beim Auftreten und deutlich weniger Milch gaben. Södler wurde sofort informiert. Dann die Administration. Dann die Polizei. Am Folgetag, einen Tag vor der polizeilichen Bekanntgabe mit Anordnung der Gehöftsperre, wurde die ‚verehrliche Milchkundschaft' von Södler im Namen der Großherzoglichen Hofmeiereiverwaltung per Anzeige darüber in Kenntnis gesetzt, dass die Maul- und Klauenseuche in ihrem Stall ausgebrochen sei und dass selbstverständlich nicht die Milch erkrankter Tiere versandt werde, sondern die Milch von den Hofgütern Gehaborn und Kranichstein. Wenigstens das gute Ansehen der Hofmeierei wollte man zu erhalten versuchen.

Södlers Gesicht wirkte in diesen Tagen aschfahl. Seine Kalkulation für das neue Jahr brach, als er in den Stall geholt wurde, innerhalb von Sekunden zusammen. Die Maul- und Klauenseuche im neuen Stall. Mit den vielen Tieren – wenigstens war Blütenmilch auf Gehaborn in Sicherheit. Die Ansteckungsrate war sehr hoch und der Schaden immens. Der Schweizer sah, wie die Tiere litten. Die Tiere mochten wegen der Schmerzen verursachenden Bläschen im Maul nicht fressen, fielen vom Fleisch, gaben deutlich weniger Milch; Milch, die nur abgekocht und zu einem geringen Preis verkauft werden konnte. Die frisch geborenen Kälber starben und die eine oder andere schwächelnde Kuh. Einige Tiere würden sich nicht von dieser Krankheit erholen und müssten als abgemagertes Schlachtvieh verkauft werden. Wie ein Gespenst zog diese Seuche wieder und wieder durchs Land. Mitte Oktober war sie schon in Hofraithen nicht nur in der Kranichsteinerstraße ausgebrochen, sondern auch im Herdweg, Anfang Dezember wieder erloschen, zu Weihnachten gab es einen neuen Fall. Södler hatte damals vergeblich gehofft, dass die Seuche danach gen Norden verschwinden würde. Vier Wochen würde sie sich auf der Hofmeierei halten. Es wurde spekuliert, ob die Neugierigen am Hofeingang, oder ob man sie sogar selber mitgebracht habe, durch die vielen Fahrten zu den Feldern im Westen, vorbei an der Kranichsteiner Straße. Oder die Tagelöhner, die man unbedingt brauchte? Sie kamen aus verschiedenen Ecken der Stadt.

Und Butterblüte, die einst so stolze Simmenthaler Kuh? Die gute Butterblüte lebte, war aber zwei Wochen nach Ausbruch der Krankheit bereits so abgemagert, dass man sie kaum wiedererkannte, auch nicht von ihrer Milchleistung her. Dabei hatte von Beginn an in den neuen Wirtschaftsgebäuden alles perfekt geklappt.

In diese Misere hinein, es war schon Anfang Februar, verbreitete sich das Gerücht, dass die Stadt zur Vergrößerung der Rieselflächen für das städtische Abwasser das Großherzogliche Hofmeiereigut Gehaborn kaufen wolle. Befeuert wurde diese Debatte durch den Abdruck einiger Fachvorträge zu diesem Thema in der Tageszeitung, aus denen unmissverständlich hervorging, dass die Rieselfläche deutlich und nicht nur um ein paar mehr Hektar größer werden müsse. Zum gegenwärtigen Zeitpunkt musste ein Hektar Rieselfläche die Fäkalien von sechshundertvierzig Bewohnern aufnehmen. Eigentlich sollte für nur zweihundertfünfzig Stadtbewohner ein Hektar zur Verfügung stehen. Die Stadt hielt dagegen, Sandboden, wie der auf der Pallaswiese, könne deutlich mehr Fäkalien aufnehmen und Danzig mit gleichen Bodenverhältnissen verteile ebenso die Fäkalien von knapp sechshundert Einwohnern auf einen Hektar. Man solle doch nicht mit schlechten Vorbildern argumentieren, wurde dem entgegengehalten und überhaupt habe bereits ein sieben Jahre zuvor erstelltes Gutachten auf all die Missstände hingewiesen. Nicht einmal regelmäßige Messungen seien seitdem erfolgt, die Aufschluss über die Verdünnungs- und Suspensionsrate der Düngestoffe im Abwasser gaben, eine Voraussetzung für guten Düngeerfolg in der Landwirtschaft und die Berechnung der wirklich benötigten Rieselflächen.

Der Druck auf die Stadt wuchs weiter. Dort war man sich einig. Von der Lage her böte sich, da nahe am Darmbach gelegen und von weit über hundert Hektar Weide- und Ackerland umgeben, einzig und allein Gehaborn an. Man blickte dabei sogar schon vorsichtig zu den Nachbargemeinden Weiterstadt und Griesheim hinüber. Dort kämen zusätzliche Erweiterungsgebiete in Frage.

„Gehaborn?" Dem Großherzog ein Hofmeiereigut abkaufen? Und ausgerechnet die Aufzuchtstation für den Hofmeiereinachwuchs? Ein Vierteljahr nach Fertigstellung des neuen für eine Abmelkwirtschaft konzipierten Hofmeiereistalles, in dem kein Platz für den Nachwuchs vorgesehen war, sinnierte Oekonomierat Müller, nachdem Södler ihm davon berichtet hatte. „Gehaborn?", wiederholte er ungläubig, machte eine kleine Pause und lachte kurz gekünstelt hell auf. „Das werden seine Königliche Hoheit doch zu verhindern wissen."

1908/09

Knapp vier Jahre währten die Verhandlungen. Dann, im Januar 1897, war der Gehaborner Hof zur Anlage von Rieselfeldern an die Stadt verkauft worden – für die stattliche Summe von rund zweihundertttausend Mark. Nicht freiwillig, im Vertrag wurde ausdrücklich auf das Hessische Gesetz zur Enteignung von Grundeigentum hingewiesen. Viele Bauern hatten wegen städtischer Bauvorhaben bereits ihre Äcker abgeben müssen. Warum sollte es dem Großherzog anders ergehen?

Somit verlor die neue Hofmeierei ihre Aufzuchtstation. Gut zehn Jahre lag dies nun schon zurück. Das Personalkarussell hatte sich gedreht und Otto Södler, Hofmeiereiverwalter, immerhin vier Jahre unbescholten im Dienste des Großherzogs tätig, hatte Platz machen müssen für den Neuen. Wilhelm Schwarz, fachlich versiert, besonnen, zielstrebig – kreditwürdig. Die Hofmeierei sollte nicht nur verwaltet, sondern gewinnbringend verpachtet werden. Und weil er ein besonnener Mensch war, wurde er zunächst für ein Jahr landwirtschaftlicher Verwalter der Hofmeierei. Er beobachtete genau: Wie effektiv die Arbeiten verrichtet, welche Erträge in welchen Bereichen erwirtschaftet wurden, welche Ausgaben hinzukamen, wie der Verlust der Aufzuchtstation aufgefangen werden könnte. Erst danach, Gehaborn war gerade verkauft worden, der Pachtzins dem Verlust der Aufzuchtstation angepasst, wurde Wilhelm Schwarz Gutspächter der Hofmeierei. Das Gutshaus stand immer noch nicht. Er setzte sich dennoch für den vorrangigen Bau der doppelten Arbeiterhäuser in der Erbacher Straße schräg gegenüber ein. Erst danach sollte die Fortsetzung des zweiten Bauabschnitts auf dem Hof beginnen. Denn was nützten die besten Hofgebäude, wenn keine brauchbaren Arbeiter zur Verfügung standen? Am verlässlichsten waren Familienväter, die eine Bleibe für die Familie, dazu noch mit kleinem Acker im Garten bekamen.

Dem Großherzoglichen Hause gefiel des Pächters Vorschlag. „Bravo“, schrieben seine Königliche Hoheit an den Rand des von seinem Berater, Gustav Römheld, verfassten und untertänigst überreichten Berichts über ein Gespräch zu den Arbeiterhäusern mit Baurat Hofmann, Pächter Schwarz und Bauaufseher Canter. War doch mit diesem Gespräch, das zwei Monate nach dem Verkauf von Gehaborn stattfand, das Bauvorhaben wesentlich befördert worden. Ein Jahr später konnten Tagelöhnerfamilien und der Schweizer einziehen, 1902, vier Jahre später, Tagelöhner und ein zweiter Schweizer in die Arbeiterwohnungen über dem neuen Hühnerstall auf dem Hof; ungefähr dort, wo heute die Backstube steht, also rechts vom damals ebenfalls neu erbauten Gutshaus. Endlich war es da! Direkt bei der Hofeinfahrt, mit dem Rücken zur Erbacher Straße.

Im Gutshaus wohnte der Pächter mit seiner Familie und den Mägden und Mädchen in den Mansarden im zweiten Stock. Auf der anderen Seite des überdachten Hoftores war die Schmiede errichtet worden, mit Zimmern für Knechte und Fremdarbeiter im ersten Stock, sowie Schuppen und Remise.

Der Bogen zu den bereits zehn Jahre zuvor erstellten Wirtschaftsgebäuden wurde geschlagen: kreisförmig ist nun die Anordnung der Gebäude. Die Fachwerkgiebel des Gutshauses, der Schmiede und des Milchpavillions symbolisieren die Einheit des vollendeten Hofmeiereibaues; ebenso die farbig abgesetzten Gesimse, Türen, Fenstergewände, Vorsprünge bei der Schmiede, Remise, dem Milchpavillion und Kuhstall.

Neu sind die Stimmen, die bei geöffneten Fenstern vom Gutshaus und den Wohnungen über dem Hühnerstall vermischt mit kräftigem Hühnergegackere zum Hof hinüber klingen. Es sind aus dem Gutshaus die Stimmen der Gutspächterin, die frühmorgens die Mägde und im Haus tätigen Mädchen anweist, und die Stimmen der Pächterkinder, die vom Kindermädchen beruhigt werden. Nebenan im zweiten Stock über dem Hühnerstall weint das Kleinkind der Tagelöhnerin. Hinein mischt sich das bekannte Klack-Klack der Pferde, die für Arbeit auf dem Oberfeld, dem Heinheimerfeld sowie der weit draußen im Westen hinter der Bahnlinie gelegenen Pallaswiesen eingeschirrt und vor Wagen, Geräten oder Maschinen gespannt werden.

Neu ist das Kannengescheppere der auf einem Handwagen dicht beieinander stehenden Milchkannen, die vom Kuhstall zur unterhalb der Gutsküche im Keller gelegenen Milchküche zur Milchveredlung, ihrer weiteren Verarbeitung, geschoben werden und neu ist, dass es eine Milchküche gibt.

Neu sind vor allem die Hammerschläge, die vom Amboss der Schmiede her laut über den Hof hallen. Noch vor der Arbeit auf dem Feld muss ein Pferd beschlagen werden. Das vorher sorgfältig für ein kräftiges Arbeitspferd ausgewählte und gerichtete neue Eisen hatte Konrad Müller, der Schmied, zuvor mit einer langen Zange rotglühend aus der Esse genommen, um es nun mit lauten Hammerschlägen zu schmieden. Die Hammerschläge verstummen, wenn das noch heiße Eisen danach am vorher sorgfältig gesäuberten und von nachwachsender Hornhaut befreiten Huf angepasst wird. Es zischt. Ein Teil der Hornschicht schmilzt, damit Eisen und Huf eine Einheit bilden. Wenn alles richtig gemacht wird, und Konrad macht alles richtig, er versteht sein Handwerk, verspürt das Pferd keinen Schmerz.

Zum Schluss wird das neue Eisen auf den Huf genagelt, die eine oder andere Unebenheit weggeraspelt und das Pferd für einen kurzen Probelauf von Leonard Kohlmann am Halfter zwischen Schmiede und Remise hin und her geführt. Konrad und Leonhard sind zufrieden und nicken sich zu. Das Eisen sitzt richtig. Das Pferd hat wieder einen guten Stand, nicht nur für diesen Arbeitstag. Tagelang wird es seine Arbeit auf dem Acker verrichten können.

Leonard holt nun das zweite Ackerpferd heran und schirrt sein Gespann an einen kleinen Wagen mit Säcken voller Saatgut. Dahinter befestigt er die Sämaschine und macht sich auf den Weg zum Oberfeld auf der anderen Straßenseite direkt gegenüber. Konrad Müller ist längst wieder in der Schmiede tätig. Er beschlägt nicht nur Pferde, die ungefähr alle zwei Monate neu beschlagen werden müssen – bei den fünfzehn bis zwanzig Pferden der Hofmeierei ist dies längst Routine –, er beschlägt auch Acker- und Maschinenwagenräder. In der Remise ist ein kleiner Geräte- und Maschinenpark gewachsen mit Pflug, Grubber und Eggen, Hack-, Dünge- und Sämaschinen, Kartoffelpflanzmaschine, Gras- und Getreidemähmaschinen, auch einen Garbenbinder gibt es schon. Je größer sich der Arbeitskräftemangel gestaltete und je höher die Löhne stiegen, desto schneller wuchs der Maschinenpark, den Konrad wartet und pflegt. Defekte Maschinen werden repariert. Ein Wagenrad erhält sogleich ein neues Eisen. Hammerschläge hallen wieder über den Hof.

Auf dem Oberfeld kommt die Frühjahrsbestellung voran. Nach der Bearbeitung im Herbst, dem Schälen des Stoppelfeldes direkt nach der Ernte und der vormals als sehr zweifelhaft angesehenen Tiefenbearbeitung des Bodens mit dem zweischarigen Tiefkulturpflug – die den Tieren viel Kraft abverlangt – wurde der Boden für die Aussaat zuvor nur mit Hilfe eines Grubbers aufgelockert.

Leonard dirigiert nun das Gespann auf dem zur Hofmeierei gehörenden Flurstück am Scheftheimer Weg Maschinenbreite um Maschinenbreite über das Feld, die gleichmäßige Aussaat der Sommergerste der Maschine ständig überprüfend. Gen Norden schaut er auf das Ackerland des Karlshofs, gen Westen auf das Feld eines Kleinbauern, der gerade sein Saatgut noch mit der Hand aussät. Nach einer Runde muss Leonard wieder Rübensaat in den Behälter der Sämaschine nachfüllen. Die Vögel begleiten ihn mit ihrem Frühlingskonzert, lassen ihn eintauchen in den stetigen Arbeitsrhythmus und die verwunschene Welt des Oberfeldes. Im Norden, Osten, Süden von Wald umgeben, im Westen von der Rosenhöhe und ausladenden Streuobstwiesen. Gut die Hälfte des Oberfelds, der nördliche Teil, wird vor allem vom Karlshof bewirtschaftet, der südliche von der Hofmeierei und Kleinbauern.

Das Frühkonzert der Vögel ist inzwischen verstummt. Sie haben keine Probleme, Nistplätze zu finden, auch gibt es Futter für den Nachwuchs in Hülle und Fülle: Insekten, Raupen, Kleingetier – alles, was sich ein Vogelmagen gerne einverleibt. Und im Gegensatz zu heute bekommen sie ihren Nachwuchs satt. Ja, es gibt sogar so viel Nahrung für die Vögel, dass diese gar nicht alles wegfressen können und die Menschen nachhelfen müssen – nicht nur auf dem Oberfeld, auch auf der vom Pächter hinter dem neuen Kuhstall angelegten Streuobstwiese, die damals noch dreimal so groß war wie heute.

Wie jedes Jahr Ende Januar – noch bevor sich die Knospen

ihren Weg in den Frühling bahnen – wurde auch 1908 von der Großherzoglichen Bürgermeisterei bekannt gegeben, dass bei Androhung einer Geldstrafe von sechzig Mark oder einer Haftstrafe von bis zu vierzehn Tagen bis zum 15. März Raupennester von Bäumen, Gesträuchern und Hecken, sowie die von Raupennestern behafteten Äste und Zweige zu entfernen seien. Die Visitation durch den Feldschützen im Beisein des Grundeigentümers und Pächters war wie üblich auf einen Wochentag in der zweiten Märzhälfte terminiert.

Drei Tage zuvor mussten sämtliche Knechte, Fremdarbeiter, Mägde, Mädchen, nicht nur die für die Außenarbeit, auch die Küchenhilfen, auch die Arbeiterfrauen, hinaus auf die Streuobstwiese hinter dem neuen Kuhstall, um dort die Raupen per Hand zu entfernen. Nur die im Umgang mit Maschinen erfahrenen Tagelöhner und Knechte durften die Frühjahrsbestellung auf dem Feld fortsetzen. Schwarz kam am Nachmittag zur Nachlese und wurde streng, wenn dabei noch zu viele Raupen gefunden wurden – schließlich konnte er bei der Visitation seinen Namen verlieren. Am Ende des Tages freuten sich die Hühner, wenn sie die Delikatesse, die Raupen, in ihrem Auslauf zwischen Hühnerstall und Schweinestall, gut geschützt durch einen Lattenzaun und Drahtverhau – der Habicht schreckt vor nichts zurück – hinter der heutigen Bäckerei serviert bekamen. In Jahren mit besonders hohem Raupenbefall ging Wilhelm Schwarz zusammen mit seinem am genauesten arbeitenden, die geradesten Furchen ziehenden Tagelöhner Leonard am Tag vor der Visitation noch einmal durch die Obstbaumplantagen, um der allerletzten Raupen fündig zu werden. Leonard, der damals bereits seit sieben Jahren auf der Hofmeierei arbeitete (und insgesamt über zwanzig Jahre lang dort tätig sein wird), war am zuverlässigsten und wurde darüber hinaus auch für die Einweisung und Zuweisung von Arbeiten eingesetzt.

Sorgfalt bei der Entfernung der Raupennester war dem Pächter aber auch deshalb so wichtig, weil hinter dem neuen

Kuhstall die Lieblingsapfelsorten des Großherzogs wuchsen: Goldparmäne, Goldrenette Freiherr von Berlepsch, Goldrenette von Blenheim, Goldrenette aus Paesgut, von Zuccalmaglios Renette.

Als Pächter hätte Wilhelm Schwarz es zwar nicht nötig gehabt, die Pflanzung der Lieblingssorten des Großherzogs auf der Weide hinter dem neuen Kuhstall einzurichten, also Spezialwünsche des Großherzogs zu erfüllen, denn ein Gut zu verpachten hieß, es dem Pächter zu überlassen. Zudem Weideland, besonders für Jungtiere, auf der Hofmeierei äußerst knapp war. Aber eine Hand wäscht die andere. Der Einfluss des Großherzogs war zwar nicht allmächtig, wie der Verkauf des Gehaborner Hofes gezeigt hatte, dennoch möglicherweise gewinnbringend. Und der Gutspächter ließ es sich nicht nehmen, ein Jahr nach Bezug des neuen Gutshauses, also 1903, eine stattliche Anzahl von des Großherzogs gewünschten Obstbäumen hinter dem neuen Kuhstall pflanzen zu lassen – durch Holzlatten geschützt –, damit die Kälber nicht von den Trieben fraßen. Er versäumte auch keine Gelegenheit bei den vom landwirtschaftlichen Verein organisierten Vorträgen im Winter und den im Sommer stattfindenden Tagungen sein Interesse an der Entwicklung der Landwirtschaft und seine Fachkompetenz mit gut durchdachten, wohlformulierten, höflich und freundlich vorgetragenen Fragestellungen und kurzen Redebeiträgen unter Beweis zu stellen. Gerne nutzte Wilhelm Schwarz nach solchen Veranstaltungen informelle Gespräche mit Oekonomierat Müller, bei denen er die Erfolge seiner Arbeit auf der Hofmeierei angenehm zurückhaltend erwähnte, und noch längst bevor die ersten Früchte geerntet werden konnten, gerne vom Wachstumstand der Lieblingsfrüchte des Großherzogs berichtete. Geflissentlich hob er dabei hervor, dass für seine Majestät selbstverständlich die Früchte nur zu ausgewählten Zeiten geerntet werden würden: die von Zuccalmaglios Renette erst spätest möglich, um einen höheren Zuckergehalt und das bestmögliche Aroma zu erreichen; die als besonders gesund geltende Spitzensorte Goldrenette von Berlepsch nach ungefähr 136 Tagen Fruchtwachstumszeit; die Goldrenette von Blenheim – ein Zufallssämling von Schloss Blenheim aus Woodstock in England, ein sehr guter Tafel- und Wirtschaftsapfel – Anfang bis Mitte Oktober. Wilhelm Schwarz wusste sich geschickt zu präsentieren.

Mit einer Aktentasche in der Hand verließ er an diesem Nachmittag des Jahres 1908 das Gutshaus aus dem vorderen Eingang, bestieg ein Pferd und ritt damit Richtung Stadt. Kurz darauf trat aus dem Kellereingang des Gutshauses, hinten bei der Holztreppe zur Gesindestube, Else Kohlmann, Frau von Leonard. Sie und Leonard hatten sich auf dem Sensfelder Hof kennengelernt, dann gemeinsam Arbeit auf der Hofmeierei gefunden. Nun war sie die Waschfrau der Hofmeierei, mit stramm im Nacken zusammengebundenem Kopftuch. Unterhalb der Gesindestube, in der die Mahlzeiten eingenommen wurden, im Kellergeschoss rechts neben der Milchküche lag die riesige Waschküche mit Bottichen, Wannen, Eimern, Waschkessel, Waschbrett, Waschpulvervorräten, Wäschekörben. Ihre Hände waren von Waschlauge und Spülwasser gequollen, ihre Arme vom Wringen und Rubbeln muskulös. Nun trug sie eine große Wanne gewaschener Wäsche zum Trocknen auf den Wäscheplatz hinter dem eingezäunten Auslauf der Hühner, wo sie die Wäsche im Schutz von Bäumen leise aufhängte, während die Hühner gackerten und auf dem Schweinehof hinter dem Schweinestall Stimmen lauter wurden. Kinderstimmen mit glucksendem Lachen. Die Jungs der Tagelöhner, Schweizer, des Schmieds. Von der Erbacher Straße auf der Höhe der Arbeiterhäuser hatten sie das Fortreiten des Pächters vernommen. Die Luft war rein. Zumindest von hinten trauten sie sich auf den Hof zu kommen, der ‚keine Spielwiese' war, wie der Pächter ihnen unmissverständlich mitgeteilt hatte. Vom Wald her über die Schweine- und Pferdeweide hinter dem Ochsen- und Pferdestall hatten sie sich herangeschlichen, flüsternd, zischelnd, glucksend, schließlich lauter lachend, drehten sie eine kurze Runde an der Jauchezisterne und dem Misthaufen vorbei, um wieder zur Weide hin zu verschwinden und kurz darauf vor dem Kellergeschoss des Kuhstalles auf der Rückseite herumzuturnen. Man hörte auf dem Hof ganz leise noch ihre hellen Stimmen. In den Kuhstall trauten sie sich nicht hinein. Betreten strengstens verboten! Ohne Wenn und Aber! Wegen der Reinlichkeit und der Seuchen.

Wilhelm Schwarz war inzwischen beim Rathaus auf dem Marktplatz angekommen, seine Aktentasche mit den Unterlagen unter dem Arm, hatte er sich auf den Weg zum Sitzungsraum gemacht und begrüßte freundlich die anwesenden Herren. Wie immer war Wilhelm Schwarz rechtzeitig gekommen, weil in den ersten Minuten vor Sitzungsbeginn Neuigkeiten ausgetauscht wurden, die nicht zu den Themen auf der Tagesordnung passten. Wo aktuell die Preise standen? Wer verpachten oder verkaufen wolle – oder sogar müsse? Was die Landwirtschaftskammer für Neuerungen plane?

Welch günstige Fügung für den Hofmeiereipächter, dem Kreis der Landwirtschafts-Deputation anzugehören. Zu verdanken war dies Ökonomierat Müller. Nachdem dieser sich lange genug von des Hofmeiereipächters Qualitäten überzeugt und entsprechende Empfehlungen weitergeleitet hatte, war jener Mitglied der Landwirtschafts-Deputation, einem Ausschuss der Stadtverordnetenversammlung, geworden. Dort wurden Beschlüsse zu landwirtschaftlichen Themen der Stadt gefasst und diese den Stadtverordneten, die in der Regel zustimmten, zur Abstimmung vorgelegt. Dazu gehörten der Feldschutz mit der Ungezieferentfernung, der Tätigkeit der Wiesenwärter und Feldschützen, die Verpachtung städtischen Eigentums, die Rieselfelder, Baumaßnahmen auf dem Stadtgut Pallaswiese, dem Gehaborner Hof usw. Diese Aufgabe des Hofmeiereipächters, so viel kann schon vorweg genommen werden, wird sich als durchaus relevant für ihn persönlich erweisen; wenngleich zu diesem Zeitpunkt, im März 1908, noch keine konkreten Fakten dazu auf dem Tisch lagen. Aber vielleicht ahnte Wilhelm Schwarz schon etwas?

Nicht nur über die Landwirtschafts-Deputation, auch in Gesprächen mit anderen Gutspächtern erfuhr er dies oder jenes. Bei den Pallaswiesen ergab sich nachbarschaftlicher Kontakt mit dem Pächter des Gehaborner Hofes fast wie von selbst. Gerne schaute Wilhelm Schwarz dabei auf die großen, den Hof umgebenden Weiden und das Ackerland. Ein neuer Kuhstall für sechsundvierzig Kühe musste Anfang des neuen Jahrhunderts gebaut und reichlich Geld der Stadt für Renovierung ausgegeben werden. Für Jungtiere eines anderen Hofes war er somit nicht mehr zu haben. Aber von diesem Hof, rechnete Schwarz für sich, würden bei entsprechender Düngung doch mehr Tiere als sechsundvierzig Kühe und ihre Nachkommen satt zu bekommen sein. Die Pacht des Gehaborner Hofes lief nur noch bis 1911. Und so begann er durchaus interessiert gen Westen zu schauen. Zumal der Gehaborner Pächter geneigt war zu klagen.

Verständnisvoll hörte Schwarz ihm dann zu und erfuhr bei diesen Gesprächen einiges über den Zustand der noch nicht renovierten Gebäude (das war gut zu wissen), über die Arbeit auf dem Hof, die Arbeiter, vor allem die, die fehlten, die Pacht, die er aufbringen musste (als ob Schwarz diese Probleme nicht selber kannte), auch dass der Pächter des Gehaborner Hofes unzufrieden mit der Stadt sei und manchmal alles hinwerfen möchte. Dabei horchte Schwarz besonders auf, ohne sich etwas anmerken zu lassen. „Und das städtische Abwasser“, schob der Gehaborner Pächter gerne hinterher. Laut Pachtvertrag hatte dieser die Verrieselung der städtischen Abwässer auf den Flächen des Gehaborner Hofes störungsfrei zu organisieren. Doch bei Kritik an der Stadt hielt Schwarz sich vornehm zurück. Obwohl trotz Ausweitung der Rieselflächen (das wusste Schwarz ebenfalls) wieder Verschlammung auftrat und das Grundwasser, ebenso der Wald durch stetige Flutung bereits beeinträchtigt waren. Dies sollte in der Tat nachdenklich stimmen, denn bezahlen werden schließlich, wie voraussichtlich heute auch, die folgenden Generationen.

Zudem pflegte er den Kontakt zum Karlshofpächter, dem Gutshofnachbarn auf dem Oberfeld. Dort gab es vor allem Anknüpfungspunkte in der Milchwirtschaft, denn beide Betriebe gehörten zu den auserwählten der Stadt, die Kindermilch abliefern durften.

Einmal jährlich lud Schwarz sonntagnachmittags sowohl den Karlshof- als auch den Gehabornpächter nebst Gattinnen in das neue Gutshaus der Hofmeierei zum Kaffeetrinken ein. Seine Frau, Johanna Schwarz, die ihrem Mann nach dem Einzug ins Gutshaus den gewünschten Sohn geschenkt und im Gutshaus das Sagen hatte, ließ bei diesen Gelegenheiten vorzüglichen selbstgebackenen Kuchen auf dem großen Eichentisch in der Wohnhalle, dem heutigen Gutshofsaal, servieren. Hinterher gab es Likör für die Damen, einen guten Obstbrand für die Herren. Das löste die Zungen.

Die Damen unterhielten sich gerne über Rezepte und den Garten. Wenn es aber etwas Neues zu berichten gab, wurde das natürlich sofort aufgegriffen. Und aufgegriffen wurde der erst kürzlich erschienene Bericht über das Wäschewaschen in Amerika. Die Amerikanerinnen bräuchten keine Waschküchen, hieß es, sondern nutzten am Waschtag die sonst in der Küche abgedeckten und als Tisch benutzten Zober, in die aus Wasserhähnen sowohl kaltes als auch warmes Wasser floss. Warmes Wasser! In Amerika sei es genauso vorhanden wie kaltes. Welch ein Luxus. So könnten die Amerikanerinnen die Wäsche problemlos selber erledigen, ohne Ärger mit Waschfrauen zu haben.

Johanna Schwarz, die in dem Moment wieder froh über ihre zuverlässige Waschfrau, Else Kohlmann, war, lenkte das Gespräch nun geschickt auf den Garten. Direkt vorne vor dem repräsentativen Eingang des Gutshauses, dort, wo heute die Bungalows stehen, hatte sie einen kleinen Garten mit Ziersträuchern und Rabatten angelegt. Dahinter lag der Bauerngarten mit üppig Gemüse und Blumen.

Die Herren sprachen bereits, wie sonst auch, mit Vorliebe über die rückständigen Bauern. Nicht nur, dass es immer noch einige gäbe, die die frisch geborenen Kälber an der Kuh saugen ließen – selbst die sich wahrhaftig rechnende Anwendung von Kunstdünger sei auf einigen Bauernhöfen immer noch verpönt. Dabei habe nun, empörte sich der Karlshofpächter, seit Jahren die landwirtschaftliche Zeitung in fast jeder Ausgabe über die Vorteile dieses Düngers berichtet, Gewinnberechnungen aufgestellt, und damit es auch die letzten begreifen würden, anschaulich die Heuernte in der Größe von Heuhaufen abgebildet – bis zu fünffache Ernteerträge seien mit Hilfe von Thomasmehl und Kainit bei je drei Zentnern pro Morgen erzielten worden. Das Thomasmehl müsse nur, fügte der Hofmeiereipächter hinzu, von entsprechender Qualität sein und nicht vom Hersteller verfälscht. Dies betone Professor Wagner stets, dem man doch so viel zu verdanken habe. Zwei Jahre später jedoch wird sich Professor Wagner dem Vorwurf eines Fachkollegen stellen müssen, er habe Analysedaten zur Vortäuschung einer günstigeren Wirkung des Düngers Thomasmehl, auch Thomasphosphat genannt, gefälscht. Das wussten die drei Pächter im Hofmeiereigutshaus zu diesem Zeitpunkt noch nicht. Sie werden es dann natürlich erörtern – allerdings nur noch zu zweit.

Inzwischen waren sie in ihrem Gespräch bei der seit Jahren leidigen Frage der fehlenden Arbeiter, der Leutenot, wie es auch hieß, für die Landwirtschaft angekommen. Ein Bauer im Großherzogtum, wusste der Karlshofpächter zu berichten, sei sogar dazu übergegangen ein Sparbuch für die Kinder seiner Arbeiter anzulegen, das diese nach der Einsegnung überreicht bekämen, wenn sie bei ihm auf dem Hof arbeiten würden. So weit sei es schon gekommen. Nach wie vor wanderten die besten ab in die Industrie, und die Sozialdemokraten setzten den Menschen weiterhin solch einen Unsinn wie Arbeitszeitverkürzung in den Kopf, ergänzte Schwarz. In der Stadt wurde sogar dazu aufgerufen, nicht mehr nach acht Uhr abends einzukaufen, damit die Verkäufer eine kürzere Arbeitszeit bekommen könnten, und nur wenige Jahrzehnte zuvor dagegen wanderten noch unzählige Deutsche nach Amerika aus, weil sie hier keine Arbeit fanden. Inzwischen war das Deutsche Reich, nach den USA, das Land mit der zweihöchsten Fremdarbeiterquote.

„Naja, gut zu wissen", fügte Wilhelm Schwarz ironisch lächelnd hinzu, „dass wir beim Mieten eines Mädchens sogar noch Rechte haben." In der Landwirtschaftszeitung des Großherzogtums sei von einem Bauern berichtet worden, der ein Mädchen für die Feldarbeit für zweihundertachtzig Mark im Jahr gemietet und ihr drei Mark Anzahlung Mietgeld gegeben, sowie den gleichen Betrag an die Gesindevermieterin entrichtet habe. Das Mädchen sei jedoch nicht erschienen, daher müsse es nun zur Strafe die Hälfte des Viertieljahreslohnes als Entschädigung an den Bauern zahlen. „Und seien wir doch mal ehrlich, meine Herren", betonte Wilhelm Schwarz, der gerne optimistisch in die Zukunft schaute, „hat sich die Landwirtschaft in den letzten Jahrzehnten nicht vorzüglich Dank Liebigs Düngerlehre entwickelt? Nicht organische Substanz, sondern unorganische Stoffe ernähren die Pflanze. Enthält der Boden diese Stoffe, so ist er fruchtbar. Und diese Stoffe können wir dem Boden als Kunstdünger zuführen und die Getreideernte dadurch sogar verdoppeln! Wer hätte sich das Jahrzehnte zuvor vorstellen können? – Das ist doch ein Grund, unser Glas in Gedenken an den großen Sohn dieser Stadt, Justus Liebig, zu erheben. Zum Wohl, meine Herren."

Die Herren nickten gemeinsam.

Ein milder Frühlingstag. Die Stalltüren stehen weit auf. Muh-Rufe der Kühe hallen über den Hof. Und obwohl sie gefüttert und gemolken sind, muhen die Kühe um die Wette. Ist es schon die Sommerweide, die ruft?

Dass die Kühe im Sommer an die frische Luft sollen, war für Wilhelm Schwarz ein Muss, selbst wenn es andere Abmelkwirtschaften gab, in denen die Tiere ganzjährig im Stall gelassen wurden. Frische Luft und Bewegung trugen zur Gesunderhaltung der Tiere bei. Unlängst war festgestellt worden, dass zumindest leicht an Tuberkulose erkrankte Tiere sich nach fünfmonatiger Weidezeit vollständig von der Krankheit erholt hatten. Und eine solche Erkrankung, vor allem eine schwere Tuberkulose, wollte er unbedingt vermeiden. Dennoch war bei ein paar Kühen, die wegen Leistungsabfall zum städtischen Schlachthof kamen, Tuberkulose diagnostiziert worden. Was nichts Ungewöhnliches war, wurde doch bei zwanzig Prozent der Kühe nach der Schlachtung diese Krankheit festgestellt. Immerhin, vier Fünftel dieses Fleisches durfte noch frei verkauft werden.

Sonst gab es durchaus gute Nachrichten aus dem Kuhstall für den Pächter. Was die Unterbringung des Jungviehs anbelangte, so hatte er nach dem Verkauf des Gehaborner Hofes zehn Jahre zuvor bald einen praktikablen Kompromiss gefunden: In den Gebäuden neben dem Kesselhaus wurden Kälber untergebracht und im neuen Kuhstall angebunden größere Jungtiere. Die Anzahl der Kühe musste etwas reduziert und ein Teil der Kälber an Aufzuchtbetriebe verkauft werden. Bei Bedarf wurden einige Kühe zum Abmelken dazu gekauft – letzteres erhöhte jedoch die Seuchengefahr.

Mit der Entwicklung der durchschnittlichen Stallleistung pro Kuh war er hingegen sehr zufrieden. Sie hatte die viertausend Litermarke jährlich überschritten. Nicht nur die Zucht, ebenso die Fütterung hatte ihren Anteil daran. Zusätzlich zu den besten hofeigenen Produkten bekamen die Kühe Kraftfutter aus Übersee; noch nicht das heute in der konventionellen Landwirtschaft so beliebte Sojafutter, sondern das damals sehr geschätzte Palmkernmehl, das gesteigerten Milchertrag, vermehrte Buttergewinnung, kraftvolles und gesundes Aussehen der Tiere versprach, zudem bereits mehrfach prämiert war und unter Kontrolle der Versuchsstationen stand. Angeliefert wurde es von der in der Stadt ansässigen Palmkernölfabrik ‚Finger'.

Schwarz setzte auf Masse, auf mehr Milch, aber auch auf Qualität und Selbstvermarktung – nicht dagegen auf herausragende Einzelleistung einer Kuh. Die verschlang zu viel Zeit und verursachte hohe Kosten. Was nützte es, wenn eine Kuh fast siebentausend Liter Milch gab, wie zwanzig Jahre zuvor die berühmte Butterblume, aber die anderen Tiere mit ihrer Leistung zurückblieben? Zwar befanden sich in der Hofmeiereiherde Dank der noch in der Aufzuchtstation des Gehaborner Hofes groß gewordenen Blütenmilch ein paar Nachkommen aus der einstigen Butterblumenlinie, allerdings nicht mit herausragender Spitzenleistung. Und so waren sie eingereiht in die Masse der Kuhherde, betreut von zwei Schweizern, Melkburschen – die im Milchpavillion schliefen und nachts ein Auge auf die Herde zu werfen hatten – sowie einer Melkfrau.

Die Melkfrau der Hofmeierei, Liese Schmitt, Frau des Milchfahrers Phillip Schmitt, seit vier Uhr morgens auf den Beinen, musste nach dem Melken nicht weiter im Kuhstall arbeiten, sondern in der Milchküche unter Anleitung und Mithilfe der Pächterin, Johanna Schwarz, und mit Unterstützung zweier Mädchen und Mägde. Zuerst wurde die frische Milch in Flaschen gefüllt, damit der Hofmeierei-Milchfahrer seine Lieferungsrunde an die Milchkundschaft möglichst früh beginnen konnte.

Danach begann die dauerhaft vom Großherzoglichen Kreisveterinäramt überwachte Verarbeitung der Milch zur Kindermilch. Dazu musste sie für wenige Minuten nur auf achtzig Grad – nicht darüber! – erhitzt, ebenfalls in Flaschen abgefüllt und dann ausgeliefert werden. Die Milchbeschaubeamten des Großherzoglichen Polizeiamts kamen unangemeldet. In unregelmäßigen Zeitabständen kamen sie, um die Beachtung der Vorschriften über die Reinlichkeit beim Melken, auch bei der Auswahl der Tiere und der Verarbeitung der Milch in der Milchküche zu kontrollieren. In der Stadt durften nur vier städtische Betriebe Kindermilch in den Handel bringen, die Großherzogliche Hofmeierei, das Großherzogliche Kabinettsgut Kranichstein, das Hofgut Karlshof und die „Schweizer Kur- und Kindermilchanstalt“ von Johann Broger in der Karlstraße fünfundzwanzig, sowie das Stadtgut Gehaborn und der Sensfelder Hof aus dem Umfeld der Stadt. Kindermilch, die wegen der hohen Kindersterblichkeit eingeführt worden war, konnte für arme Kinder über die von der Großherzoglichen Bürgermeisterei kostenlos ausgegebenen Milchmarken bezogen werden.

Für die Hofmeierei rechnete sich die Vermarktung dieser Milch, wie überhaupt aller hofeigener Produkte. In der Milchküche wurde inzwischen, die Arbeit war noch längst nicht geschafft, für die Herstellung von Butter zentrifugiert – ‚Aus Großherzoglicher Hofmeierei‘, ein Name, der immer noch einen guten Preis versprach. Was irgend möglich war, wurde direkt von der Hofmeierei vermarktet. Wilhelm Schwarz verstand es die Kundschaft anzusprechen. Und was dann noch übrig blieb, bekam der Milchhändler Trietsch, der sich praktischerweise schon 1901 in der unmittelbaren Nachbarschaft angesiedelt hatte.

Noch bevor das Großereignis des Jahres, die ‚Hessische Landesausstellung für freie und angewandte Kunst‘ von 1908, die Stadt mit strahlendem Glanz erfüllte, kamen die Kühe zur Sommerweide, schräg gegenüber des Wiesenwärterhäuschens, bei der Großherzoglichen Hofmeierei-Feldscheune und dem Unterstand. Am Armenhaus in der Pallaswiesenstraße wurden sie wie jedes Jahr auf dem Weg dorthin vorbei getrieben, in dem inzwischen die ältere Tagelöhnerin – fünfzehn Jahre zuvor hatte sie auf der Hofmeierei die Kannen mit heißem Wasser vom Kesselhaus zum Kuhstall geschleppt und das Milchgeschirr gereinigt – ihre letzten Tage verbringen musste. Sie erhob sich langsam und ging unsicheren Schrittes zum Fenster, als sie Kühe Muhen hörte, um noch einmal diese große Kuhherde vorbeiziehen zu sehen.

In der Stadt liefen währenddessen die Vorbereitungen für das große kulturelle Ereignis auf Hochtouren. Dort ging es zwar nicht um Armenhäuser, dort wurde eher geklotzt. Dennoch wird diese Ausstellung, eine Ausstellung auch für angewandte Kunst, für die Hofmeierei durchaus von Bedeutung sein. Es gab bisher kaum bezahlbare, angemessene Wohnungen für Arbeiter, und so initiierte der ‚Ernst-Ludwig-Verein für billiges Wohnen' für die aktuelle Ausstellung den Bau von fünf Arbeiterhäusern am Osthang der Mathildenhöhe, die nach der Ausstellung einen anderen Platz bekommen sollten.

Wilhelm Schwarz hatte deshalb im Gespräch mit Oekonomierat Müller längst beiläufig erwähnt, dass die bisher auf der Hofmeierei erbauten Arbeiterwohnungen überfüllt seien und er für die Erweiterung der Milchproduktion dringend Wohnraum für weitere Schweizer benötige. Das wurde gerne gehört, denn von den dreißigtausend Litern Milch, die täglich in der Stadt konsumiert wurden, mussten fünf Sechstel eingeführt werden. Mehrfach besuchte er die Ausstellung nach ihrer Eröffnung am 23. Mai. Auch um oft genug gesehen zu werden, vor allem von den richtigen Leuten. Dazu gehörten Gustav Römheld, der Berater des Großherzogs, und seine Königliche Hoheit, der Großherzog, persönlich. Wilhelm Schwarz' Gruß und angemessene Verbeugung fielen perfekt aus.

Besonders gerne hielt er sich am Osthang der Mathildenhöhe auf, wo die Arbeiterhäuser standen, ebenso bei entsprechenden Fachvorträgen, die dem Thema ‚Kleinwohnungskunst' gewidmet waren; u.a. wurde der Bau von Wohnküchen in diesen Häusern diskutiert. Man hätte die Arbeiter selber fragen sollen, ob sie Küche und Wohnraum lieber in einem oder in zwei Räumen haben möchten, sagten die einen; man müsse den Bau von Wohnküchen gänzlich untersagen, die anderen, weil Wohnen und Kochen in einem Raum die Säuglingssterblichkeit besonders in den armen Familien erhöhe. Beeindruckt war aber nicht nur Schwarz. Das Arbeiterdorf wurde ein Besuchermagnet und die Ausstellung insgesamt ein voller Erfolg.

Zwei Wochen nach ihrer Schließung, am 14. November, informierte das Tagblatt darüber, dass dem Großherzog vier der fünf Arbeiterhäuser von den Eigentümern unentgeltlich zur Verfügung gestellt würden und er diese Häuser auf dem Hofmeiereigrundstück für die Meiereiarbeiter an der Erbacherstraße neu errichten lassen werde. „Jawohl", sagte Schwarz ganz laut, als er davon erfuhr und schlug voller Zustimmung auf seinen rechten Oberschenkel. Aber noch bevor er diesbezüglich weiter planen konnte, setzte sich, Dank seiner guten Kontakte, im späten November ein völlig anderes Thema in seinen Gedankengängen fest und begann zu kreisen: Sollte er es tatsächlich wagen?

Wenn er darüber nachdachte, waren im Nu nur die Vorteile dieser Wirtschaft vor seinem geistigen Auge ... die Nähe, die Verzahnung, die Rationalisierung ... die Möglichkeit, auf lange, unnötige Wege verzichten zu können ... Sollte er tatsächlich zwei Höfe gleichzeitig? Offiziell war zu dem Zeitpunkt noch nichts bekannt. Aber als dann am 27. Januar des neuen Jahres im Tagblatt die Verpachtung des Gehaborner Hofes bekannt gegeben wurde und nur knapp eine Woche Zeit zum Einreichen eines Angebots blieb, hatte er sein Angebot bereits auf dem Papier.

Sein Ruf war gut. Sein Angebot konnte sich sehen lassen. Er bekam den Zuschlag und war ab Frühjahr 1909 sowohl Pächter der Großherzoglichen Hofmeierei als auch Pächter des Hofguts Gehaborn. Insgesamt mussten nun knapp zweihundertsiebzig Hektar Land bewirtschaftet werden. „Wenn man diese Fläche mit den riesigen Gütern in Ostpreußen vergleicht, hört es sich doch eher bescheiden an", lautete seine Antwort, als er auf die zwei-Güter-Bewirtschaftung angesprochen wurde. Außerdem gab es das Telefon.

Das Telefon war seine erste Anschaffung gewesen, als er

1896 die Hofmeierei für ein Jahr als Verwalter bewirtschaftete. Nummer 1-8-4. Erreichbarkeit hatte für ihn stets Priorität. Wenn er auf Gut Gehaborn war (dort verbrachte er anfangs ganze Tage) und Leonard Kohlmann, der zunehmend mit Arbeitseinteilung, Einweisung und Kontrolle zu tun hatte, sich mit einem Problem konfrontiert sah, klärten sie dies telefonisch. Lange Wege wurden gespart. Zwar gab es damals noch kein mobiles Telefon, aber die Wirtschafterin auf Gut Gehaborn wusste, auf welchem Ackerstück sich der Pächter befand, schickte ein Laufmädchen und nach spätestens einer halben Stunde konnte dieser Kohlmann im Büro der Hofmeierei zurückrufen. Abends gab es zwischen ihnen eine ausführliche Besprechung über den Tag und die Arbeitseinteilung für den nächsten. Auch der Umgang mit den fremdländischen Arbeitern überwiegend aus Polen, die die vielen deutschen Tagelöhner, die es nicht mehr gab, ersetzten, war für Leonard kein Problem. Dennoch kam es vor, dass der Hofmeiereipächter plötzlich auf der Pallaswiese hinter der Bahnlinie auftauchte oder auf dem Heinheimerfeld bei der Rückfahrt zur Hofmeierei. Immer dann, wenn er sich auf Gehaborn frei machen konnte. Damit mussten alle Arbeiter rechnen. Und noch praktischer war es für ihn, wenn er Arbeiter des Gehaborner Hofes auf den im Westen gelegenen Hofmeiereifeldern einsetzen konnte. Von Gehaborn aus war dies nur ein Katzensprung.

Längst hatte er geschaut, wie das Weideland für den ersten Sommer aufzuteilen sei, damit zumindest einige Jungtiere der Hofmeierei beim Gehaborner Hof grasen oder auf der Pallaswiese vom Gehaborner Hof aus überwacht werden könnten. Es war doch alles eine Frage der Organisation und Wilhelm Schwarz organisierte gut. Auch wenn sein Arbeitstag nun deutlich länger war und die wohlverdiente Nachtruhe kürzer.

In der Stadtverordnetenversammlung gab es im April (nach Anfrage der Bürgermeisterei) wegen der Pachtung des Stadtguts Gehaborn keine Vorbehalte gegenüber dem Verbleib des

Hofgutspächters in der Landwirtschafts-Deputation – immerhin würden in den kommenden Monaten und Jahren nach vorheriger Empfehlung der Landwirtschafts-Deputation wieder einige Baumaßnahmen für das Stadtgut Gehaborn genehmigt werden.

Der Schweizer Joseph Gauch, der insgesamt zehn Jahre für die Hofmeierei arbeiten wird, übernahm ab jetzt mehr Verantwortung bei der Tierzucht, der Leistungsfeststellung für die einzelnen Kühe und der sich daran orientierenden Fütterung. Im Kuhstall leitete er inzwischen drei weitere Schweizer an, die Schwarz mit Unterstützung des Central-Vereins der Landwirtschafts-Beamten vermittelt bekam. Leider mussten sie zunächst beengt in den bisherigen Arbeiterwohnungen untergebracht werden. Die Umsiedlung der Arbeiterhäuser würde sich verzögern. Am ersten Juli hieß es plötzlich wieder, sie würden an anderer Stelle Verwendung finden. Also doch nicht in der Erbacherstraße? Gab es noch Klärungsbedarf hinter den Kulissen?

Auf der Hofmeierei gab es erst einmal Arbeiterwaschräume neben dem Kesselhaus in der einstigen provisorischen Gesindestube. Denn wenn die Arbeiterhäuser kämen – obwohl das Haus des Architekten Metzendorf mit Bad und Klosett auf der Ausstellung ausgestattet war – gäbe es im Gegensatz zum Gutshaus, Standesunterschiede wurden gepflegt, kein fließendes Wasser. Die in den Häusern der Erbacherstraße wohnenden Mitarbeiter werden noch ein halbes Jahrhundert lang jeden Tropfen Wasser von der einhundert Meter entfernten Dreibrunnenquelle zum Haus schleppen müssen.

Bald darauf kamen sie, die Häuser. Nicht vier, wie ursprünglich vorgesehen, sondern drei der Häuser am Osthang der Mathildenhöhe wurden Stein für Stein abgehauen und an der Erbacherstraße neben den beiden zuvor gebauten Häusern Stein für Stein wieder errichtet. Das gab mehr Platz für die Schweizer, einen Viehwärter, einen Kutscher, neue Tagelöhner, einen Zimmermann, zuständig für den Bau des Pächter finanzierten Motor- und Benzinhäuschen und einem Schuppen gegenüber vom Kesselhaus. Der Fortschritt war nicht zu bremsen, die Dampfstraßenbahn in der Stadt längst von der ‚Elektrischen', das Pferdefuhrwerk von Motor angetriebenen Kraftwagen überholt. Die Dampfdrescherei an der Feldscheune am Katarinenfalltorweg würde bald durch eine Dreschmaschine mit Motorantrieb ersetzt und der Motor auf der Hofmeierei Arbeitskraft sparende Maschinen antreiben – mit ihnen die Menschen, die sie bedienten.

1913 wird es fünf Schweizer auf der Hofmeierei geben,1916 sechs. Der Kuhstall ist prall mit Milchkühen gefüllt und Jungvieh im Schuppen am Motorhäuschen, schräg gegenüber des Kesselhauses, untergebracht. 1916 – in den Schützengräben von Verdun werden die Soldaten schon reihenweise fallen und Wilhelm Schwarz sich auf dem Höhepunkt seines Erfolgs befinden: Seine Königliche Hoheit, der Großherzog, geruhten gnädigst, ihn zum Ökonomierat zu ernennen.

1924/25

Wer hoch oben ist, kann tief fallen. Der Großherzog kann weder Charaktere noch Titel verleihen, noch die Kriegstrommel rühren, noch jemals den Hebel der Macht betätigen: Der Großherzog ist in der Zwischenzeit ein ‚ehemaliger' geworden, der Kaiser ebenfalls, jener musste sogar ins Exil, und das Großherzogtum gehört nun dem Volk und heißt ‚Volksstaat Hessen'.

Der Krieg, in den die Soldaten mit Blumen am Helm, Jubelgeschrei und Gesang gezogen waren – von der Bessunger Kaserne am Langen Ludwig vorbei über die Rheinstraße zum Hauptbahnhof – und der von Beginn an so gut wie gewonnen schien, dieser Krieg war verloren. Hunger, Elend, Millionen Tote. Die Siegermächte, im Südwesten Frankreich, hatten das linksrheinische Deutsche Reich einschließlich rechtsrheinischer Brückenköpfe besetzt. Jetzt reichte dieses besetzte Gebiet über die dreißig Kilometer breite Zone des ‚Brückenkopfes Mainz' bis an die westliche Stadtgrenze heran – genauer gesagt, bis an die im Westen der Landeshauptstadt gelegenen Hofmeiereifelder und -wiesen. Die feindliche Grenze verlief längs dieser Felder oder quer darüber oder ließ sie, von der Stadt aus gesehen, sogar hinter sich. Denn wie die Grenze genau verlief, das änderte sich. Zumindest während der ersten sieben Jahren dieser Besetzung.

Die Großherzogliche Hofmeierei, die jetzt auch eine ehemalige ist, liegt zum Glück im Osten. Offiziell heißt sie ‚Hessische Staatsdomäne Hofmeierei', aber für die Menschen auf dem Hof und in der Stadt wird sich der Begriff ‚Meierei' nach und nach durchsetzen.

Frühmorgens um viertel vor sechs ist Johanna Schwarz im Gutshaus stets die Erste. Sie schreitet aufrecht und würdevoll die Treppe hinunter, dreht sich unten nach links der Eingangstür des Gutshauses zu, öffnet sie und lässt kalte, frische Morgenluft hereinströmen. Das tut gut. Im Kuhstall gegenüber brennt um diese Uhrzeit längst das Licht. Sie erahnt die geschäftige Ruhe des Melkens.

Dort sitzen der Schweizer, zwei Melkburschen und die Frau des Schweizers jeweils unter einer Kuh. Die durch rhythmischen Zitzenzug aus dem Euter gemolkenen Milchstrahlen sind zu hören, wenn sie in den Melkeimer eintauchen, und wenn einer der Melkenden eine Kuh leer gemolken hat und die Milch auf der Westseite des Stalls durch ein Reinigungssieb in eine Milchkanne gibt, dann klappert der Eimer beim Absetzen.

Auf den beiden Mistgängen werden von zwei Arbeitern die Mistfladen hinter den Kühen mit schmutzigem Stroh per Forke in die Schienen geführte Mistlore befördert – die nach und nach weiter Richtung Ausgang geschoben wird – und das

Strohbett unter den Kühen aufgelockert. Leise sprechen sie mit der jeweiligen Kuh, wenn sie sich ihr nähern, genauso wie die Melker leise mit den Kühen sprechen, wenn sie diese zu melken beginnen. Sonst herrscht Ruhe im Stall – für die Kühe, damit sie ihre Milch hergeben und die Melker, damit sie sich auf das Melken konzentrieren können.

Schon betritt der Dienstknecht den Kuhstall. Er hatte zuvor in der Futterküche mit dem Rübenschneider im Kraftbetrieb – was für eine Erleichterung – Rüben für die Kuhfütterung nach dem Melken zerkleinert. Jetzt lädt er die inzwischen gefüllten, schweren Zwanzig-Liter-Milchkannen auf einen Handwagen, die dann allmorgendlich, im bekannten Ton gegeneinander scheppernd, vom Kuhstall bis zum Gutshaus gezogen und von ihm hinunter in die Milchküche geschleppt werden. Damit Johanna mit der Magd, einem Mädchen sowie Maria Paulenski, der Frau des seit acht Jahren zuverlässig für die Meierei arbeitenden Pferdeknechts, pünktlich um sechs Uhr mit der Flaschenabfüllung beginnen kann. Pünktlich. Jeden Morgen. Das hatte Johanna dem Dienstknecht beim Beginn seiner Arbeit ein dreiviertel Jahr zuvor freundlich, wie es ihre Art war, aber unmissverständlich so gesagt, dass dieser Auftrag tatsächlich pünktlich ausgeführt wird. Sie ist zwar nur eine kleine, zarte Person, doch ihre Anweisungen werden befolgt. Mittlerweile hat sie das Licht in der Küche eingeschaltet und auch dort ein Fenster geöffnet. In den anderen Räumen wird eines der Mädchen beim Putzen für Frischluft sorgen.

Das ist Johannas Tagesbeginn. Wir haben Anfang Januar 1924. Auch bei ihr hat sich etwas geändert. Sie ist ebenfalls eine ehemalige, nämlich die ehemalige Frau ihres Mannes. Sie ist jetzt seine Witwe. Seit dem Tod ihres Mannes ist sie der ruhende Pol in dieser turbulenten Zeit. Sie wird anstelle ihres Mannes im Adressbuch geführt, als ‚Schwarz, Wilh., Oekonomierats und Gutspächters Ww'. Letztendlich hält sie die Fäden in der Hand. Dass 1924 einmalig ihr Name im städtischen Adressbuch erschien, ‚Schwarz, Johanna, Ww.', war sicherlich ein Versehen, denn beim nächsten Adressbucheintrag wird sie wieder als ihres Mannes Witwe geführt und verschwindet hinter seinem Namen. Schließlich wurden die Frauen in der Nachkriegszeit oft genug darauf hingewiesen zu verschwinden – aus den im Krieg ausgeübten Männerberufen, um sich wieder weiblichen Aufgaben oder Berufen – der Versorgung der Familie, der Pflege und Betreuung – zuzuwenden. Aber da Johannas Mann, Wilhelm Schwarz, nun nicht mehr lebt, bleibt ihr gar nichts anderes übrig, als den Hof, wenn auch eher im Hintergrund, zu lenken.

Der Junior, Karl, bei dessen Geburt schon feststand, dass er der nachfolgende Pächter werden soll, ist mit seinen zweiundzwanzig Jahren noch zu jung, um die Pacht zu übernehmen. Deshalb wurde gleich nach Leonard Kohlmanns Tod, dem langjährigen, ebenfalls verstorbenen Tagelöhner, der Verwalter, Gustav Westheide, eingestellt. Er ist in der Tat ein fähiger Verwalter, der den Hof zu leiten versteht und auch den Junior gut auf seine spätere Aufgabe vorbereitet.

Johanna lässt sich dennoch die Bilanzen vorlegen, nimmt regelmäßig Einblick in die Papiere, auch in die Bewirtschaftung der Felder. Dazu hatte sie ihren Mann zu sehr unterstützt. Vor allem seit er zwei Höfe bewirtschaftete und sie mit Leonard – der zunehmend Aufgaben eines Verwalters übernommen hatte – des öfteren Anweisungen durchging und Entscheidungen traf, wenn ihr Mann auf Gehaborn unabkömmlich war. Um besser erreichbar zu sein, hatte Kohlmann seit 1909, seit Wilhelm auch den Gehaborner Hof bewirtschaftete, im Souterrain des Gutshauses gewohnt und Johanna dies zu schätzen gewusst, ebenso seine Zuverlässigkeit und Offenheit. Von ihm lernte sie, auch den Arbeitern zuzuhören.

Gehaborn! Johanna seufzt, wenn sie an Gehaborn denkt. Von Wilhelm war damals, nach 1916, sowohl auf Gehaborn als auch auf der Hofmeierei, die Anzahl der Kühe reduziert worden, als es im Laufe des Krieges kaum Dünger und kein Kraftfutter mehr aus Übersee gab. Milchviehhaltung rechnete sich nicht mehr. Simmentaler Kühe gaben nur viel Milch, wenn sie eiweißreich gefüttert wurden. Für Hochleistung brauchten sie riesige Futtermengen. Andere Bauern hatten ebenfalls ihren Viehbestand verringert, was vor allem zu erheblichem Milchmangel für die Hunger geplagte Bevölkerung führte und die Preise auf dem Schwarzmarkt nach oben trieb.

Dennoch ließ Wilhelm ‚genügend', wie er es nannte, Tiere übrig. Im Rahmen der Kriegswirtschaft wurde Milch beschlagnahmt, außerdem belieferte er die städtische Verteilungsstelle für Menschen ohne Milchversorgung in der Grafenstraße 30, zudem wollte er auch privat weiterhin Milch verkaufen. Vor allem aber benötigte man in dieser Zeit Kühe für die Dungproduktion – damit überhaupt Hackfrüchte angebaut werden konnten! Außer Kali aus Deutschland, das ohne die anderen Nährstoffe kaum zur Wachstumssteigerung beitrug, stand kein Kunstdünger zur Verfügung. Die Ernteerträge hatten sich drastisch reduziert. „Kühe halten für die Dungproduktion! Das liegt doch Jahre zurück. So tief sind wir gesunken", lautete damals Wilhelms Kommentar. Vor sechs Jahren war das gewesen, aber Johanna klang es noch in den Ohren. Ob es anders gekommen wäre, wenn er Gehaborn nicht gepachtet hätte? Gehaborn hatte über die Jahre, nicht am Anfang, an seinen Kräften gezehrt. Das war nicht zu übersehen. Und als dann nach dem Krieg alles zusammenbrach und völlig andere Kräfte die Macht übernahmen, war Wilhelm nicht mehr stark genug, damit umzugehen. „Arbeiter und Soldaten anstelle unseres Großherzogs?" Verbitterung kam hinzu. Seine Zuversicht war ihm abhanden gekommen.

War es der Verfall der alten Ordnung gewesen, den er nicht verkraften konnte? Oder die Tatsache, dass die Hofmeiereifelder im Westen zeitweilig nicht mehr zugänglich waren und der Gehaborner Hof seit Ende Dezember 1918 gänzlich auf der anderen Seite im besetzten Gebiet des Mainzer Brückenkopfes lag? Oder die Nachricht, dass just in den Tagen vor Heiligabend die Maul- und Klauenseuche auch auf Gehaborn ausgebrochen war, eingeschleppt von aus dem Krieg mit Vieh zurückkehrenden Soldaten? Und er konnte damals nichts machen, nicht einmal mehr telefonieren. Ließ ihn das nicht zur Ruhe kommen, weder am Tag, noch in der Nacht? Oder konnte er nicht verkraften, dass die Stadt den Gehaborner Hof selbst bewirtschaften wollte, um direkten Zugriff auf die so knappen Erzeugnisse zu haben? Von einigen Landwirten wurden sie zurückgehalten. Der Ruf ‚Lasst euch nicht auf Schleichhandel ein!' verhallte damals zu oft ungehört. Die Stadt musste sogar Kartoffeln aufkaufen, um Einwohner mit Bezugsscheinen, die nicht von Bauern beliefert wurden, mit Kartoffeln zu versorgen.

Johanna hört die Magd und die beiden Mädchen die Treppe oben im Gutshaus im zweiten Stockwerk hinuntergehen. Sie seufzt noch einmal tief, strafft sich und bindet sich ihre weiße Schürze für die Milchküche um. Das erste Mädchen wird das Feuer im Küchenherd anzünden, im Büro lüften und Staub wischen, dann die Milchsuppe für das erste Frühstück zubereiten. Die beiden anderen gehen mit ihr und Maria Paulenski, der Frau des Pferdeknechts, in die Milchküche.

Auch Westheide und Karl haben inzwischen das Gutshaus verlassen, sie gehen von Stall zu Stall, vom Schweine- zum Pferdestall, dann zum Kuhstall, werfen einen Blick auf die Tiere, sprechen mit den Arbeitern, verteilen spätere Aufgaben. Eigentlich sollten drei Gespanne mit sechs Männern zum Mistfahren zur Feldscheune bei der Pallaswiese eingeteilt werden. Vorher hätte Westheide sie noch einmal daran erinnert, ihre Ausweise sowie den Geleitschein nicht zu vergessen und wie immer ruhig zu bleiben bei der Passkontrolle, freundlich und höflich. Alberne Scherze wären ebenfalls verboten – zur Vermeidung von Missverständnissen. Aber da hoher Schnee liegt, hat es keinen Sinn, die Männer dorthin zu schicken. Stattdessen sollen Rüben aus der Miete bei der Feldscheune am Oberfeld geholt und im Kuhstallkeller eingelagert werden, die Dreschmaschine für den nächsten Tag zum Dreschen von Roggen bereitgestellt und Kartoffeln im Keller unter dem Kuhstall, der zur befahrbaren Seite am Hang dick mit Strohbunden isoliert ist, sortiert werden. Die restlichen Mitarbeiter der Meierei müssen das tägliche Futter heranholen und vorbereiten sowie Hofarbeiten erledigen.

Das erste Frühstück um sieben Uhr, wie die anderen Mahlzeiten auch, nehmen die im Gutshaus und auf der Hofstelle ohne Familien lebenden Mitarbeiter gemeinsam ein. In der durch eine eigene Außentreppe erreichbaren Gesindestube neben der Küche sitzt Johanna mit Karl und Westheide mittig am langen Tisch. Die Melkburschen, Arbeiter, Knechte, die Magd und die Mädchen setzen sich zu beiden Seiten. Die Milchsuppe ist nahrhaft und gut angedickt.

Westheide und Karl fahren nach dem ersten Frühstück in die Stadt zur dort jährlich Anfang Januar stattfindenden Hessischen Landwirtschaftswoche, um sich Vorträge anzuhören und die Maschinenausstellung zu begutachten.

Johanna wird nach dem Frühstück nicht mehr in der Milchküche arbeiten. Maria Paulenski ist genauso zuverlässig wie ihr Mann, auch die Magd, die das zweite Mädchen anweist. Das erste Mädchen macht derweil Betten, wischt Staub, füttert die Hühner und bereitet das zweite Frühstück mit Muckefuck, Brot, Schmalz, Marmelade vor, und Johanna kümmert sich um die Vorbereitung des Mittagessens. Sie bekommt Unterstützung von einer Tagelöhnerfrau. Eigentlich bräuchte sie ein drittes Mädchen. Dann könnte sie sofort die Zeitung lesen, um bestens informiert zu sein, im Büro die Post, Abrechnungen und Aufzeichnungen durchsehen. Aber sie muss warten, bis das erste Mädchen seine Arbeit erledigt hat und in der Küche übernehmen kann.

Am Nachmittag liest Johanna, während Magd und Mädchen in der Gesindestube Strümpfe stopfen und Wäsche ausbessern, im Wohnzimmer in Ruhe die Fachzeitschrift für Landwirte.

Ein interessanter Vortrag zur Rindviehzucht sei dabei gewesen, hatte Karl bei seiner Rückkehr aus der Stadt gesagt und Westheide dazu genickt. Eine Neuorientierung der Rindviehzucht war zumindest in dem Vortrag von Dr. Hansen aus Berlin angedacht worden; aber jetzt auf eigenen Füßen stehend – entgegen den Gepflogenheiten in der Vorkriegszeit – unabhängig vom Ausland. Ein heimischer Viehschlag mit leistungsfähigen Tieren, ernährt aus wirtschaftseigener Futtererzeugung, solle das Ziel der Züchtung sein. Westheide und Karl standen dem durchaus positiv gegenüber und berichteten Johanna ausführlich. Sie war eine gute Zuhörerin, nickte zustimmend, vor allem weil sie im Krieg erlebt hatte, wohin die Abhängigkeit vom Ausland führte. Außerdem war sie durch eine erst zwei Jahre zuvor erstellte Dissertation zur Rindviehzucht auf den Hofmeiereigütern gut informiert. Auf der Hofmeierei war früher einiges ausprobiert worden: die Haltung von Büffeln aus Ungarn, die jahrelange Kreuzung von Simmentaler Vieh mit Odenwälder Rindern, die Einfuhr von Braunvieh. Doch nur die Zucht reinrassiger Simmentaler ab 1870 war wegen der Tendenz zu hoher Milchleistung damals langfristig vielversprechend gewesen und die Simmentaler Herde der Stolz der Hofmeierei geworden. Aber Hochleistung hatte ihren Preis. Das wusste Johanna inzwischen. Ob nach so vielen Jahren tatsächlich auf diesem Hof ein neuer Viehschlag eingeführt werden sollte? Und das in dieser Zeit? Das fragte sie sich später am Abend, Karl und Westheide waren bereits schlafen gegangen.

Noch standen Simmentaler im Stall, gab es wieder ausländisches Kraftfutter, wartete die letzte Rechnung über Schnitzel und Melasse, Erdnussmehl, Palmkern- und Soyaschrot auf ihre Bezahlung. Und wenn es schon um Stolz ging, Johanna hing weiter ihren Gedanken nach, sie strich mit einer Hand über ihr zum Nackenknoten gebundenes Haar hinweg. Sie würde ihren ganzen Stolz daran setzen, die Meierei zu halten und in zwei bis drei Jahren ihrem Sohn als Pächter zu übergeben.

Für die Verbraucher war die Inflation eine Katastrophe gewesen. Der Milchpreis stieg von 20 Pfennig pro Liter Milch im Jahr 1914 auf 15 Milliarden Mark pro Liter zwei Monate zuvor im November 1923. Für die Bauern brachte die Inflation zunächst Schuldenentlastung. Aber die Stabilisierung der Währung führte zu niedrigeren Preisen und erneuter Verschuldung. Der Stallpreis der Milch lag zu Beginn des Jahres mit zwanzig Pfennig je Liter auf Vorkriegsniveau. Solange Milch knapp war, hatten sich die Erzeuger in der besseren Position befunden. Jetzt stiegen die Produktionskosten stärker an im Vergleich zu den Erzeugerpreisen.

Die Lohnkosten waren schon fünf Jahre zuvor – seit Abschaffung der Gesindeordnung mit der Einführung der ‚Vorläufigen Landarbeiterordnung' – gestiegen. Überstunden mussten bezahlt werden. Die vorgeschriebene tägliche Höchstarbeitszeit betrug in je vier Monaten durchschnittlich acht, zehn und elf Stunden; im Sommer mit mindestens zwei Stunden Ruhepause am Tag. Die Arbeiter der Meierei jubelten vor Freude und knufften einander, als sie das hörten. Sie hatten des Sonntags Anfang Februar 1919 vor den Häusern an der Erbacher Straße gestanden, als diese Nachricht die Runde machte. Zudem erhielten sie die gleichen Kündigungsrechte wie der Arbeitgeber und durften sich sogar politisch betätigen. Mit einem Mal ging, was früher unmöglich schien.

Johanna hatte damals zwar tief Luft geholt, als sie von dieser neuen Ordnung erfuhr, doch sie wusste inzwischen um die Nöte der Arbeiter. ‚Wir haben es bis hierher geschafft', so ihre Devise, ‚dann schaffen wir es auch noch weiter.' Wilhelms Zuversicht der frühen Jahre machte sie sich zu eigen.

Von den 1916 auf der Hofmeierei noch vorhandenen sechs Schweizern und einem Viehwärter ist im Jahr 1924 noch ein Schweizer übrig geblieben. Dafür gibt es zwei Melkburschen, eine Melkfrau und die sonstigen Mitarbeiter: Tagelöhner, Landarbeiter, Pferdeknecht, Dienstknecht, Fuhrmann, Schmied. Das waren allein in den Arbeiterhäusern vier Arbeiter weniger als zuvor. Trotz der neuen Landarbeiterordnung, die vor allem der Landflucht entgegen wirken sollte, mangelte es an landwirtschaftlichen Arbeitskräften.

Dafür gab es andere Arbeitskraft und -zeit sparende Helfer, angetrieben von anschließbaren Motoren: Häcksler, Schrotmühle, Rübenschneider, Kreissäge, Dreschmaschine. Der Motor ist die billigste Arbeitskraft – lautete der Werbeslogan der Landmaschinenfirmen.

Johanna, Westheide und Karl saßen im Januar abends im Büro. Es wurde genau kalkuliert, was die Milchverkäufe, das Schlachtvieh, der noch zu dreschende Roggen, der Verkauf der im Kuhstallkeller und in Mieten gelagerten Kartoffeln bringen könnte. Mit welchen Futter- und Düngemittelpreisen, Bar-Lohnkosten – die Arbeiter bekamen auch Deputat – sie rechnen würden müssen? Und ob der Kauf eines Motorpflugs oder gar eines Bulldogs, von Karl priorisiert, überhaupt möglich sei? Bei der Maschinenausstellung in der weißen Dragonerhalle am Marienplatz im Rahmen der Hessischen Landwirtschaftswoche hatten sie ihre Leistungsfähigkeit unter Beweis gestellt. Johanna, Westheide und Karl waren sich einig, dass der Motorpflug mit der Entwicklung des Bulldogs, der selber Pflüge und anderes Ackergerät ziehen kann, an Bedeutung verlieren würde, aber im Gegensatz zu Karl stellten Johanna und Westheide die Bulldog-Anschaffung vorsichtshalber hinten an. Karl sagte nichts dazu. Er stand auf und ging ungehalten im Raum auf und ab.

Die Situation war insgesamt nach wie vor schwierig. Die Ernährungslage der deutschen Bevölkerung wurde auch 1924 noch als trostlos bezeichnet. Immer noch gab es Aufrufe der Hessischen Nothilfe: ‚Rettet die Kinder. Gedenkt der vielen im Elend. Schützt sie vor Hunger'. Die Landwirte waren während der Landwirtschaftswoche dazu aufgerufen worden, durch vermehrte Düngeranwendung mit Ertragssteigerung gegen die Hungersnot zu kämpfen. Dünger sei wieder ausreichend vorhanden, dank deutscher Technik gäbe es nun sogar genügend Stickstoffdünger. Und da dem Spekulantentum mit der Währungsstabilisierung ein Ende gesetzt worden sei, hieß es in dem Redebeitrag, würden die Landwirte bei stabilen Preisen sicherlich gerne ihre Erzeugnisse zur Verfügung stellen. Der Volksgemeinschaft dienen, nicht verdienen, sei das wichtigste Ziel der Landwirtschaft. Dies war sicherlich eine Anspielung auf die unrühmliche Rolle zu vieler, nicht aller, Landwirte im Krieg und danach. Schon 1916 waren sie vom Tagblatt als Kriegsgewinner, die Kinder der Armen als Kriegsverlierer bezeichnet worden.

Die Düngemittelindustrie hatte zwar längst vor dem ersten Weltkrieg Kunstdünger für die Landwirtschaft zur Verfügung gestellt. Jetzt begann sie richtig Fuß zu fassen. In der Elisabethenstraße 8 der Landeshauptstadt gab es eine Landesauskunftsstelle des deutschen Kalisyndikats. Man beriet die Landwirte gerne. Diese hätten auch gerne entsprechend eingekauft. Wegen der Kapitalnot fehlte aber bereits für die Frühjahrsbestellung das notwendige Geld. Die Reichsbank vergab günstige Düngemittel-Kredite – die Kalidüngung konnte 1924 vierzig Prozent und die Stickstoffdüngung hundert Prozent Zuwachs gegenüber der Vorkriegszeit verzeichnen. Nur der Phosphorsäureanteil hatte bei der Düngung noch nicht wieder Vorkriegsniveau erreicht. Man war ja schließlich am Beginn einer Entwicklung.

Dennoch gab es bereits zu diesem Zeitpunkt eine völlig andere Betrachtungsweise der Dinge. Bei nicht wenigen Bauern, nicht nur bei den stets als ‚rückständig' bezeichneten Kleinbauern, war noch eine Empfindung dafür vorhanden, wie groß die Menge der Feldfrüchte sein kann, die man aus dem Ackerboden herausholen darf, und welche Qualität sie haben kann. Zweifel gegenüber der Intensivierung der Landwirtschaft mit Seuchen, gesundheitsschädlicher Leistungsfütterung der

Kühe, Überdüngung des Bodens waren aufgekommen. Insbesondere gab es Bedenken gegen die Stickstoffdüngung, die zu üppigen Erträgen, doch mit Qualitätsverlust, und stellenweise auch zur Taubheit des Bodens führte. Selbst der Begriff ‚Kunstdünger', der später von den Produzenten in besser klingenden ‚Handelsdünger' umbenannt wurde, weckte bei vielen Landwirten Unbehagen und die Suche nach Alternativen.

Bei einer Vortragsreihe 1924 in Schlesien wurde deshalb durch Rudolf Steiner der Grundstein für eine biologisch-dynamische Landwirtschaft gelegt und mit ihr die Vorwegnahme des Denkens in Ökosystemen begründet. Anknüpfend an Goethes Naturphilosophie – nach der die Welt eine Einheit ist und mehr als die Summe ihrer Teile, mit der sich die Naturwissenschaft beschäftigte – wurde das lebendige Ganze, das Zusammenwirken von Kosmos und Erde in den Mittelpunkt der Betrachtung gerückt und der Hof als individueller Organismus gesehen. Die dem Boden entnommenen Nährstoffe sollen durch hofeigenen Mist zurückgegeben, Bodenlebendigkeit durch in kleinsten Dosen verteilten Präparaten aus Naturstoffen gefördert, eine wesensgemäße Tierhaltung angestrebt werden. Einige Pioniere der Landwirtschaft begannen mit der praktischen Arbeit überwiegend im Osten Deutschlands. Schon deshalb wird Johanna Schwarz vermutlich nicht einmal davon erfahren haben, zumindest nicht, so lange sie auf der Meierei lebte. Erst ab 1930 wurde die Zeitschrift *Demeter* veröffentlicht.

Die Sonne kämpft sich am späten Vormittag durch eine dicke Wolkendecke und wirft erste Strahlen auf das Gutshaus und in das Bürofenster zum Hof hinein. Wir haben den 23. April 1924. Johanna Schwarz steht gedankenversunken am Bürofenster mit Blick auf den Hof. Sie lehnt sich gegen den Kirschholzsekretär, als suche sie Halt. Der Bürogehilfe, unter der Leitung von Westheide zuständig für die Vorbereitung der wöchentlichen Lohntüten, die Abrechnungen und die landwirtschaftliche Buchführung, wird erst am nächsten Tag kommen. Die Praktikantin ist in der Küche schon fast fertig mit der Zubereitung das Mittagessens. Sie kann schnell und selbständig arbeiten. Dank der zur Beratung eingerichteten Berufsämter wurde sie an Johanna vermittelt.

Es ist ruhig auf dem Hof. Nicht wie Jahre zuvor – es war noch im Krieg während des Kartoffelnotstands – als die Menschen die für Schweine vorgesehenen Schweinekartoffeln bekamen und die Schweine Rüben und nichts dazu, außer Heu. Das für die Mast notwendige Eiweißfutter, Ölkuchen, Fischmehl, Kadavermehl, war längst verbraucht und das andauernde jämmerliche Quieken der Schweine hatte sich schon morgens nach dem Füttern über den Hof gelegt. Manchmal kommt es Johanna vor, als würde sie es jetzt noch hören.

Die Männer sind mit ihren Gespannen bei der Arbeit auf dem Heinheimer- und Oberfeld. Sie bearbeiten Hackfrüchte mit der Hackmaschine und dem Kultivator. Der Schmied schraubt ein defektes Rad der Düngerstreumaschine ab. Im Gemüsegarten auf dem Hof, das kann Johanna vom Fenster aus beobachten, jäten die beiden Mädchen unter der Aufsicht der Magd Unkraut auf dem als Vorfrucht geltenden Kohlrabi-Salat-Beet. Ab Ende Mai sollen Gurken und Tomaten gepflanzt, aber vorher der Zwischenfruchtdünger eingebracht werden.

Johanna Schwarz hatte den beiden erst im April eingestellten Mädchen, damit sie von Beginn an dazulernten, bereits am Tag zuvor erklärt, dass Kulturpflanzen genügend Nahrung bräuchten, damit sie wachsen. Deshalb müssten mitwachsende Konkurrenten, also Unkraut, entfernt und später entsprechend gedüngt werden. Das zehn Quadratmeter große Gurken- und Tomatenbeet mit Kohlrabi und Salat als Vorfrucht soll vom Mist 7 kg, vom schwefelsaurem Ammoniak 400 g, vom Superphosphat 300 g, und vom Kalisalz 240 g als Zwischendünger bekommen. „Damit es eine gute Ernte gibt", hatte sie freundlich gesagt. Hinterher kamen ihr allerdings Zweifel – ob diese beiden vierzehn Jahre jungen Mädchen sich in einem Monat noch daran erinnern werden?

Jetzt schaut Johanna auf die Wanduhr. Sie geht zum anderen Fenster des Büros, mit Blick zum Hoftor und öffnet es, als würde sie dort mehr erfahren können. Vielleicht den Einspänner hören? Kühle Aprilluft strömt herein. Hoffentlich ist nichts passiert. Sie wartet auf ihren Sohn und Westheide, die Richtung Pallaswiesenstraße gefahren sind.

Johanna, die sich sonst nicht aus der Ruhe bringen lässt, wird langsam unruhig. Sie hatte darauf bestanden, dass Westheide ihren manchmal zu impulsiven Sohn begleitete. Denn es war nicht ungefährlich, was die beiden vorhatten. Der Feldnachbar auf der Pallaswiese hatte zuerst davon erfahren und frühmorgens kurz vor dem Frühstück angerufen. Im Tagblatt wurde in der Rubrik ‚Aus der Landeshauptstadt' an erster Stelle davon berichtet. Laut Anweisung des französischen Kreisdelegierten – hieß es – sollen die Posten ohne Vorwarnung auf jede sich nähernde Person schießen, weil zwei Nächte zuvor ein Drahtverhau an der Besetzungsgrenze durchschnitten worden war.

Es wäre doch viel besser, geduldig abzuwarten, schlug Johanna vor; in den Jahren zuvor sei ihnen auch nichts anderes übrig geblieben, wenn die Franzosen plötzlich die Grenze geschlossen hatten. Aber Karl wollte unbedingt einen ersten Eindruck von der Situation an der Pallaswiesenstraße bekommen. Schließlich mussten die Frühkartoffeln gehäufelt und die Sommerweide – für die Heuernte konnte man sie benutzen – in den nächsten Tagen gedüngt werden. Auf der Höhe der Bahnunterführung war diese Straße mit einem Schlagbaum gesperrt, aber nicht geflutet, wie die Unterführung der Gräfenhäuser Straße, und deshalb zwei Tage zuvor noch mit Personalausweis, gestempelt mit ‚Frontalier', zu Fuß, mit dem Fahrrad, Kraftwagen oder Pferdegespann passierbar gewesen. Seit Mitte Januar konnte die Grenze sogar ohne extra zu beantragenden Geleitschein überschritten werden.

An der Pallaswiesenstraße standen sie nun, Karl und Westheide. Nicht bei der Bahnunterführung standen sie, sondern viel weiter vorne bei der alten Windmühle, nach der heute die Bushaltestelle dort benannt ist. Auch zwei bis drei Bauern, die ebenfalls Äcker bei der Pallaswiese hinter der Bahnlinie hatten, waren gekommen und beratschlagten. Ob in der Nacht, da wieder alles dicht war, erneut am Kopfbahnhof Weiterstadt gestrandete Menschen schwarz über die Grenze gebracht werden mussten? Das war nicht bekannt. Seit der Besetzung endete der Zugverkehr für Reisende von Mainz zur Landeshauptstadt Darmstadt im Nachbarort Weiterstadt. Wer einen Geleitschein hatte oder aus dem Grenzgebiet kam, konnte mit Ausweis legal über einen begehbaren Fußsteg bei der gefluteten Gräfenhäuser Straße die Grenze passieren und dann zu Fuß weiter bis zur Stadt. Sonst, oder bei kompletter Grenzsperrung wie jetzt, konnte man nur illegal auf die andere Seite gelangen. Es sollen jedenfalls Schüsse in der Nacht gefallen sein, sagte einer der Bauern, und man hoffte, dass nicht wieder ein junger Mensch aus Weiterstadt getroffen wurde. In den ersten zwei bis drei Jahren der Besatzungszeit waren zahlreiche Verletzte und auch Tote zu beklagen gewesen. Damals – als die Weiterstädter Jugend mit Nachtarbeit gut beschäftigt gewesen war, Menschen und Schmuggelware über die grüne Grenze zu bringen, um sich wenigstens damit etwas Geld zu verdienen.

Einer der Schmuggelpfade führte von dem an der Grenze zu Weiterstadt gelegenen Bahnwärter- und dem während des Krieges gebauten Erzeugerhaus vorbei (Jahre später wird es für die Kühe von Bedeutung sein), dann zur Meierei-Scheune und weiter Richtung Osten, also Richtung Stadt. Die Bewässerungsgräben mussten an der richtigen Stelle übersprungen oder im Zweifelsfall als Versteck benutzt werden, bevor man zum Wäldchen gelangte, wo eine kurze Verschnaufpause möglich war. Danach ging es entweder sehr beschwerlich über die Böschung und die Schienenstränge zur anderen Seite hinüber oder gebückt am unter den Schienensträngen geführten Darmbach längs, der nach wie vor das für die Rieselfelder notwendige städtische Abwasser zur Verfügung stellte. Nach der

Besetzung wurde dieser Bach von den dort lachend spielenden Kindern aus der Umgebung der Lumpen-Sortier-Anstalt in der Gräfenhäuser Straße kurzerhand in Stinkebach umgetauft.

Die illegal über die Grenze gebrachten Reisenden kamen jedes Mal des nachts mit gerümpften Nasen unter den Schienen auf der anderen Seite der Bahnlinie hervor, also der Seite zur Landeshauptstadt. Aber an der Stelle war ihnen, im Gegensatz zu den Kindern später, noch nicht zum Lachen zumute, denn Vorsicht war wegen unverhofft erscheinender Patrouillen geboten. Danach eilten die Schmuggler so schnell sie konnten weiter, weil die von ihnen geschmuggelte Ware damals wegen Hungersnot dringend in der Stadt erwartet wurde. Gemüse, Kartoffeln, Milch, so vieles, was sonst von den Ortschaften im Westen der Stadt geliefert worden war, fehlte, und weil es fehlte wurde nachts über die grüne Grenze an den Meierei-Feldern vorbei geschleppt, was ging. Schmuggler in großen Mänteln, mit eingenähter Butter, Käse, Brot, Beuteln voller Gemüse, andere mit dicken Rucksäcken, dazu französische Luxusgüter, wie Kaffee und Seife. Weil die Franzosen sie nicht gegen sich aufbringen wollten, waren die Menschen im besetzten Gebiet zeitweilig besser versorgt als die in der Stadt. Geschleppt wurde am Zoll vorbei bis zum Hauptbahnhof, wo die illegal über die Grenze gekommenen Menschen weiterfuhren und während der Saison des Nachts Markt für die Schmuggelware abgehalten wurde. Anekdoten gab es stets umsonst dazu. So auch von den Bauern aus Langen; als die erste angespannte Besetzungsphase vorüber war und sie von beiden Seiten der Grenze hinüber zu ihren Feldern auf die andere Seite konnten, versteckten sie dicke Kartons mit Kaffee und französischer Seife unter einer Mistfuhre, um diese Luxusgüter gewinnbringend zu verschieben. Auch einige französische Zöllner machten mit und winkten nachts sogar die eine oder andere gesamte Lastwagenladung durch.

Die Bauern, Westheide und Karl hatten sich inzwischen ein wenig in Bewegung gesetzt und befanden sich nun direkt vor

Johann Schäfers Gastwirtschaft an der Windmühle. Befürchtungen wurden geäußert, dass die Grenzschließung länger dauern könnte. Man hoffte, nicht so lange wie im Jahr zuvor, als wegen nicht geleisteter oder vermeintlich nicht geleisteter deutscher Reparationslieferungen zuerst das Ruhrgebiet und ab 3. März das Elektrizitätswerk und der Werkstättenbahnhof in der Nähe des Hauptbahnhofs besetzt wurden – von der Kolonialinfanterie mit Nordafrikanern und auch Schwarzen. Was das für Gerede in der Stadt zur Folge gehabt hatte. ‚Die schwarze Schmach!' Noch in den neunziger Jahren dagegen – das hatte das Tagblatt berichtet – war im Saalbau zur allgemeinen Unterhaltung und Erheiterung eine ‚Gruppe muskulöser, sehniger, schwarzer Gestalten' aufgetreten mit ‚nervenerschütternder' Musik. Und jetzt besetzten Schwarze den Werkstättenbahnhof und das Elektrizitätswerk und bewachten die Schlagbäume vor der Stadt? Und weil mit dieser Besetzung die Grenzlinie Richtung Osten bis an die Bahnlinie heran verschoben worden war, bewachten die Soldaten der Kolonialinfanterie auch die Meierei-Felder.

So war es in diesen Jahren immer gewesen: Wenn in der großen Politik die Mächtigen mit den Muskeln spielten, spiegelte sich dies auf der im Westen der Meierei gelegenen Palaswiese mit der Sommerweide und den Feldern wider. Für die Landwirtschaft führte dies zu Ernteausfällen, zu weniger Einnahmen, weil die Feldfrüchte nicht immer zum richtigen Zeitpunkt gepflegt oder geerntet werden konnten. Hinzu kam der bürokratische Aufwand für die Einfuhr der Ernte. Benötigt wurde die kostenpflichtige ‚Bewilligung', ausgestellt von den Dienststellen der ‚Hohen Kommission' der Alliierten der Rheinlandbesetzung.

„Ja, wir brauchen wieder Geduld", sagte Westheide, bevor die Bauern in die Gastwirtschaft gingen und er mit Karl langsam den Hügel hinauf, auf dem die alte, mit Efeu bewachsene Windmühle stand, um aus der Ferne Richtung Besetzungsgrenze zu schauen. Dort direkt hinzugehen, vor allem nach den Schüssen in der Nacht, das hatte Westheide Schwarz junior unmissverständlich mitgeteilt, käme nicht in Frage. Von der Anhöhe aus würden sie auf den Grenzübergang und die Bahnlinie schauen und dahinter ihr Land und die Feldscheunen erahnen können. Es lagerte dort noch Heu vom vorherigen Jahr. Die im besetzten Gebiet neben dem Schmuggelpfad weiter hinten liegende Scheune ließen sie vorsichtshalber leer stehen. Man versuchte so viel wie möglich zum Hof zu bringen – was zu zusätzlichen Arbeitsstunden während der Erntezeit führte. Auch die Unmöglichkeit, die Kühe im besetzten Gebiet auf die Sommerweide zu lassen, trug zu den Kosten bei. Das ganze Jahr über angebunden im Stall zu stehen, schadete der Gesundheit – ob der ehemalige Großherzog in dieser Zeit auch des öfteren an Kosten denken musste?

Es gab eine Revolution. Bemerkenswerter Weise hatte der Sozialdemokrat Heinrich Delp, nachdem bereits Schüsse gefallen waren, mit einer Ansprache vor siebentausend Soldaten verhindert, dass das Neue Palais (in der Nähe des heutigen Staatstheaters) gestürmt, Blut vergossen und der Großherzog festgenommen wurde. Stattdessen erklärte der Soldatenrat den Großherzog für abgesetzt. Das war in der Nacht vom 8. auf den 9. November 1918. Ob der ehemalige Großherzog sich jemals bei Heinrich Delp bedankt hatte?

Das Eigentumsrecht, mithin das Entschädigungsrecht, war trotz Revolution erhalten geblieben, so auch für die ehemalige Großherzogliche Hofmeierei, die im Adressbuch von 1924 als ‚Familieneigentum des ehemaligen Großherzogs' bezeichnet wird. Für die Scheune hingegen in der Pallaswiesenstraße galt bereits der ‚Volksstaat Hessen' als Eigentümer.

Laut ‚Darmstädter Tagblatt' ist das Familieneigentum des Großherzogs kein Privateigentum. Die Sichtweisen, wie üppig jener entschädigt werden sollte, gingen auseinander, vor allem in Zeiten der Hyperinflation und höchster Not. Und so sprachen die einen von einem ‚Milliardengeschenk für einen Notleidenden', die anderen davon, dass dies weder ein ‚Geschenk' noch ein ‚Milliardengeschenk' sei, und das Land Hessen wehrte sich gegen Falschdarstellungen des ehemaligen Großherzogs. Gustav Römheld führte wieder die Verhandlungen für ihn. Römheld, der knapp dreißig Jahre zuvor nach langen, zähen Verhandlungen das renovierungsbedürftige Gut Gehaborn hochpreisig für den Großherzog verkauft hatte.

Das junge Pflänzchen Demokratie hatte es nicht leicht. Entschädigungen, Reparationszahlungen, das besetzte Gebiet, die Posten vor der Hessischen Landeshauptstadt mit Schießbefehl, instabile Regierungen, Aufstände, zwei Putschversuche. Johanna fragte sich skeptisch, wenn sie darüber in der Zeitung las, wie lange das gut gehen würde. Auch wunderte sie sich über den Hitler-Ludendorff Prozess in München, über den täglich ausführlichst berichtet worden war, und der wegen des milden Urteils auch Ende April immer noch für reichlich Gesprächsstoff sorgte. Was Johanna Schwarz nicht ahnen konnte, war, dass der die Angeklagten besonders wohlwollend behandelnde Richter dreiunddreißig Parteimitglied wurde und zum Präsidenten des Oberlandesgerichts aufstieg, und sie konnte auch nicht ahnen, dass bei den bereits erwähnten Vorträgen zur Grundsteinlegung der biologisch-dynamischen Landwirtschaft, Rudolf Steiner (der sich leider selber an anderer Stelle rassistisch geäußert hatte), vor rechten Störern geschützt werden musste.

Mit einem Abstand von fast einhundert Jahren können wir an dieser Stelle sehen, woher der Wind wehte. Noch legten sich gute Nachrichten darüber.

Ist der Mai feucht und nass, füllt er dem Bauern Scheuer und Fass. Die glückliche Mischung aus Wärme und Feuchtigkeit im Monat Mai konnte den Wärmemangel der Vormonate ausgleichen. Welch gute Aussicht auf die kommende Ernte! Der Schießbefehl vor den Feldern hinter der Bahnlinie war aufgehoben. Im Juni verlor Poincaré die Wahlen in Frankreich, er war für seine Unnachgiebigkeit gegenüber Deutschland bekannt. Im Oktober wurden die Locarnoverträge verabschiedet. Die Muskeln der Mächtigen entspannten sich und schon kam Bewegung in die Besetzungsgrenze vor den Toren der Stadt. Die Posten wurden ein Stück weit zurückgezogen. Fast sah es aus, als würde die Grenze auf die Linie von 1922 zurückverlegt. Könnten die dortigen Meierei-Felder bald ohne Grenzkontrolle erreichbar sein?

Geduld ist gefragt. Offizielle Verlautbarungen gab es nicht. Auch noch nicht einige Wochen später – es war schon Anfang November. Stattdessen gab es wieder Passkontrollen im kürzlich frei gegebenen Gebiet. Auch nicht im Januar 1925, nicht im Februar.

Im März ließ Bürgermeister Buxbaum alte Grenzpfähle ausreißen. Er wurde vom Innenministerium gestoppt. Im April wurde die Nordgrenze der Stadt bis zur Pallaswiesen-/Mainzer Straße auf die Linie von 1922 zurückverschoben. Die Grenzkontrollen bei der Pallaswiese waren vorüber.

1934/35

Nur eine bescheidene Ausstattung hatten sie mitnehmen können in die kleine Wohnung in der Wilhelm-, heute Goethestraße, dreißig. ‚Schwarz, Karl, Landwirt und Schwarz, Wilh., Oekonomierats Ww.' – so lautete der Eintrag im Adressbuch der Stadt.

Die Treppe im Gutshaus geht Johanna Schwarz schon lange nicht mehr hinunter. Westheide hatte 1926 für einen neuen Verwalter Platz machen müssen und Karl Schwarz, Johannas Sohn, war Gutspächter der ehemaligen Hofmeierei geworden. Zwei Jahre lang. Dann ging alles ganz schnell: Er konnte weder Pacht noch Rechnungen bezahlen. Für Inventar, Maschinen, Geräte, Tiere zahlte der Nachfolger Abstand. Was dieser nicht übernehmen wollte, wurde versteigert. Der Kirschholz-Sekretär im Büro, noch heute befindet er sich in Privatbesitz, sechs mit schwarzem Leder bezogene Mahagonistühle, der Vitrinenschrank, Wäscheschrank, Küchenschrank, Geschirrschrank, Geschirr, die Anrichte, die Truhe im ersten Stock, der große Eichenholztisch aus der Wohnhalle. Für ein Jahr konnten Johanna und Karl die Wohnung in der Wilhelmstraße im zweiten Stock mieten. Danach verlieren sich ihre Spuren.

War Karl zu leichtsinnig gewesen und hatte sich verkalkuliert? Oder lag die Lösung des Pachtverhältnisses an der Landwirtschaftskrise? Vergangenheit gibt längst nicht alles preis. Die stetig ansteigende Anzahl von Zwangsversteigerungen im Deutschen Reich belegt die zunehmende Existenznot der Landwirte. Selbst bei der Weltwirtschaftskonferenz in Genf war eindringlich vor der rasch fortschreitenden Überschuldung der Landwirtschaft gewarnt worden.

Der Nachfolger, der neue Pächter der Hessischen Staatsdomäne Hofmeierei, ist nun seit sechs Jahren da. Dem Hof scheint es egal zu sein. Das Acker- und Weideland der Meierei im Westen liegt nach wie vor weit entfernt. Die Kühe geben ihre Milch, die Schweine werden fett, die Hühner legen ihre Eier. Die Arbeiter erledigen die ihnen zugewiesenen Aufgaben, zumindest diejenigen, die noch auf der Meierei arbeiten. Mehr als die Hälfte der Wohnungen in den Arbeiterhäusern stehen im Winter 33/34 leer. Trotz Abschaffung der Gesindeordnung ist die Landflucht nicht zu stoppen – im Vergleich zur Industrie sind die Arbeitsbedingungen in der Landwirtschaft deutlich schlechter.

An der Gabelung Pallaswiesen- und Gräfenhäuser Straße fahren sie an diesem Tag rechter Hand weiter, Franz Paulenski und ein anderer Meierei-Gespannführer. Mit zwei Ackerwagen vollbeladen mit Mist und je einem weiteren Mitarbeiter sind sie unterwegs. Links ragt die alte Windmühle in den Himmel, dahinter liegt der große Sportplatz; rechts, bis zur

Nummer dreiundfünfzig, säumen ein- bis zweistöckige Wohnhäuser die Gräfenhäuser Straße. Dann klaffen Lücken. Weitere Wohnbebauung ist wegen des Darmbachs, dem Stinkebach, untersagt.

Aber die Lumpen-Sortier-Anstalt, die modernste im Süddeutschen Raum, hat dort ihren Sitz. Franz Paulenski schaut beim Vorbeifahren nur ganz kurz nach rechts auf das repräsentative Haus vor der langgestreckten Sortierhalle. Kein Laut ist zu hören. Inzwischen hat die städtische Sparkasse die Sortieranstalt übernommen. Ein Jahr zuvor gehörte sie noch der Firma Strauß. Die Gestapo war damals mit dem Auto vorgefahren und schlug den Bewohner im zweiten Stock, einen Kommunisten, blutig, bis dieser ein Waffenlager im Garten preisgab. Die seien nicht zimperlich gewesen mit dem armen Kerl, war von einer Frau hinzugefügt worden, als der Meierei-Fuhrmann, Roman Palut, beim Milchausfahren in der Stadt von dieser Begebenheit hörte und später auf der Meierei davon erzählte. „Armer Kerl? Wer hat das gesagt?“ Wie aus der Pistole geschossen war der neue Melkbursche Roman über den Mund gefahren. Ohne rot zu werden log dieser und gab vor, die Berichterstatterin nicht zu kennen. Inzwischen erzählte er so etwas lieber nicht.

Die Gespanne haben mittlerweile die Eisenbahnbrücke unterquert. Längst vorbei die Zeit der Flutung dieser Unterführung und die Zeit der Besetzung mit Grenzkontrollen – die Truppen der Alliierten der Rheinlandbesetzung waren vier Jahre zuvor abgezogen.

Hinter der Eisenbahnlinie links vor dem Bahnwärter- und Erzeugerhaus lag die Pallaswiese mit der großen Sommerweide der Meierei und Gemüsefeldern, auf denen erste Saisonkräfte lange Reihen für Salat, Kräuter und Kohlrabi vorbereiteten. Das mit dem Darmbach angeschwemmte städtische Abwasser wird die Felder berieseln, für Dünger und genügend Feuchtigkeit sorgen. Beste Wachstumsbedingungen. Direkt gegenüber biegen die Gespanne nach rechts auf den zukünftigen Kartoffelacker.

Die Vögel zwitschern um die Wette, wie jedes Jahr im März. Der Himmel ist grau, der Westwind kräftig. Leichter Nieselregen begleitet sie, legt sich auf die Mützen und Jacken der Männer und lässt den Mist unter ihren Stiefeln auf dem Ackerwagen schmieriger werden. Versetzt fahren die Gespanne über den Acker. Die Pferde halten und warten geduldig, während die Arbeiter den guten, aber schweren Mist locker mit der Forke vom Wagen aus über dem Acker aufschütteln und verteilen. Das kostet Kraft, besonders in den Armen. Ist die letzte Forke Mist abgeladen, gehen sie noch einmal über den Acker und zerkleinern zu grobe Mistbüschel mit der Forke gleichmäßiger. Sie müssen damit rechnen, dass der Gutspächter – der die aufgetragenen Arbeiten sorgfältig erledigt haben möchte – jeden Moment zur Kontrolle vorbeikommt, sich bückt und ihnen vormacht, wie fein und wie gleichmäßig der Mist zu verteilen ist. Der neue Gutspächter ist streng und genau. Es kann aber auch passieren, dass er sich verspätet, weil der Einspänner nicht schnell genug vorankam, er im Heinheimer Feld zu lange aufgehalten wurde oder zunächst auf dem Gemüsefeld gegenüber nach dem Rechten schauten musste.

Wenn Paulenski auf dem Rückweg von den Feldern im Westen auf dem Spessartring mit seinem Gespann die Kreuzung an der Dieburger Straße passiert, denkt er automatisch an die Schreie, die er selber gehört hatte. Ein Jahr zuvor drangen sie aus dem riesigen Bierkellergewölbe nach draußen. Schreie der von den SA- und SS-Schlägertrupps misshandelten Gewerkschafter, Juden, Kommunisten, Sozialdemokraten, bevor sie nach Osthofen in ‚Schutzhaft' kamen. Auch heute kann man noch durch eine Luke unterhalb des Biergartens in diese Keller hineinhorchen.

Der Gutspächter hat sich geschworen, dass es ihm nicht wie seinem Vorgänger ergehen soll. Er ist morgens der erste im Gutshaus. Das steht auch in der BZ: Der Bauer muss in seinem Betrieb der erste sein. Die Melker beginnen zwar schon um vier Uhr mit der Arbeit, aber um halb sechs kann er bei ihnen auch noch nach dem Rechten sehen. In unregelmäßigen Abständen steht er selbstverständlich morgens schon um fünf Minuten nach vier im Kuhstall und schaut, ob die Melker unter der Kuh sitzen. Die sollen wissen, dass seine Vorgaben einzuhalten sind. Mit Strenge und Disziplin bringt er fünfzig Mitarbeiter dazu, einschließlich der ab März eingestellten Saisonkräfte, zu spuren, das heißt, fleißig und sorgfältig zu arbeiten.

Der Bauer muss auch die BZ, die Hessen-Nassauische Bauernzeitung, lesen. Das erwartet der Landesbauernführer. Schließlich ist die BZ das offizielle Nachrichtenblatt des Reichsnährstandes mit sämtlichen wichtigen Verfügungen und Bekanntmachungen und nicht irgendein landwirtschaftliches Blättchen, sondern die gauamtliche nationalsozialistische Zeitung. Damit wenigstens einmal wöchentlich dem Bauern eine wegweisende nationalsozialistische Zeitung zugestellt wird. Und der Bauer muss Mitglied beim Reichsnährstand und auch bei der Hessen-Nassauischen Bauernschaft sein. Im Oktober hatten die Bauern, die immer noch nicht Mitglied waren, drei Tage Zeit bekommen, um der Bauernschaft beizutreten. Wer nicht beitrat, musste doppelten Beitrag bezahlen. Der Beitritt – wurde in der BZ betont – sei also nur zum Vorteil der Bauern.

Selbstverständlich ist der neue Gutspächter Mitglied der Bauernschaft und liest die Bauernzeitung. Schließlich will er bestens informiert sein. Selbst wenn das fachliche Niveau dieser Zeitung wahrhaftig zu wünschen übrig lässt und die Hinweise auf erste judenfreie Märkte und Geschäfte ihn mit Abscheu erfüllen. Er hat in Hohenheim studiert. Fachlich kann ihm ohnehin keiner etwas vormachen. Er ist mit knapp vierzig Jahren ein Mann in den besten Jahren. Seit sechs Jahren verheiratet, drei Kinder. Er, Gustav Vierling, zweiter Sohn des ehemaligen Gutspächters des Degenfeldschen Hofguts in Württemberg. An der Westfront, einschließlich französischer

Kriegsgefangenschaft, hatte er für Kaiser und Vaterland gedient. Eine lange Narbe – keine Kriegsverletzung – verläuft über seine linke Wange. Während seines Landwirtschaftsstudiums in Hohenheim war er Mitglied einer schlagenden Verbindung. Disziplin, Haltung, Schneid und das Festhalten an der alten Ordnung, dafür hatte er sich mit seinen Kameraden eingesetzt. In seinem Stammbaum wird er als ‚Pächter der Hofmeierei zu Darmstadt' – nicht der ‚Hessischen Staatsdomäne Hofmeierei' oder der ‚ehemaligen' – bezeichnet. Landadel in der Ahnentafel verpflichtet. Dass nun für Ordnung gesorgt wurde, bei dem Gedanken holte er tief Luft und zögerte: „Eigentlich höchste Zeit. Aber doch nicht so!"

Vierling fasste sich gerne kurz und knapp, statt unnötige Worte zu verlieren. Doch nachdem der Landesbauernführer, Dr. Wagner, im Herbst des vorherigen Jahres bei einer Kundgebung großen Stils auf dem Gallusmarkt seine Anordnungen zum Winterhilfswerk erläutert hatte, rissen Vierlings Sätze nicht ab – spätabends erst, als er mit seiner Frau alleine im Wohnzimmer saß. Damit auch wirklich der Bevölkerung mit einer großen Menge Lebensmittel unter die Arme gegriffen werde, hatte der Landesbauernführer gesagt, sei es nötig, dass jeder Bauer von seiner angebauten Kartoffelfläche 1,5 Zentner pro Morgen abgeben müsse. Auch diejenigen, die freiwillig nichts geben würden.

„1,5 Zentner Kartoffeln pro Morgen an das Winterhilfswerk?", wiederholte Gustav Vierling ungläubig. Das ging ihm entschieden zu weit. Sie würden doch im Dezember schon wegen des Winterhilfswerks jeden Sonntag ihren Eintopf löffeln müssen. „Ich bin deutsch-national! Aber doch kein Sozialist – und auch kein Landbesitzer, sondern Pächter", sagte er empört. „Von zwanzig Hektar oder achtzig Morgen Kartoffelacker einhundertzwanzig Zentner à drei Reichsmark verschenken müssen?"

Nebelschwaden lassen nur schemenhaft die Umrisse in der Waschküche unter der Gesindestube erkennen. Dies ist nichts Außergewöhnliches. Allerdings ist es nicht Lina Reutter, die Frau des Gespannführers, Johannes Reutter, die jetzt die Waschfrau der Meierei ist und normalerweise den Waschkessel erhitzt. Sie kann die Waschküche drei Tage lang nicht benutzen. Und es ist kein Waschlaugendampf, der von der Waschküche her ins Freie strömt, sondern Metzelsuppendampf mit feinst verteilten Fetttröpfchen, der den Hausschlachter, die Frau des Pächters, Irmgard Vierling, und die beiden Lehrlinge für ländliche Hauswirtschaft einnebelt. Als Tröpfchen legt sich dieser Nebel auf ihre Kleidung, Gesichter und auf die unter den Kopftüchern hervorlugenden Haarsträhnen der drei Frauen. Auf der kochenden Metzelsuppe bleiben trotz des Dampfes immer noch genügend Fettaugen zurück. Denn es wurde bereits Wellfleisch, Fettfleisch, Leber-, Siede- und Kochwurst in der Suppe gekocht und neben dran auf dem Herd Schmalz ausgelassen.

Jetzt, am zweiten Schlachttag, geht es um die Wurst. Lisa, Lehrling im ersten Lehrjahr, dreht zwölf Pfund Schweinefleisch vom Vorderblatt und vier Pfund frischen Speck für die Herstellung von Zervelatwurst drei Mal mit der Handkurbel durch die Fleischhackmaschine. Sie atmet flach. Ihr ist übel von diesem nach Fett triefenden Geruch. Schon einmal lief sie während der Arbeit nach draußen ins Freie, um frische Luft zu schnappen. Beim zweiten Mal geht Irmgard Vierling resolut hinterher. Wer nicht beim Schlachten durchhalte – mahnt sie – würde seine Lehre niemals erfolgreich abschließen, und verlangt von ihr, unverzüglich an die Arbeit zurückzugehen. Was Lisa, jetzt mit zusammengepressten Lippen und den Tränen kämpfend, auch macht.

Else, Lehrling des dritten Lehrjahres, füllt unverdrossen mit dem Schlachter zusammen Blutwurst in Dosen. Später wird sie diese mit Unterstützung von Irmgard Vierling an der neuen Dosenmaschine mit einem Deckel verschließen. Irmgard Vierling ist zufrieden mit dieser neuen, sicheren und einfacher zu handhabenden Methode zur Haltbarmachung. Die

Dosen können am Ende alle auf einmal im großen Kessel sterilisiert werden. Das wäre mit den üblichen Einmachgläsern nicht möglich gewesen.

Sie ist ländliche Hauswirtschaftsmeisterin und darf Lehrlinge ausbilden, die lernen müssen, dass Konservierung von Lebensmitteln auf einem Bauernhof besonders wichtig ist, denn Gefrierschränke gab es damals noch nicht. Am nächsten Tag werden die Frauen Schinken und Pfötchen in einem Wasser-, Salz-, Kandiszucker- und Salpetergemisch zum Pökeln einlegen sowie Kamm-, Rücken- und Bauchstücke als Sauerfleisch kochen und in große Steintöpfe zur Aufbewahrung geben. Die sich nach der Abkühlung bildende Fettdecke macht das Fleisch einige Wochen haltbar.

Sinnvolle Neuerungen, wie das Einkochen in Dosen, greift Irmgard Vierling gerne auf, damit die Lehrlinge, die sie im Alter von fünfzehn bis achtzehn Jahren in den Bereichen Küche, Haushalt, Milchwirtschaft, Gartenbau, Geflügelzucht ausbildet, bei ihr genug lernen. Außerdem formt sie – sofern diese es nicht mitbringen – unnachgiebig deren Arbeitsverhalten, um sie auf den richtigen Weg zu bringen. Schließlich soll aus ihnen etwas werden. Darin ist sie sich einig mit Hede Müller, der Frau des Karlshofpächters – die wie sie Lehrlinge ausbildet – aber weniger resolut. Liebenswürdig und dennoch unnachgiebig, bringt sie ihre Schützlinge ebenfalls genau dorthin, wo sie sie hinhaben möchte.

Den beiden Frauen geht der Gesprächsstoff nicht aus. Sie treffen sich öfter zu zweit und sind sich längst vertraut. Im Gegensatz zu ihren Männern, den beiden Pächtern. Beide Frauen sehen ihre Aufgabe darin, ihren Beitrag zur Pacht des Gutshofes zu leisten, dem Mann eine Stütze zu sein, die Kinder zu erziehen, für die Versorgung der zu verköstigenden Arbeiter zu sorgen, sich um das Geflügel zu kümmern sowie Gemüse für den Hof im Garten anzubauen.

Durch die Ausbildung von je zwei Lehrlingen haben sie die Chance, überhaupt Arbeitskräfte für die Hauswirtschaft zu bekommen. Sie tauschen sich auch gerne über ihre Lehrlinge aus, und Irmgard Vierling wird sicherlich beim nächsten Treffen von der mit Tränen kämpfenden Lisa während des Schlachtens berichten.

Über die seit einem Jahr öfter durchgeführten Fortbildungen für ihre Lehrlinge wird es auch genügend zu hinterfragen geben. Denn zuerst werden bei diesen Veranstaltungen die Lehrlinge in ihren national-politischen Aufgaben geschult und danach dazu angehalten, ausführlich über ihre Tätigkeit auf den Höfen und natürlich auch über die Höfe genau zu berichten. Hinterher lassen beide ihre Lehrlinge von diesen Fortbildungen berichten, und wenn sich die beiden Pächterinnen dann darüber austauschen, äußern sie sich zwar dezent, aber ihre Blicke werden aussprechen, was sie wirklich davon halten.

Franz Paulenski geht auf der Streuobstwiese hinter dem Kuhstall von Baum zu Baum und schaut sich die Kronen der gut gewachsenen Apfelbäume an. Nicht, um allgemein den Ungezieferbefall vor der Handablese zu erfassen, das Ablesen von Raupen per Hand ist längst vorbei. Er schaut, ob überhaupt noch Befall mit Obstbaumschädlingen zu registrieren ist. Schließlich hatte er bereits zwei Spritzungen entsprechend Vierlings Vorgaben, der Empfehlung neuester Studien folgend, nach dem Ausputzen und Auslichten der Bäume im Februar vorgenommen: zuerst mit Karbolineum, danach mit einer Brühe aus zweiprozentigem Kupferkalk und einprozentiger bleihaltiger Arsenpaste, um die überwinternden Schädlinge zu vernichten. Nach der Blüte soll er dann noch zweimal gegen Frühjahrsungeziefer spritzen – einmal mit zweiprozentiger Schwefelkalkbrühe und drei Wochen später mit Schwefelkalkbrühe und Bleiarsen.

Er arbeitet gerne alleine – niemand da, der ‚Polacke' in seinem Beisein zu ihm sagen könnte. Obwohl er es gewohnt war, längst bevor die Braunen die Macht übernommen hatten, ‚Polacke' hinter sich herrufen zu hören.

Nur der neue Melkbursche treibt es auf die Spitze. Einmal setzte Paulenski sich zur Wehr. Sie wurden beide laut, des Morgens schon, als er zum Pferdestall wollte und der Melkbursche eine Lore voll Mist Richtung Misthaufen schob. Noch lauter wurde dann Vierling, der vor dem Gutshaus stand und den Zwist verfolgte: „Ruhe! An die Arbeit, und zwar sofort!" Ein gellender Schrei, der die beiden weitergehen ließ. Paulenski war erleichtert. Zweimal hat seitdem der Melkbursche, wenn sie sich zufällig alleine begegneten, vor ihm auf den Boden gespuckt.

Franz versucht diese Begegnungen zu vermeiden. Er ist mit achtzehn Jahren Tätigkeit auf der Meierei der älteste und erfahrenste Mitarbeiter. Wenn bei der Berieselung der Gemüsefelder bei der Pallaswiese Schwierigkeiten auftreten, wird er zu deren Beseitigung geholt. Nachdem er bis vor Kurzem ausschließlich als Knecht und Pferdeknecht gearbeitet hatte, ist er jetzt Gespannführer – oben auf dem Wagen, die Zügel in der Hand, unterwegs mit diesen schönen Tieren. Da das Ackerland wegen Nässe an diesem Tag nicht mit den Gespannen befahrbar ist, hat Vierling ihn zur Kontrolle der Obstbäume auf die Streuobstwiesen geschickt. Schon seit Jahren ist er derjenige, der den größten Teil dieser Bäume im Frühjahr auslichtet. Mitten auf der Streuobstwiese steht er jetzt. Links der Kuhstall, rechter Hand der Wald. Vor ihm eine Goldrenette Freiherr von Berlepsch, die Wilhelm Schwarz dreißig Jahre zuvor dort pflanzen ließ. Nichts. Tatsächlich ist keine Spur von Ungezieferbefall zu erkennen. Genauso wie Vierling es ihm vor dem Spritzen vorher gesagt hatte: „Dann wird das Ungeziefer wirklich vernichtet."

Die Braunen heißen nicht einfach so ‚die Braunen'. Sie haben ein ‚Braunes Haus' in der Bismarckstraße elf der Landeshauptstadt, auch dort gibt es ein Kellergewölbe, und sie tragen gerne Braun. Sie begannen sofort damit, den ‚Krebsschaden Demokratie' nach der Reichstagswahl im März dreiunddreißig zu vernichten. Vom Landtag und von allen anderen offiziellen Gebäuden flattern seitdem Hakenkreuzfahnen fröhlich im Wind. Den Luisenplatz gibt es nicht mehr (dafür den Adolf-Hitler-Platz), auch nicht unliebsame Beamte und Angestellte. Adelung, sozialdemokratischer Staatspräsident des Volksstaates Hessen, wurde abgesetzt. Auch Leuschner, sozialdemokratischer Hessischer Innenmister, und Fröba, kommunistisches Stadtratsmitglied; beide werden dreiunddreißig verhaftet, später freigelassen und vierundvierzig hingerichtet. Der bereits erwähnte Heinrich Delp, damals Bürgermeister der Landeshauptstadt, ebenfalls abgesetzt, wird fünfundvierzig, kurz nach seiner Befreiung aus Dachau, sterben. Der Großherzoglichen Familie geht es gut. Sie bekommt weiterhin Entschädigungszahlungen vom Land, auch für die Meierei. Drei Jahre später wird allerdings ein Flugzeug mit fünf Großherzoglichen Familienmitgliedern an Bord bei Ostende abstürzen und der Führer dem Prinzen Ludwig von Hessen seine aufrichtige Teilnahme zum Ausdruck bringen. Ministerpräsident Generaloberst Göring lässt sich dann ständig telefonisch über das Unglück vom neuen Palais unterrichten.

Amts- und Würdenträger werden nicht mehr demokratisch gewählt, auch nicht bei den Organisationen der Bauern. Das klappt alles wie am Schnürchen, als wäre einfach ein Schalter umgelegt worden. Nur ein paar Flugblätter mit verdrehten Anweisungen des Landesbauernführers streuen ein wenig Sand ins Getriebe. Sonst wird von oben nach unten ernannt. Vom Reichsbauernführer, vom Landesbauernführer, vom Kreisbauernführer, vom Ortsbauernführer. Das ist jetzt die ‚neue Zeit', die auch für die Bauern gilt. Vom Reichsnährstand wird die Bauernpolitik von oben nach unten bestimmt und die bisher ins liberale Wirtschaftssystem eingebundene Landwirtschaft zugunsten einer zentral gesteuerten abgeschafft. Die Bauern sollen nicht mehr spekulieren und keine Unternehmer mehr sein. Es gibt Festpreise und Ablieferungstermine, aber auch Abnahmegarantien. Vorbei die Zeit, als die Bauern ihre

Kartoffeln so lange in der Miete lagern konnten, bis die Preise anzogen. Nach dem Krieg Mitte der zwanziger Jahre hatten sie sich nichts sehnlicher gewünscht als das Ende der Zwangsbewirtschaftung. Wie gewonnen, so zerronnen.

So manch ein Bauer, auch Vierling, schluckte bei dem Gedanken an Festpreise, ebenso bei der Milchpreissenkung in stadtnahen Gebieten. Der Milchpreis lag wieder bei dreiundzwanzig Pfennig im Kleinverkauf ab Hof. Im März vierunddreißig wurde zudem bekannt gegeben, dass Milch grundsätzlich an Molkereien abzuliefern sei, weil 95% der Bauern durch diesen planmäßigen Eingriff Vorteile hätten – Gemeinwohl gehe nun einmal vor Eigennutz und schließlich könnten Milcherzeugnisse für den eigenen Gebrauch weiterhin selbst hergestellt werden. Als Vierling dies las, sprang er sogar auf: „Was?"

Er setzte sich jedoch wieder hin, nachdem im weiteren Verlauf des Artikels erwähnt wurde, dass es Bauern in ‚molkereimäßig' noch nicht oder nur ungenügend erschlossenen Gebieten, wie der Landeshauptstadt, gestattet sein würde, die Milch selber zu verwerten und direkt an den Verbraucher zu verkaufen. Schließlich gab es auf der Meierei die gut ausgestattete Milchküche und einen großen, täglich von Roman Palut mit Frischmilch und Meiereibutter belieferten Kundenstamm. Für die überschüssige Milch, die sonst der Milchhändler Trietsch bekam, müsste er dann einen sogenannten Übernahmeschein bei der Reichsstelle für Milcherzeugnisse beantragen. Es würde also nicht ganz so schlimm werden wie anfangs befürchtet, dachte er sich. Und das wurde es auch nicht für ihn.

Denn es gab für die Bauern auch Zuckerbrot, genannt Förderprämien – die beantragt werden mussten – für erhöhten Einsatz von Mineraldünger, erweiterten Zuckerrüben-, Raps-, Rübsen-, Gemüse- und Futteranbau oder die Zucht eines leistungsstarken einheimischen Rindviehschlags, um die Erträge für die große Erzeugungsschlacht zu steigern – nur zum Wohle der Bevölkerung. Hitler sei ein friedliebender Mensch und wolle keinen Krieg.

Insgesamt behagte Vierling dieses Vorgehen nicht – immer neue Vorschriften und Einschränkungen, er war ein freier Bauer –, wenn es nicht diese auch für Pächter geltende Entschuldungsverfahren gäbe, und die wogen wahrlich schwer. Sie wogen so schwer, dass sogar recht viele Bauern, die sonst stets konservativ gewählt hatten, mit der Angst vor weiteren Zwangsversteigerungen im Genick und der Aussicht auf versprochene Entschuldung dreiunddreißig bei den Braunen ihr Kreuz gesetzt hatten. Jene erhielten vierundvierzig Prozent der Stimmen im Reich und fünfzig Prozent in der Landeshauptstadt.

Als Vierling im April über seine Hohenheimer Kontakte beiläufig in einem Gespräch von einer Rangfolge für förderungsfähige Pächter erfuhr, begann er die BZ mit all ihren neuen Verordnungen mit anderen Augen zu lesen. „Die unfähigen und unwilligen Elemente", hatte sein Gegenüber in einem Nebensatz erwähnt, „du verstehst schon was ich meine, die, die nicht zu uns gehören, werden bei der Gelegenheit gleich aussortiert ..." – gut zu wissen.

Bei dem Wort ‚aussortieren' dachte er an Jakob Kern, ein Jahr zuvor noch Inspektor der Allgemeinen Ortskrankenkasse, dreiunddreißig entlassen und kurzzeitig in ‚Schutzhaft' genommen. Seit Vierling als Gutspächter und Arbeitgeber Krankenkassenbeiträge abführen musste, hatte er mit Kern Missverständnisse, Fehlbuchungen, sonstige Ungereimtheiten stets im Nu klären können. Dafür schätzte er ihn. Sie waren sich zufällig einige Tage zuvor begegnet. Vierling grüßte, blieb wie üblich für ein Kurzgespräch stehen und schaute zu seinem Erstaunen zunächst in völlig verunsicherte Augen seines Gegenübers, die dann vor Freude aufleuchteten. Jakob Kern, gebrandmarkt als Sozialdemokrat mit polizeilicher Überwachung, realisierte, dass Vierling – im Gegensatz zu vielen anderen – ihn nicht mied, nicht die Straßenseite wechselte oder einfach zur Seite schaute.

Beim Wort ‚aussortieren' dachte Vierling allerdings auch an sich.

Dass bei der Kreisbauernschaft eine Karteikarte über jeden Bauern, also auch über ihn, seinen Einsatz von Mineraldünger sowie seine Erträge der vergangenen Jahre existierte, wusste er. Er hatte die Daten dafür selbst einreichen müssen. Fachlich sei in der Tat nichts zu befürchten, und im Herbst hatte er glücklicherweise dann doch ohne weitere Aufforderung die vorgeschriebenen einhundertzwanzig Zentner Kartoffeln dem Winterhilfswerk gespendet. Dennoch begann ihn diese Frage zu beschäftigen: Wie bringt man sich und einen vom Staat gepachteten Gutshof durch diese Zeit? Der Staat bestimmte die Landwirtschaftspolitik, der Staat war sein Verpächter. Und die Partei war der Staat.

Landarbeiter mussten damals auch Mitglied beim Reichsnährstand sein. Dafür hatten sie Anspruch auf gesetzmäßige Betreuung, die auf Anordnung des Führers auf die Reichsbetriebsgemeinschaft übertragen wurde. Von dort erhielten sie regelmäßig Informationen über die großartigen Taten des Führers, die wichtige Stellung des Landarbeiters in dieser ‚neuen Zeit' und wie verwerflich doch die Landflucht sei. Abwandern und Abwerben aus ländlicher Arbeit sei Sabotage am Ziel des Führers. Es fehlten einhunderttausend Landarbeiter trotz Arbeitslosigkeit in den Städten. Dabei sei doch bekannt, hieß es, dass in der Industrie tätige Menschen bereits nach wenigen Generationen verbraucht seien und aussterben würden. – Diese hehren Worte verhallten ins Leere, ebenso das daraufhin verordnete Gesetz, das gewerblichen Unternehmern bei Androhung einer Geld- und Gefängnisstrafe verbot, Arbeiter weiter zu beschäftigen, die in den letzten drei Jahren in der Landwirtschaft tätig gewesen waren. Die Bauern sollten im Gegenzug dafür den zurückkehrenden Arbeitern angemessenen Wohnraum und ein Stückchen Gartenland zur Verfügung stellen. Landflucht wird dennoch ein Dauerthema bleiben und zur Meierei kehrte kein einziger ehemaliger Landarbeiter zurück. Wenngleich dort die dem Staat gehörenden Arbeiterhäuser und Gärten vorhanden waren. Nur der leidige Wasseranschluss für die Häuser fehlte nach wie vor.

Im Winter hatte sich ausgerechnet Lina Reutter beim Wasserholen für ihre Familie an der ein- bis zweihundert Meter entfernt gelegenen Drei-Brunnen-Quellen schräg gegenüber der Arbeiterhäuser auf der anderen Seite der Erbacher Straße erheblich verletzt. Sie war die Waschfrau der Meierei und erlebte selber täglich die Annehmlichkeiten eines Wasseranschlusses im Gutshaus bei der Arbeit. Zwei Wochen konnte sie nun ihrer Arbeit in der Waschküche nicht nachkommen, also auch kein Geld verdienen. Bitterkeit erfüllte sie, wenn sie daran dachte, wie einfach es wäre, in ihrer Wohnung für ihre Familie das Wasser aus dem Wasserhahn zur Nahrungszubereitung, zum Trinken, Waschen und Putzen zur Verfügung zu haben. Es war ja nicht nur die Entfernung. Zehn Stufen führten zur Drei-Brunnen-Quelle hinab, die im Winter oft vereist waren, auch als Lina Reutter stürzte. Hinzu kam eine häufig defekte Handleierpumpe, die bei Versagen die Frauen oder ihre Männer nach einem schweren Arbeitstag dazu zwang, Wasser an der drei- bis vierhundert Meter entfernten Pferdetränke auf dem Gutshof zu holen. Und Lina Reutter war nicht die einzige gewesen, die sich in den letzten zweieinhalb Jahrzehnten beim Wasserholen verletzt hatte. Bitterkeit schleppten sie und die anderen Wasserträger mit den schweren Eimern mit sich herum.

Als dann ein für die praktische Umsetzung der Arbeiterbetreuung zuständiger ehrenamtlicher Mitarbeiter des Kreisbetriebsgemeinschaftsleiters bei einem Besuch der Landarbeiter auf der Meierei zunächst die Tatkraft und Güte des Führers in den höchsten Tönen pries, dann die nationalsozialistische und volkspolitische Bedeutung des landwirtschaftlichen Arbeiters und schließlich auch die Arbeiter zu Wort kommen ließ, konnte es sich Linas Mann, der Gespannführer Johannes Reutter, nicht verkneifen auf diesen Missstand hinzuweisen. Er wurde daraufhin von den Anwesenden zum Betriebsobmann der Meierei bestimmt und schrieb mit Unterstützung des ehrenamtlichen Mitarbeiters den ersten vergeblichen Bittbrief an die ins ehemalige Gewerkschaftshaus in der Bismarckstraße 19 gezogene Deutsche Arbeitsfront. Weitere Briefe folgten in den kommenden acht Jahren. Selbst der ‚Deutsche Gruß' am Ende des Briefes wird in all den Jahren nicht zur Behebung des Missstands führen. Jedes Mal wurde auf andere technische oder verwaltungstechnische Schwierigkeiten verwiesen. Auch Vierlings Versuch, mit einem an der Erdoberfläche liegenden Rohr in Straßennähe provisorisch Abhilfe zu schaffen, ging schief. Es fror zu oder war verstopft und über die Straße hätte das Wasser ohnehin noch geschleppt werden müssen.

Den letzten Brief, nachdem der vorletzte bis zum Reichsstatthalter von Hessen ging, wird der dann zuständige Betriebsobmann, Adam Dapper, zweiundvierzig an die Reichsregierung in Berlin senden. Doch der bereits auf Hochtouren tobende Krieg ging natürlich vor. Die Bitterkeit der Wasserschleppenden blieb und würde zunehmen, auch weil parallel zu ihren Bemühungen verschiedene Gesetze zur Förderung von Werkswohnungen von der Reichsregierung verabschiedet – doch bei staatlichem Eigentum nicht umgesetzt – wurden, und auch, weil bei nahegelegenen Gärten oberhalb der Arbeiterhäuser zwischenzeitlich Wasseranschlüsse gelegt worden waren und sich eine Hauptzuleitung in unmittelbarer Nähe der Arbeiterhäuser befand. Nur dort kam kein Tropfen davon an.

Gelacht wurde hin und wieder dennoch. Nicht unbedingt zur Erntezeit, wenn die Arbeiter entgegen aller Behauptungen der Landarbeiterordnung dreizehn, vierzehn Stunden arbeiten mussten und gleich nach dem Abendessen todmüde ins Bett fielen. An einem regnerischen Dienstagabend sprach sich bei den Arbeiterhäusern herum, dass dem Milchkutscher, Roman Palut, der auf der Meierei in der Wohnung über dem Hühnerstall wohnte, vormittags das Pferd beim Milchausfahren gestohlen worden war – „vonnem zehnjährische Määdsche!“, sagte der neue Betriebsobmann Johannes Reutter zu seinen Nachbarn abends über den Gartenzaun hinüber.

Es war die kleine, kesse Gerda aus dem Martinsviertel gewesen, die gerne beim Milchausfahren zuschaute und an diesem Morgen am Rhönring, Ecke Heinheimer Straße, die farbig gestrichene Milchkutsche – mit abgebildeten Vierlingen und dem Schriftzug: ‚Trinkt Vierling-Milch‘ – stehen sah. Mit einem ‚Jetzt oder nie‘ im Kopf war sie auf die Kutsche hinter dem wartenden Pferd geklettert und machte das, was sie bei Roman oft genug beobachtet hatte: Sie nahm die Zügel in die Hand und ließ diese mit einem ‚Hü‘, leicht auf den Rücken des Pferdes fallen. Wie gewohnt zog das Pferd an. Ungewohnt war für das Pferd allerdings, dass plötzlich die Zügel auf seinen Rücken knallten. Gerda wollte schließlich was erleben. Schon gab es kein Halten mehr und das Pferd ging durch. Die Männer lachten aus vollem Herzen in ihren Gärten vor den Arbeiterhäusern in der Erbacher Straße, vor allem auch, weil keiner verunglückt war: weder das Pferd noch Gerda, noch die anderen Kinder, die auf dem Gehweg schreiend der Kutsche hinterherliefen, während ein beherzter Passant zur mittlerweile auch kreischenden Gerda auf die fahrende Kutsche sprang, ihr die Zügel aus der Hand riss und schließlich das Fahrzeug auf dem Spessartring kurz vor der Dieburger Straße zum Halten brachte.

Seit Mai war Vierling Mitglied beim NSKK und seitdem trug auch er Braunhemd und Uniform, dazu schwarze Reiterhosen und hohe Lederstiefel. Er trug sie, wenn er abends mit dem Fahrrad zu den wöchentlich angesetzten Treffen des Nationalsozialistischen Kraftfahrkorps fuhr, einer paramilitärischen Unterorganisation der NSDAP. Noch hatte er keinen Traktor oder PKW auf seinem Hof, aber das würde sich ändern. Vorher möchte er das Praktische mit dem wohl Notwendigen verbinden, wie er es nannte, also etwas über Kraftfahrzeuge lernen und Mitglied einer NS-Organisation sein. Denn hauptsächlich sollten die Mitglieder in der Bedienung und Wartung von Motorrädern und Personenkraftwagen ausgebildet werden. Wohl deshalb heißt es heute, dass eine Mitgliedschaft beim NSKK, besonders in den ersten Jahren, noch kein Hinweis auf Bejahung des NS-Regimes sei.

Mittlerweile hatte Vierling verschiedene Förderprämien beantragt. Die wichtigste Maßnahme war für ihn der Aufbau einer neuen Herde. Seit seinem Studium in Hohenheim hatte er sich besonders für Zucht interessiert und schon längst mit dem Gedanken gespielt, die auf der Meierei übernommene Simmentaler Rasse nach und nach durch den einheimischen schwarz-weißen Tieflandschlag mit leistungsfähigeren Tieren – ernährt aus wirtschaftseigener Futtererzeugung – zu ersetzen und zudem die Anzahl der Kühe wieder aufzustocken. Wegen der schwierigen finanziellen Situation war dies bisher jedoch unterblieben. Das Leistungsvermögen dieser Kühe wurde höher eingestuft und sie galten als bessere Futterverwerter und Schlachtkandidaten. Zudem ließ sich dieses Zuchtvieh in dieser Zeit sehr gut verkaufen.

Da nun die neuen Machthaber Wert auf einen leistungsstarken, einheimischen Rindviehschlag passend zur Scholle legten, der dankbar einheimisches Futter gut verwertete, und weil die Meierei mit ihrer Sommerweide im Westen in der flachen Rheinebene nicht über die für Simmentaler Kühe typischen Bergweiden verfügte, rannte er mit diesem Prämienantrag offene Türen ein. Mit Blick auf die Zucht sollte der Bestand auf nicht mehr als achtzig Kühe aufgestockt werden, damit wenigstens zwanzig Kuhstellplätze für die zu züchtenden Jungkühe reserviert, und die Kälber wie bisher in den provisorischen Ställen beim Kesselhaus untergebracht werden könnten. Die einst mit besonderem Stolz vorgezeigte Simmentaler Herde würde nach und nach den Hof verlassen. Für das kommende Jahr wurde bereits der Bau eines Quarantänestalls auf Staatskosten in der östlichen Milchhalle des Kuhstalls geplant. Denn was nützte die beste, vor allem mit hohen Kosten aufgebaute neue Herde, wenn zugekaufte Tiere eine Seuche einschleppten. Zwar war im zurückliegenden Jahr die Maul- und Klauenseuche in gesamt Hessen-Nassau erloschen, ebenso die Rotlaufseuche in Pfungstadt, aber Seuchen flackerten stets wieder auf.

Außerdem sollte, da die Starkenburg-Molkerei noch nicht erbaut war, die Milchverwertung in der Meierei, sprich die Arbeit in der Milchküche, intensiviert werden, wenn entsprechendes Fachpersonal eingestellt werden konnte. Für all diese Maßnahmen hatte es mehrere Beratungsgespräche gegeben, in denen Vierling zwar aufmerksam zuhörte, sich aber hin und wieder seinen Teil dachte. Äußerungen wie, Leistungssteigerung sei ohne möglichst viel Aufwand zu erzielen, wie die Herren bei der Beratung behauptet hatten, hielt er für kompletten Quatsch. Man musste sich mit den Tieren beschäftigen, nicht nur die Leistung, sondern auch die Futterverwertung, die Entwicklung und Robustheit der Nachkommenschaft beobachten und dokumentieren, wenn die Zucht gelingen sollte. Dazu benötigte er mehr Zeit. Er wusste ebenso, dass bei Umstellung von ausländischem Kraftfutter, das Devisen kostete, auf hofeigenes eiweißreiches Grünfutter, Luzerne, Klee, Wicken, Erbsen und seit Neuestem auch Grünfuttersoja, die Leistung zurückgehen würde und man gute Futterernten benötigte. Doch für die große Ernährungsschlacht sollte ohnehin mit steigendem Düngemittelverbrauch noch mehr aus dem Boden heraus geholt werden. Auch dafür gab es Prämien.

Der Erste Weltkrieg hatte schließlich gezeigt, dass mit einer hungernden Bevölkerung kein Krieg zu gewinnen war. Also nahm nicht nur auf der Meierei der Düngemitteleinsatz zu, im gesamten Deutschen Reich stieg zwischen ’32 und ’38 der Phosphorsäure-, Stickstoff- und Kaliverbrauch um jeweils nahezu einhundert Prozent, und die am Ende folgende Nachkriegszeit wird uns lehren, dass noch mehr geht. Um gegenüber dieser Ideologie keine Zweifel aufkommen zu lassen, wurde in Württemberg jegliche Berichterstattung zur biologisch-dynamischen Landwirtschaft untersagt, das reichsweite Verbot von Demeter folgte '42.

Vierling war es schon zum April gelungen, einen fähigen Verwalter einzustellen, der ihm vor allem die arbeitsaufwändige und ihm lästige Organisation des Gemüseanbaus abnahm. Es war schwierig genug, Saisonkräfte für die Zeit von März bis November zu bekommen. Auch den Hackfrüchteanbau, der ebenfalls einen hohen Anteil an Handarbeit benötigte, überließ er gerne dem Verwalter. Die neuen Hackmaschinen hackten zwar gut, aber nur zwischen den Reihen, nicht zwischen den einzelnen Pflänzchen. Die Rüben mussten trotzdem zusätzlich mit der Hand gehackt und aufwändig vereinzelt werden. Für diese Arbeiten kamen Arbeitsdienstwillige zur Meierei und von ihren Wärtern begleitete Gefängnisinsassen aus der Stadt, die besonders gut eingewiesen und kontrolliert werden mussten.

Schon im nächsten Jahr verdienten die Bauern deutlich mehr als in den Jahren zuvor. Vierling hatte bereits einen Traktor der Marke Deutz bestellt, der zusammen mit einem zweiten Verwalter im Herbst kommen und ein Gespann mit Gespannführer ersetzen wird. Das Ende der Zusammenarbeit zwischen Mensch und Pferd im Ackerbau ist dennoch nicht sichtbar.

Sichtbar hingegen sind weitere Mitarbeiter auf der Meierei, um deren Einstellung sich Vierling bemüht hatte: ein Schmied war nicht zu haben gewesen, aber ein Wagner, ein Molkereiverwalter, eine Molkereigehilfin, ein Geflügelzüchter, ein neuer Landarbeiter und ein Obermelker mit dem Namen Schindler. Diesen Namen kann man sich schon einmal merken, denn er wird bleiben.

Im Sommer kündigt Vierling mit den Worten, die Erzeugungsschlacht nähme ihn zu sehr in Anspruch, die Mitgliedschaft beim NSKK.

1937 erhält er auf Staatskosten eine Autohalle und '38 wird

er Parteimitglied. Der Krieg ist nicht mehr fern – dieser Krieg, der das Elend des Ersten Weltkrieges in den Schatten stellen und der Meierei ein Kriegsbeutepferd sowie noch so manches andere bescheren wird.

1948/49

Vierling war nun einmal Parteimitglied geworden. Da nützte es nichts, dass er auf seinem Meldebogen für das Entnazifizierungsverfahren anführte, er sei seit '39 Anwärter für die Parteimitgliedschaft gewesen. Vorhandene Akten wiesen seine Mitgliedschaft seit '38 nach. Ebenfalls hatte er der Deutschen Arbeitsfront, der NS-Volkswohlfahrt und dem NS- Altherrenbund angehört. Das waren die dem Regime bekannten Informationen gewesen. Es gibt auch andere.

In seiner Entnazifizierungsakte befinden sich verschiedene Entlastungsschreiben, glaubwürdige Entlastungsschreiben, u.a. eines von Jakob Kern, zu dem Vierling trotz dessen SPD-Zugehörigkeit auch nach dreiunddreißig weiterhin Kontakt gehalten hatte. Genau das hebt Jakob Kern in seinem Schreiben hervor und bestätigt, dass Herr und Frau Vierling in der für ihn und seine Frau schweren Zeit sich in ‚Wort und Tat' als ‚prächtige Menschen' erwiesen und in Unterhaltungen stets ihre Ablehnung der NS-Diktatur zum Ausdruck brachten.

Sie hatten sich in den Jahren nach der Machtübernahme durch die älteren Söhne Vierlings und Herrn und Frau Kerns Enkelsöhne näher kennengelernt. Jeweils zwei von ihnen waren gleichaltrig und Klassenkameraden. Jakob Kerns Frau, Elisabeth – ebenfalls Sozialdemokratin – war von '19 bis '33 Stadtverordnete. '44 wurde sie mit ihrem Mann zusammen festgenommen, für einige Wochen im Gefängnis in der Runde-Turm-Straße inhaftiert. Sie starb in der Brandnacht. Ihr

Mann wurde nach Dachau deportiert. Er hatte sich Samstags Vormittags mit Genossen auf dem Dachboden seines Hauses getroffen. Darmstädter Nazis sollen sich dafür eingesetzt haben, dass Jakob Kern nach einigen Monaten Haft in Dachau entlassen wurde. Das Schwarz-weiß-Schema, mit der die NS-Zeit gerne betrachtet wird, kommt ohne Grautöne nicht aus.

Auch die zwei Paare aus unterschiedlichen politischen Lagern zollten sich gegenseitig Respekt – sowohl während der NS-Diktatur als auch in der Zeit danach. Die Kerns, überzeugt vom Sozialismus und dem Aufbau einer gerechten Gesellschaft, und die Vierlings, ausgesprochen konservativ eingestellte Gutspächter. Er, einst Mitglied einer schlagenden Verbindung. Jakob Kern, Vorsitzender der SPD in der Landeshauptstadt von 1919 bis 1933. Doch in der Ablehnung des Nazi-Terror-Regimes waren sie sich einig. Jakob Kern und Gustav Vierling führten gerne Gespräche.

Entlastungsschreiben gab es für Vierling auch von den Mitarbeitern. Ein französischer Kriegsgefangener berichtete, dass Gustav Vierling grundsätzlich eine positive, eine ‚über alles Lob erhabene' Einstellung gegenüber allen auf dem Hof beschäftigten Ausländern gehabt habe, sie gut verpflegte, bei Krankheit gut versorgte und gut mit ihnen umging. Zudem habe er sechzehn nach einem Luftangriff verletzte französische Zivilarbeiter bis zur gesundheitlichen Wiederherstellung auf eigene Kosten auf der Meierei untergebracht, gepflegt sowie reichlich verpflegt – was von großer Menschlichkeit zeuge. Der Kommandeur der französischen Kriegsgefangen, Oberstleutnant Germain, ergänzte, dass Vierling gegen Ende des Krieges, als deutsche Behörden die Wegschaffung der Fremdarbeiter befahlen, den französischen Kriegsgefangenen empfahl, sich im Wald zu verstecken. Dort versorgte er sie bis zur Ankunft der US-Truppen mit Lebensmitteln. Gleiches bestätigten zwei polnische Zwangsverschleppte. Und der langjährige polnische Mitarbeiter, Franz Kriszinski, erwähnte darüber hinaus, dass Vierling sich bei Gestapokontrollen stets für alle auf der Meierei arbeitenden Ausländer eingesetzt habe, sie übertariflich bezahlte und er geschäftliche Verbindungen zu Juden bis zu deren Verfolgung aufrecht erhielt. Von den ukrainischen Zivilarbeitern gibt es keine Entlastungsschreiben.

Vierling selber sagte von sich, er habe alles getan, was ihm möglich war, um den bei ihm während des Krieges auf dem Hof beschäftigten sechzig bis siebzig ausländischen Arbeitern die Härte ihres Loses zu nehmen.

Er hatte aber nicht nur gegeben. Die Autohalle für das Adler-Auto war vom NS-Staat gebaut worden. Sein Einkommen schwankte laut Vierlings Angaben in den letzten zehn Jahren vor Kriegsende zwischen fünf- und zwangzigtausend. Laut Finanzamt betrug 1940 sein Gesamtvermögen 140.000 Reichsmark und sein Jahreseinkommen für '43 42.000 Reichsmark. In diesen Beträgen, hieß es, würden sich bedingt durch niedrige Produktionskosten (wegen Mangel an Arbeitskräften, Maschinen, Material und Düngemitteln) allerdings Scheingewinne widerspiegeln.

Der Sühnebescheid der Spruchkammer kam ein Jahr nach Kriegsende. Als ‚Mitläufer' wurde Vierling eingestuft und eine Sühnestrafe von tausend Reichsmark verhängt. Er nickte. Das war ein Schlussstrich für ihn – es hätte schlimmer kommen können. Er lebte, man hatte ihn nicht eingezogen. Viele seiner ehemaligen Kameraden waren gestorben.

Jetzt, drei Jahre nach Kriegsende, schaut Vierling nach vorne. Sein Blick geht dabei, wie einst bei seinem Vorgänger, Wilhelm Schwarz, zwar vor allem nach Westen, aber nicht nach Gehaborn. Nicht nur, weil im Westen Dank der kostenlosen Düngung mit städtischem Abwasser der Gemüseanbau besten Gewinn gebracht hatte und er einigermaßen gut durch die Düngermangelzeit der Kriegs- und Nachkriegsjahre gekommen war. Verhandlungen mit dem Land Hessen hatten längst zum Erfolg geführt.

Das Büro befindet sich jetzt nicht mehr im Gutshaus (genauer gesagt, in dem, was davon noch übrig geblieben ist), sondern in der gegenüberliegenden Wohnbaracke. Dort erhalten die Arbeiter ihre Lohnauszahlung samstags von Verwalter Schumann. Danach können sie sich duschen, umziehen und ausruhen. Abends gehen die jungen Männer, nicht die Familienväter aus den Arbeiterhäusern, dann und wann in die Belida-Lichtspiele, heute ‚Huckebein', um sich mit Filmen, wie *Das Tennessee-Tal* oder *In Ketten um Kaphorn* und seit Neuestem mit *Und über uns der Himmel* abzulenken. Das ‚Belida' ist 1948 das einzige intakte Kino der Stadt – die jetzt nicht mehr Landeshauptstadt heißt, sondern nur noch Darmstadt. Sie gehen zu Fuß dorthin durch den Wald hinter dem Kuhstall, vorbei am Judenteich, am Alten Friedhof und dann bis zur Bessunger und Heidelberger Straße. Durch die Stadt gehen sie nicht, denn die Stadt ist eine Ruinenstadt.

Nur bei ihrer Ankunft Ende September '45 hatten sie dort durchgehen müssen. Damals glich Darmstadt eher einer Trümmerschuttlandschaft – zusammen mit Ratten die Hinterlassenschaft des braunen Spuks. Fast die gesamte Innenstadt war zerstört. Vierling hatte damals einen Zug mit entlassenen Soldaten erwartet und ihnen am Bahnhof Arbeit, Essen und Unterkunft angeboten. Nach kurzer Wegbeschreibung wurden sie zu Fuß zur Meierei geschickt, wo sie in den Räumen über der Schmiede Spind und Bett, bestehend aus Strohsack und Wolldecke, zugewiesen bekamen. Fräulein Maili, Hauswirtschaftslehrling, muss diese Strohsäcke jeden Morgen sorgfältig aufschütteln, um Ungezieferbefall zu verhindern. Sie übernachtet selber nicht auf der Meierei – wo hätte sie dort auch unterkommen können? Sie servierte den Ankommenden einen großen Topf frisch gekochter Pellkartoffeln, über den sie sich hermachten. Endlich sich wieder den Magen stopfen können. Danach ging es sofort zur Kartoffelernte.

Hubert Titschka war dabei gewesen, gerade aus amerikanischer Kriegsgefangenschaft in Heilbronn entlassen. Mit der Karsch, einer zweizinkigen gebogenen Hacke, wurden die Knollen zum Auflesen geerntet. Es fehlten dennoch weitere helfende Hände und bereits eine Woche später kam eine Gruppe von zehn entlassenen Soldaten an, die ebenfalls noch über der Schmiede und über dem Milchpavillion einquartiert werden konnten. Von Arbeitermangel war auf der Meierei in den ersten Jahren nach dem Krieg nicht die Rede. Obwohl einige junge Männer, sobald sie ein Lebenszeichen von ihren aus dem Osten geflüchteten Familien erhalten hatten, wieder gingen.

Dafür wurden in der Erbacher Straße einige Familien zusammengeführt. So die Familie Liesegang aus Ostpreußen, die die Großeltern und einen Bauernhof zurücklassen mussten. Tochter Elly, einst Pflichtjahrmädchen auf der Meierei, konnte und wollte Fritz, den Sohn des Obermelkers Christian Schindler, nicht vergessen und war deshalb noch vor ihrer Familie zur Flucht aufgebrochen. Sie schloss sich einem Treck an, lief zeitweilig auf Strümpfen durch den Schnee, weil die Schuhe zu glatt waren und der Schnee wegen der Kälte nicht an den Strümpfen hängen blieb. Erschöpft, aber doch glücklich kam sie bei Fritz an. Bald wird sie mit ihm eine eigene Familie gründen und ihre Familie wird sie bei ihm finden. Ebenso Hubert Titschka, Bauernsohn – er holte seine aus dem Sudetenland ausgewiesenen Eltern zur Meierei, ehemalige Bauern und Bauernkinder wurden Landarbeiter. Sie kamen in den nun mit jeweils zwei Familien belegten Arbeiterhäusern unter. Wenigstens hatten sie ein richtiges Dach über dem Kopf, saßen dicht an den Kartoffeltöpfen der Meierei und wurden satt.

In Darmstadt ging, wie nach dem Ersten Weltkrieg, derweil der Hunger um. Ostern '45 aßen mehrere Familien Gras. Bis zum Herbst, als die Polizei wieder Waffengewalt bekam, wurde aus Hunger gemordet, geplündert. Die Lebensmittelzuweisung erfolgte zeitweilig nur theoretisch, weil saisonal bedingt die Wintervorräte zur Neige gingen. Von den anfangs zugedachten 1.000 bis 1.500 Kalorien täglich wurde man nicht satt. Der Schwarzhandel blühte trotz aller Warnungen und die Feldschützen hatten viel zu tun.

In einer Nacht im September '44, die später als Brandnacht

bezeichnet werden wird, war diese Stadt in Schutt und Asche gelegt worden; ungefähr zwölftausend Menschen verloren ihr Leben, fünfzigtausend wurden evakuiert und mussten auf dem Land leben. Die andere Hälfte der noch lebenden Bevölkerung hauste zusammengepfercht in wenigen halbwegs erhaltenen Wohnungen, in Hütten, Ruinen und Kellerverschlägen, hungerte und hamsterte. Beide Gruppen waren auf Bauern so schlecht zu sprechen, dass sich einige noch Jahrzehnte später weigerten, direkt bei Bauern einzukaufen. Zusätzlich lebten bis zu fünfundzwanzigtausend ehemalige hochrangige Parteifunktionäre, SA- und SS-Führer, lokale Parteigrößen und kleine Beamte im Internierungslager – einer mit Stacheldraht und Wachttürmen versehenen Zeltstadt auf dem Gelände der heutigen Telekom City.

Auch die Meierei war in der Brandnacht nicht spurlos davon gekommen. Das Gutshaus ist kaum wiederzuerkennen. Zusammen mit dem Hühnerstall sowie dem Pferde- und dem bereits zur Scheune umgebauten Ochsenstall hatte es lichterloh gebrannt. Kein Fachwerkgiebel, kein Erker, keine Gaube, keine Verzierung ist vom Gutshaus geblieben, nur das Erdgeschoss überstand den Brand. Es wurde mit provisorischer Dachabdeckung und nüchternen Schornsteinen versehen und konnte immerhin benutzt werden: die Küche, Gesindestube, Wohnhalle, das private Wohnzimmer der Vierlings, ein Zimmer für die große Tochter. Die anderen Kinder schliefen mit den Eltern in der Baracke neben dem Büro. Auch der Verwalter mit Familie war dort untergebracht, auch Babette, die sich um Vierlings Privathaushalt kümmerte und dann und wann in der Küche half. Die fünf Arbeiterhäuser und die übrigen Gebäude in der Erbacher Straße überstanden den Krieg. Die Feldscheune mit dem Unterstand in der Pallaswiesenstraße aber war zerstört.

Dieser Krieg hatte nach neueren Untersuchungen mindestens fünfundsiebzig Millionen Menschen weltweit das Leben gekostet. In der ‚Stunde Null' war die dringendste Aufgabe, wie nach dem vorherigen Weltkrieg, die Nahrungsmittelproduktion zu erfassen und an die Bevölkerung zu verteilen. Somit galt es die bereits mit dem Naziregime wieder eingeführte Zwangsbewirtschaftung fortzusetzen. Der Verwaltungsapparat dafür war noch vorhanden und so beschränkte man sich darauf, besonders belastete Parteimitglieder zu entlassen und den Reichsnährstand nicht aufzulösen.

Von der Kartoffelernte musste die Hälfte bei der Hessen-Nassauischen Saatstelle angemeldet werden und der Rest der Ernte, nach Abzug der eigenen Pflanzkartoffeln, bei der Kreisstelle der Landwirtschaftkammer. Es gab Viehzählungen, Hofbegehungen – so auch auf der Meierei – zur Erfassung von Erzeugnissen und Schlachtvieh. Dabei erfuhr Vierling, wieviele Tiere und andere Produkte er abzuliefern habe. Dennoch gelangte im Durchschnitt einiges zum Schwarzmarkt, über den ungefähr zwanzig Prozent der Wirtschaft abgewickelt wurden. Hofschlachtungen, von amtlichen Fleischwiegern überwacht, musste Vierling nach wie vor anmelden. Die Anzahl der im Gutshaus verköstigten Mitarbeiter wurde bei den Ablieferungen berücksichtigt, ebenso das vom Lohn abgezogene Deputat für die Familien in den Arbeiterhäusern: Milch, ein Schwein, zehn Zentner Kartoffeln und Weizen.

Nur noch fünfzig beste mit Abstammung und Leistung im Herdbuchregister eingetragene schwarzbunte Kühe standen '45 im großen Kuhstall der Meierei. Ihrem guten Mist wurde in dieser Düngermangelzeit wieder ein besonderer Wert beigemessen. Ein Jahr später konnten sie endlich wieder zur Sommerweide auf der Pallaswiese. Die Plünderungen in der Nachkriegszeit waren vorüber und der Vorarbeiter Kriszinski – der in Nachtarbeit in der Nähe der Sommerweide die Gemüsefelder berieselte – würde im Notfall nach den Tieren schauen. In unmittelbarer Nachbarschaft, direkt neben dem Gemüseland auf der Pallaswiese, befanden sich die Gebäude, an denen nach dem Ersten Weltkrieg ein Schmuggelpfad vorbei führte. Vierling hatte bereits Jahre zuvor einen Blick darauf geworfen, jetzt waren sie zwar durch Kriegsschäden nicht mehr nutz- und bewohnbar, aber das könnte sich ja ändern.

Das älteste Gebäude war das 1874 gebaute Bahnwärterhaus direkt vorne an der Gräfenhäuserstraße, die anderen stammten aus dem Jahr 1915: Das ehemalige Erzeugerhaus war alleine von seiner Größe her mit dreizehn mal achtzehn Meter im Grundriss und vierzehn Meter bis zur Dachspitze am auffälligsten. Nach Vierlings Vorstellungen könnte es als Sommerstall sowie der Überbau der Schrankenanlage als Wagenhalle genutzt werden. Der Gasflaschenschuppen und die Schmiede ließen sich zum Arbeiterhaus und Pferdestall umbauen. Diese Gebäude waren nur wegen der gleich nebenan auf Weiterstädter Boden gebauten Zeppelinhalle Weiterstadt vom Reichsmilitärfiskus während des Ersten Weltkrieges errichtet worden. Da aber Luftschiffe sich schon frühzeitig als untaugliche Waffe erwiesen, wurde die mit Kriegskrediten – finanziert durch Spargroschen der Bevölkerung – errichtete Weiterstädter Zeppelinhalle noch während des Krieges gerade wieder abgerissen.

Alle anderen Gebäude aber, welch ein Glück für die Meierei, blieben stehen. Denn die Verhandlungen mit dem Land Hessen verliefen erfolgreich und all diese Gebäude werden nach der Renovierung ein paar Jahre später genutzt werden können. Dort an der Gräfenhäuser Straße 200 wird ein Vorwerk, also eine Zweigstelle der Meierei entstehen, mit immerhin den zwei größten Einnahmequellen, der Gemüse- und Milchproduktion. Vierling rieb sich nach den Verhandlungen die Hände. Der lange Weg zwischen der Meierei im Osten und der Pallaswiese im Westen, der unnötig Zeit und Geld verschlang, kann dadurch zwar nicht gekürzt, aber – weil einige Mitarbeiter dann im Vorwerk wohnen werden – in seiner Anzahl reduziert werden. Der Obermelker, Christian Schindler, wird nicht dort wohnen. Er lässt sich jeden Morgen und Abend mit vielen Milchkannen und weiteren Melkern und Arbeitern vom Pferd Hexe zum Vorwerk ziehen. Aber die Melkburschen und Arbeiter, die dort wohnen, können in der Frühe bereits mit den Pferden die Arbeit auf dem Acker beginnen.

Irmgard Vierling freut sich seit der Befreiung durch die US-amerikanischen Truppen besonders darüber, dass sie einfach drauflos reden kann, wenn sie etwas sagen möchte. Sich nicht mehr umschauen müssen, wer hinter oder neben einem steht. Morgens um sechs sitzt sie am Küchentisch und liest Zeitung, die es sich jetzt wieder zu lesen lohnt. Ihre Tatkraft und ihr Leitsatz, es gibt gute und schlechte Menschen, leiteten sie durch zwölf lange Jahre des angeblich tausend Jahre währenden Deutschen Reiches. Wenn etwas getan werden konnte, hatte sie versucht, dies zu organisieren, wie die Versorgung der sechzehn verletzten französischen Zivilarbeiter oder der im Wald versteckten französischen Kriegsgefangenen und polnischen Zwangsverschleppten mit Proviant.

Auch nach Kriegsende organisierte sie weiter. Das Ludwig-Georgs-Gymnasium war zerbombt, die jüngeren Schüler, unter ihnen ihr jüngerer Sohn und Kerns jüngerer Enkel, kamen nach Groß-Umstadt zum Unterricht. Am Wochenende aber jagten sie mit jeweils einer Mistgabel bewaffnet Ratten im Kuhstall. Zehn bis zwanzig waren zu sehen, nachdem Vierlings Sohn das Licht angeknipst hatte, aber nicht eine einzige konnten sie aufspießen. Für die Klasse ihres älteren Sohnes und Kerns älterem Enkel ermöglichte sie Unterricht auf dem Hofgut. Ein Raum wurde für Lehrer und Schüler zur Verfügung gestellt.

Natürlich stellt sie ebenfalls ihre Tatkraft bei den sonstigen zu ihrer Pflicht – wenn nötig aber auch bei zum Hof – gehörenden Aufgaben unter Beweis, wie beim Dreschen, wo sie den Ton angibt. Vierling sitzt lieber am Schreibtisch und organisiert.

Sie ist schnell in ihren Entscheidungen, und schnell möchte sie bei Bedarf in den Schweinestall, Kuhstall oder Garten gehen können, deshalb trägt sie, außer an Sonntagen, von morgens bis abends Stiefel. Schnell möchte sie ebenfalls Anweisungen oder sonstige Mitteilungen weitergeben. Dazu öffnet sie das Küchenfenster oder stellt sich auf die Gutshaustreppe, steckt zwei Finger in den Mund und pfeift laut und kräftig, um die Aufmerksamkeit auf sich zu lenken und danach den Text laut und deutlich artikuliert hinterher zu liefern, damit man ihn auf der anderen Seite des großen Hofes noch verstehen kann. So geschehen am Tag zuvor. Dem Verwalter sollte sie von ihrem Mann ausrichten, dass er umgehend zum Vorwerk fahren müsse, und Fräulein Maili, die gerade Salat im Gemüsegarten schnitt, wies sie an, noch Zwiebeln mitzubringen und die Kräuter nicht zu vergessen. Solche Mitteilungen sparten Zeit und Geld.

Und Zeit war knapp genug bei der Verköstigung so vieler Mitarbeiter. Es musste nicht nur gekocht werden.

Täglich hieß es Brote schmieren für das Neun-Uhr-Frühstück und den Nachmittagskaffee auf dem Feld – Brote über Brote. Zum einen für die Leute, die auf der Meierei übernachteten und voll verköstigt wurden. Das waren vor allem die vielen ehemaligen Soldaten, siebzehn in diesem Jahr, die über dem Milchpavillon und der Schmiede untergebracht waren und deren Wäsche, zusammen mit der Hofgutwäsche von der jetzigen Waschfrau, Frau Dapper, gewaschen wurde. Sie hatte kräftige Arme und trug immer ganz lange Röcke.

Zum anderen kamen die täglich unter Bewachung zu Fuß begleiteten und bei der Arbeit beaufsichtigten zehn Gefängnisinsassen aus der Runde-Turmstraße hinzu. Für sie bedeutete der tägliche Arbeitseinsatz, die Gefängnismauern für einige Stunden verlassen zu können oder zwischendrin sogar, wenn ihre Frauen oder einstigen Zechkumpel zum richtigen Zeitpunkt an der Landgraf-Georg-Straße standen, ein paar Worte mit ihnen wechseln zu können, bevor einer der Wärter ein lautes, ‚Ruhe!‘ dazwischen rief. Sie galten als faul. Und noch zehn weitere Männer, ehemalige Nazigrößen aus dem Internierungslager – über deren Nazi-Vergangenheit man selbstverständlich nicht sprach – wurden jeden Morgen nur abgezählt (nicht namentlich erfasst) auf der Meierei zur Arbeit abgeliefert und abends wieder abgeholt. Letztere galten als sehr fleißig bei der Arbeit auf dem Hof, obwohl auch Akademiker darunter waren wie der Landstallmeister, Dr. Denker, der Vierling bei der Pferdezucht beriet.

Die Frau des Verwalters und zwei Arbeiterfrauen halfen zusätzlich in der Küche, um all diese Essensmengen rechtzeitig bereitstellen zu können. Nach dem Brotschmieren begann das Kartoffelschälen und Gemüseputzen. Irmgard Vierling war wie immer tatkräftig dabei und leitete Fräulein Maili an. Mit riesigen Töpfen wurde hantiert, wie in einer Großküche. Große Milchkannen mit dicker Suppe und große Milchkannen mit frisch aufgebrühtem Muckefuck und einem guten Schuss Milch – es war immer genügend Getränk vorhanden – wurden (warmgehalten im Heusack) mit dem Adler-Auto mittags zur Pallaswiese gebracht, wenn die Arbeiter dort den ganzen Tag zu tun hatten.

Waren alle Mitarbeiter zur Essenszeit auf dem Hof, aßen die Gefangenen aus der Runde-Turm-Straße im Keller, die aus dem Internierungslager mit den anderen in der Gesindestube, wo auch Vierlings mit allen zusammen saßen, aber aus der langen Tafel mit ihrer Familie, der Familie des Verwalters und den Lehrlingen etwas seitlich hervorgehoben. Alle aßen das Gleiche.

Gespräche blieben nicht aus, und Herr Schneider, der zwei bis drei Mal wöchentlich kam, um die Büroarbeiten zu erledigen, trat eines Tages mit dem Vorschlag an Herrn Vierling heran, er wäre bereit anstelle eines deutschen Gefangenen übers Wochenende ins Internierungslager zu gehen – die Gefangenen seien ja nur abgezählt – damit jener sich mit seiner Frau treffen könne. Selbstverständlich war Frau Vierling so freundlich, für das Ehepaar ein Zimmer übers Wochenende zur Verfügung zu stellen. Dachte sie dabei an ihren Leitsatz? Fragte sie sich, ob der im Internierungslager inhaftierte Deutsche während der NS-Zeit ein guter oder ein schlechter Mensch gewesen war?

Sonntags gestaltete sich die Arbeit in der Küche übersichtlicher, weil nur die Leute des Hofes mitaßen. Es gab etwas Besonderes zum Mittagessen, wie Kotelettes mit Kartoffeln und Gemüse sowie Pudding zum Nachtisch. Nachmittags wurde Blechkuchen gereicht, und von diesem mit Obst belegten Blechkuchen aß Irmgard Vierling nach wie vor gerne zusammen mit Hede Müller. Sie trafen sich, seit alles vorüber war, noch öfter als früher, fast jeden Sonntag. Das ließ ihre Freundschaft weiter zusammenwachsen. Wenn sie dann nach dem Kaffeetrinken um die Meierei herum einträchtig zusammen spazieren gingen und man sie von hinten sah, fiel sofort auf, dass Irmgard groß war und kräftig mit einem riesigen Dutt und Hede klein und zart mit einem kleinen Dutt. Den beiden Pächtern reichte es, wenn sie sich bei Versammlungen sahen, die Hände schüttelten, ein paar Worte wechselten. Gerne mochten sie sich nicht. In längeren Gesprächen redeten sie doch aneinander vorbei. Gustav Vierling, besonders an Zucht interessiert, sprach über seine Zuchtergebnisse und Fritz Müller über spezielle Ergebnisse im Ackerbau.

Am frühen Vormittag im März putzt Fräulein Maili, die eigentlich Marie-Luise heißt, unten vor dem Küchenherd die Schuhe der Familie Vierling, während die drei Frauen in der Gesindestube Brote schmieren und wie sonst auch bei der Arbeit Volkslieder anstimmen, wie ‚Aus grauer Städte Mauern', oder den Schlager ‚Bella Marie'. Die schmutzigen Schuhe legen die Familienmitglieder für Fräulein Maili schon abends neben den mit Holz beheizten riesigen Küchenherd. Auf der rechten Seite der Küche steht er, wenn man sie von der Gesindestube aus betritt, linker Hand befindet sich der noch aus der Zwischenkriegszeit stammende Elektroherd. Jetzt, Anfang März, ist Fräulein Maili in ihren Gedanken manchmal schon nicht mehr da. Zum 1.4. wird sie gehen, dann beginnen bereits zwei neue Lehrlinge ihre Ausbildung und zukünftig wird sie, da sie Realschulabsolventin ist, im Fernmeldeamt arbeiten. Vorher aber, genau gesagt in zwei Wochen, findet ihre Prüfung statt und danach wird noch die Konfirmation des ältesten Sohnes mit den Verwandten und allen auf dem Hof wohnenden Mitarbeitern gefeiert. Nach dem köstlichen Essen werden die Anwesenden – auch die auf dem Hof arbeitenden Männer in ihren neuen Anzügen – auf den Hof gehen, um sich ein wenig die Beine zu vertreten und fotografieren zu lassen.

Dass alle Männer auf dem Hof überhaupt einen Anzug besitzen – bisher trugen sie nach wie vor ihre Uniform, andere Kleidungsstücke besaßen sie nicht –, verdanken sie einem Geschenk Vierlings. Zu Weihnachten überreichte er einen Anzug und ein paar Hausschuhe dazu. Natürlich wird er dafür einige Speckseiten und Würste gut verpackt dem Bekleidungsgeschäft in der Stadt auf den Tresen gelegt haben, denkt Fräulein Maili schmunzelnd, die diese Großzügigkeit bewundert.

Sie hatte ihre Arbeit, die später in eine Hauswirtschaftslehre umgewandelt wurde, '45 auf der Meierei begonnen, nachdem die Polizei im Herbst nach Kriegsende die Waffengewalt zurückbekommen hatte und Plünderungen sowie sexuelle Übergriffe ehemaliger Zwangsarbeiter vorüber waren. Für ihren Vater sollte sie, wenn möglich, eine Flasche Milch mit nach Hause bringen und hin und wieder ein paar Eier. Diese Naturalien wurden als Deputat von ihrem Lohn zusammen mit dem Krankenkassenbeitrag abgezogen, sodass sie am Ende des Monats noch fünfundzwanzig Reichsmark erhielt. Für ihre tägliche Arbeit von morgens sechs bis abends sechs bei einem freien Sonntag im Monat.

Jeden Morgen fuhr sie vom Alexandraweg mit dem Fahrrad zur Meierei. Als Erstes musste sie Mehlsuppe fürs Frühstück kochen, dann die Hühner mit Weichfutter füttern – mittags und abends bekamen sie Körner und Wasser – danach die Strohsäcke der Arbeiter aufschütteln, putzen und das Mittagessen kochen: Bohnensuppe, Erbsensuppe, Würzenschrotsuppe mit Rahmspätzle, Eintopf, Wurstsuppe mit Knöpfle, Nudelsuppe ... Abends gab es immer etwas mit den hofeigenen

Kartoffeln, und mindestens einmal wöchentlich, weil Fräulein Maili das so gut zubereiten konnte, Kartoffelgemüse; also Pellkartoffeln in Scheiben geschnitten in heller Schwitzensoße mit Salz, Pfeffer und Lorbeer. Dazu wurden Wurstscheiben gereicht, manchmal Wellfleisch zu Salzkartoffeln oder Kartoffelbrei. Hühnerfrikassee gab es nur selten, vor allem später abends, wenn Vierling ein paar wichtige Gäste hatte. Unauffällig war ein Huhn geschlachtet und von Babette zubereitet worden. Nur morgens, wenn Fräulein Maili das ungespülte Geschirr sah, dachte sie sich: Aha, Besuch war da.

Am Anfang fiel ihr die Arbeit auf der Meierei besonders schwer, weil sie nicht einmal fünfzig Kilo wog, aber manchmal riesige, für sie kaum zu bewältigende Kartoffelkiepen aus dem Keller unter dem Kuhstall auf einen Handwagen heben musste – mit zusammengebissenen Zähnen und Tränen in den Augen. Nach und nach, auch durch das kräftige Essen – in der Kaffeepause nachmittags aß sie sogar drei Scheiben Brot mit leckerem Quark und Marmelade – nahm sie bald zu und konnte sogar den Hühnerstall ausmisten. Wie gerne spannte sie ein Pferd an! Das hatte sie während ihrer einige Wochen dauernden Ausbildung im Bereich Milchwirtschaft bei dem aus der Schweiz stammenden Obermelker, Christian Schindler, gelernt. In den zwanziger Jahren war er nach Deutschland gekommen und hatte zuerst in der Nähe von Gießen gearbeitet. Auch das Melken mit Kopftuch auf dem Melkschemel sitzend lernte sie bei ihm. Nach dem Melken durfte sie mit dem Einspänner vorfahren, um die Milchkannen in der Starkenburg Molkerei gleich nebenan in der Erbacher 123 abzuliefern.

Noch lieber aber fuhr Fräulein Maili im Herbst mit Pferd und Wagen zur großen Streuobstwiese, die hinter dem Kuhstall und der Molkerei weit ins heutige Edelsteinviertel ragte. Die Früchte waren üppig, der Blick über die Wiese wunderschön. In großen Kiepen stellte Fräulein Maili die geernteten Äpfel auf den Wagen, fuhr sie zum Gutshaus, wo sie im Keller auf strohbedeckten Regalen gelagert und im Laufe des Winters regelmäßig zum Aussortieren einzeln von ihr gedreht wurden.

Der für sie bitterste Tag aber war der Tag, als sie im vergangenen Jahr von der Winterschule zurückkam, unvorbereitet in den Keller ging und dort ihre geliebte Ziege – sie wurde nicht trächtig – geschlachtet vorfand. Zusammen mit einem geschlachteten Schwein wurde die Ziege zu Wurst verarbeitet, und sie musste dabei helfen. Niemand konnte verstehen, dass sie den ganzen Tag lang den Tod ihrer Ziege beweinte.

Diese Ziege hatte sie mit der Flasche großgezogen, und wenn sie auf dem Hof war, lief diese Ziege, die abends in den Schweinestall gesperrt wurde, immer hinter ihr her. An Fasching des vergangenen Jahres hatten sie noch so viel Spaß mit ihr gehabt. Den ganzen Tag wurden Kreppel gebacken, während in der Stadt immer noch der Hungerwinter '46/47 andauerte, und abends tanzten sie alle in der Gesindestube. Fräulein Maili trug zuerst ein altes Rokkokleid, dann zog sie eine Arbeitsjacke darüber, wickelte sich einen großen Schal um, holte die Ziege aus ihrem Stall und ging mit ihr singend zur Tanzfläche in der Gesindestube: „An meiner Ziege hab ich meine Freude, sie ist ein wunderbares Tier, Haare hat sie wie aus Seide ...", während die arme Ziege vor Schreck ein paar Köttel verlor, die Frau Vierling sogleich mit dem Handfeger aufkehrte.

Getanzt wurde manchmal auch an Samstagen in der Gesindestube und an ihrem Geburtstag, an dem sie ein paar der Männer vom Hof und Freundinnen in die Wohnhalle einladen durfte. Wie gerne dachte sie an all das zurück. Auch an den kleinen Eberhard, den jüngsten Sohn, den sie jeden Morgen mit dem Fahrrad zur Privatlehrerin im Rhönring fuhr. Ab der dritten Klasse wird er die Regelschule besuchen und seinem Klassenkameraden, Peter, bereitwillig seine dicken Wurststullen gegen dünnes Marmeladenbrot tauschen oder sie ihm schenken.

Fräulein Maili mag auch Frau Vierling sehr gerne, weil sie viel lacht, schöne blaue Augen hat, lauthals auf zwei Fingern pfeift und sie viel bei ihr gelernt hat. Auch Herrn Vierling mag sie. Er ist zwar dominant, aber, denkt sie sich, wie würde er sonst die vielen Menschen an die Arbeit bringen? Er konnte durchaus freundlich sein und er hatte Mitleid mit Hungernden. Die vom Feldschütz zum Hof gebrachten Mundräuber mit Nahrungsmittel vom Oberfeld im Rucksack, das hatte sie einige Male gesehen, zeigte er nicht an, sondern gab ihnen das aus Hunger gestohlene Diebesgut von seinem Feld mit. Ja, fast fällt es Fräulein Maili schwer zu gehen.

Der provisorische, von der Seite her offene Pferdestall der Meierei war zugig und eiskalt im Winter, jetzt wehte eine leichte Sommerbrise. Hubert Titschka brachte an einem Spätnachmittag im Juni das Pony dorthin zurück, nachdem er die Essensreste, die er von den amerikanischen Truppen in der Cambrai-Fritsch-Kaserne regelmäßig mit Pony und kleinem Anhänger für die Schweine abholte, vorher im Schweinestall abgeladen hatte. Das war alles in allem eine angenehme Arbeit für ihn. Er kam ein wenig herum und musste nicht schwer arbeiten. So konnte er sich ein wenig ausruhen, denn nach dem Abendessen stand für ihn Nachtarbeit auf dem Plan. Er hatte also noch ein wenig Zeit, sich Helene, die als einziges Warmblutpferd während des Krieges zur Meierei gekommen war, anzuschauen, und es war für ihn eine Freude, diese schlanke, wohlgeformte Gestalt zu sehen, sie anzusprechen und ihr den Hals zu tätscheln. Vierling hatte diese Fuchsstute, ein Kriegsbeutepferd, den Erben eines gefallenen Kommandeurs abgekauft, weil seine Kinder reiten wollten und er sich für Züchtung interessierte.[1]

Für ihr zweites Fohlen war Helene, auf Empfehlung des Landstallmeisters mit dem Traberhengst, Oberst, gepaart worden: Traberhengste können gewaltig springen, gelten als hart und verlässlich. Helene brachte dieses Fohlen mit seinem markanten weißen Fleck auf der Stirn trotz einer Verletzung in der Brandnacht wohlbehalten kurz nach Kriegsende des Nachts auf der Koppel bei der Meierei zur Welt.

Hubert Titschka war nicht entgangen, dass dieses Fohlen, Halla, besonders hübsch anzusehen war und auf der Koppel hinter dem abgebrannten Pferdestall bereits früh mit der Mutter im Galopp und mit ausgelassenen Sprüngen zeigte, dass durchaus etwas in ihm steckte. Auch Hallas Eigensinn war auf der Meierei längst bekannt.

Als sie ein Jahr alt war, kam sie mit ihrer Schwester und vier Kaltblutfohlen zur Koppel bei den Kühen am Vorwerk. Dort wurde es zu ihrer dauerhaften Lieblingsbeschäftigung – Franz Kriszinski staunte, als er das sah –, einfach mal eben über den ein Meter dreißig hohen Zaun zu springen, um außerhalb der Weide nach Futter-Leckerbissen zu suchen, und dann gerade wieder zurück. Keines der anderen Fohlen schaffte das. Bei einem nächtlichen Ausflug trat sie in eine Konservendose und verletzte sich so, dass sie zur Meierei gebracht werden musste. Vom Lastauto, auf das man sie schließlich geschoben hatte, sprang sie sofort wieder hinunter und warf den Verwalter dabei um. Ohne Widerstreben allerdings ließ sie sich dann am Halfter die sieben Kilometer, die Konservendose immer noch an ihrem Huf, bis zur Meierei führen, wo sie gefesselt werden musste, damit man ihr die Dose wegoperieren konnte. Zur Erinnerung an diese Wunde bildete sich ein Kranz weißer Haare über dem Huf. Niemand erwartete von Halla ein Wunder, schon gar nicht bei einer nicht vorhandenen Ahnentafel. Inzwischen war sie dennoch in Trainingslagern unterwegs, wurde als Rennpferd ausgebildet, nach Entdeckung ihrer gewaltigen Springkraft zum Hindernis- und schließlich zum Vielseitigkeitsrennen umtrainiert. Doch die Reiter wechselten. Sie galt als schwierig.

Hubert tätschelte noch einmal Helenes Hals. Sie, die Mutter, war eine zugängliche Stute. Bald wird es Abendessen geben und danach bringt ihn jemand mit Vierlings schnellem Adler-Auto, einem Kleintransporter mit Ladefläche, auf dem sowohl Essen, Geräte, Gemüse als auch Arbeiter hin und her transportiert werden können, zu den Rieselfeldern. Die Wegezeit zu den Pallaswiesen hinter der Bahnlinie ist dadurch deutlich kürzer. Eigentlich ist in diesen Jahren der Vorarbeiter Kriszinski für die Berieselung zuständig, aber wenn der verhindert ist, springt jetzt Hubert Titschka ein, nicht mehr Franz Paulenski, der bis vor zwei Jahren in seinem dreißigsten Arbeitsjahr auf der Meierei gearbeitet hatte und nun dort als Rentner lebt. Seine Frau arbeitet weiter.

Auf dem zehn Hektar großen Gemüsefeld mit Frühkartoffeln, Karotten, Lauch, Kohl, Kohlrabi, Salat, Zwiebeln, Tomaten liegen mehrere Bewässerungsleitungen. Eine Leitung kann im Umkreis von zehn Metern das Land beregnen, und insgesamt wird eine Fläche vier bis fünf Stunden bewässert. Hubert Titschka hat gut zu tun und ist die ganze Nacht über bis vier Uhr morgens alleine auf dem Gemüsefeld. Dann beginnen bereits die Saisonkräfte mit der Ernte des frisch berieselten Gemüses. Auch Waltraud Liesegang, Ellys jüngste Schwester, ist schon mit dabei. Sie ist fünfzehn Jahre jung. In diesem Jahr muss sie mit den anderen Saisonkräften noch von der Meierei hergefahren werden, aber im Folgenden wird sie mit ihren Eltern im Vorwerk wohnen. Sie hat bereits gelernt, wie Dill und Salat geschnitten, dann sorgfältig in Kästen gepackt wird, Lauch, Kohlrabi und Möhren geerntet und in großen Kisten verstaut werden. Alle müssen zügig arbeiten, denn um halb acht kommt bereits das Gemüseauto aus der Stadt, um die Ernte abzuholen. Waltrauds Arbeitszeit geht von vier bis sechzehn Uhr. Sie muss auch Unkraut jäten oder neue Pflanzen setzen und verdient fünfundzwanzig Pfennig pro Stunde nach der neuen Währung, der Deutschen Mark, die Ende Juni eingeführt worden ist.

Ende Juni, bestes Wachswetter für das Gemüse, üppig gedeiht es nach nächtlicher Berieselung. Die Spulwurmseuche hatte sich in Darmstadt und den umliegenden Gemeinden ausgebreitet. Untersuchungen ergaben, dass sie auf die landwirtschaftliche Nutzung von gar nicht oder nur geringfügig vorgereinigtem Abwasser vor allem im Gemüseanbau zurückzuführen sei. Die Betroffenen litten unter Übelkeit, Bauchschmerzen, Fieber; eine Kläranlage müsse gebaut werden.

Die Stadt betonte, dass es diese Erkrankungen früher zwar auch schon gegeben habe, nur längst nicht in diesem Ausmaß – bedingt durch die schlechte Ernährungslage in der Nachkriegszeit und mangelhafter Hygiene wegen fehlender Wasserstellen, Seife, Waschmittel und Medikamenten. In den Schulen wurden Wurmkuren durchgeführt. Das war für die Kinder kein Vergnügen. In manchen Fällen verließen bis zu vierzig Spulwürmer dabei den Darm. Für den Bau einer Kläranlage, führte die Stadt weiterhin an, sei leider kein Geld da. Zwei Jahre zuvor hatte es acht Todesfälle wegen dieser Seuche gegeben und in dem nun folgenden Jahr wird es noch einer sein. Die Rieselfeldbauern aus Darmstadt und dem Umland waren ohnehin gegen den Bau einer Kläranlage, weil sie eine Reduzierung der Düngekraft des Abwassers und damit einhergehend Ertragsverlust befürchteten. Noch schlimmer aber sei damals – laut Zeitzeugen – die Ausbreitung der Tuberkulose gewesen. Sie kostete in den Nachkriegsjahren jährlich gut vierzig Menschen das Leben. Jeder Todesfall war einer zu viel.

Sommer, Erntezeit. Welch geschäftiges Treiben herrscht frühmorgens auf dem Hof! Ein lautes, tuckerndes Geräusch schiebt sich dominant über Pferdegetrappel und Stimmengewirr. Es ist das Geräusch des noch vor dem Krieg angeschafften ‚Bulldogs', der eigentlich ein Traktor der Marke Deutz ist, aber von den Leuten Bulldog genannt wird, weil der erste hergestellte Traktor ein Bulldog war. Er fährt gerade vor einen gummibereiften Anhänger. Dahinter aufgereiht die Pferdegespanne mit weiteren Ackerwagen. Strafgefangene, Saisonarbeiter, Arbeiter, Frauen der Arbeiter, die beiden neuen Hauswirtschaftslehrlinge – nur beim Getreideaufstellen müssen sie auf dem Feld mitarbeiten – klettern nacheinander auf die Wagen, um zum Heinheimer Feld gefahren zu werden und dort die tags zuvor mit dem Mähbinder fertig gebundenen Hafergarben in Hocken zum Trocknen aufzustellen. Nur der Schmied, die Waschfrau und Irmgard Vierling bleiben auf dem Hof zurück. Die Frauen, die Kopftücher am Hinterkopf gebunden, nehmen zwei Garben, die Männer drei bis vier unter ihre Arme und tragen sie auf dem großen Feld zusammen. Das braucht Kraft unter der sengenden Sonne. Je mehr tatkräftige Hände dabei sind, desto schneller geht die Arbeit vonstatten. Vierling wird mit dem Verwalter im Adlerauto hinterherfahren. Nachmittags soll bei der Pallaswiese bereits die erste trockene Gerste zu großen Fudern gepackt und dann in der riesigen Feldscheune auf dem Oberfeld zunächst gelagert werden. Dort wird sie frühzeitig gedroschen; die in der Brandnacht zerstörte Scheune auf dem Hof fehlt.

Tage, Wochen vergehen. Die Ernte ist vorüber. Stoppelfelder kündigen den nahenden Herbst an. Pflügen, Mist streuen. Mit den gummibereiften Anhängern, kurz ‚Hänger' genannt – sie lassen sich bereits kippen – kann der Mist zunächst in größeren Haufen auf dem Acker, das spart Muskelkraft, und dann weiter mit der Forke verteilt werden. Vierling, stets in Stiefeln und Reithose gekleidet, kommt wie immer zur Kontrolle. Gerne nimmt er wieder zu grobe Mistbüschel in die Hand und zeigt, wie man sie weiter auseinanderziehen kann.

Grünfutteraussaat. Wintergerstenaussaat – Waltraud Liesegang ist dabei. Sie kann selber mit Pferden arbeiten. Vor der Aussaat leitet sie ein Gespann aus Maultier und Ackerpferd mit einer Egge. Den ganzen Tag läuft sie mit ihnen über das Feld. Auch beim Drillen. Ihr Schwager, Fritz Schindler, geht hinter der Drillmaschine und sie vorne zwischen dem Gespann, damit es genau in der Reihe bleibt. Vom Wintergemüse bei der Pallaswiese werden die Kohlköpfe dort in Mieten gelagert, aber die gelben Rüben, auch Möhren genannt, kommen zur Meierei. Waltraud sitzt nach der Ernte oben auf den Möhren auf dem Ackerwagen. Wenn Kinder am Rhön- oder Spessartring stehen, wirft sie ihnen lachend ein paar gelbe Rüben zu.

In diesem Herbst werden die Kartoffeln nicht mehr mit der

Karsch ausgehackt, sondern mit der Kartoffelschleuder dem Ackerboden entnommen und auf dem Feld verteilt. Jeder bekommt ein Stückchen gerodeten Acker zum Auflesen zugewiesen. Die junge Waltraud schwitzt, wenn sie die von ihr aufgelesenen Kartoffeln in schweren Körben schleppen, dann hochstemmen und auf dem Wagen ausleeren muss. Der Vorarbeiter Kriszinski treibt an. Beim Kartoffelsortieren im Keller unter dem Kuhstall ist es kalt. Ein Kartoffelberg liegt dort. Die Kartoffeln werden per Hand, ohne Förderband, sortiert. Waltraud füllt den Korb mit guten Kartoffeln und gibt sie auf einen neuen Haufen, die schlechteren kommen auf den Futterkartoffelhaufen.

Bei der Rübenernte ist sie auch dabei: zuerst muss sie vor der Rübe in den Boden stechen und sie lockern, dann heißt es ziehen, hinlegen und danach mit einem speziellen Messer das Blatt abhacken. Futterrüben werden in Mieten an der Feldscheune auf dem Oberfeld eingelagert. Es regnet in Strömen. Hubert Titschka ist pitschenass und möchte kurz zum Gutshof, um sich umzuziehen. „Dann musst du in die Industrie gehen“, lautete Vierlings knappe Antwort. Diesen Satz wird sich Hubert Tischka merken. Knochenhart sei der Vierling, beschwert er sich abends bei seinen Kollegen. Im folgenden Jahr werden drei Mitarbeiter der Meierei zur großen Chemiefirma wechseln und noch ein Jahr später wird Hubert Titschka bei den US-Streitkräften in der Cambrai-Fritsch-Kaserne seine Arbeit aufnehmen: statt vier mal achtzehn Mark verdient er einhundertfünfzig Mark im Monat. Bald danach wird er wieder wechseln und über dreißig Jahre lang als Chemiefacharbeiter tätig sein, in einer Werkswohnung leben und gut verdienen.

Nach der Währungsreform ist alles wieder zu haben – wenn man über genügend DM verfügt. Grundnahrungsmittel bleiben dennoch preisgebunden. Die Regale in den Geschäften sind gefüllt. Die Stadt hatte nicht nur kein Geld für den Bau einer Kläranlage, auch vorgesehene Enttrümmerungsprojekte konnten nicht umgesetzt, aber wenigstens die Bekämpfung der zunehmenden Rattenplage an mehr als achttausend Trümmer- oder bebauten Grundstücken durchgeführt werden.

Dass auf der Meierei nach und nach Arbeiter in die Industrie abwandern werden, ahnt Vierling, aber dass es so schnell gehen wird, ahnt er nicht. Von den in diesem Jahr vorhanden einundsechzig Mitarbeitern werden in sieben Jahren nur noch fünfundzwanzig da sein. Gedanklich setzt er schon auf Technisierung, vor allem weil durch den Marshallplan gezielte Kreditvergabe ermöglicht wird – obwohl die US-Behörden eigentlich die westdeutsche Landwirtschaft nicht für wettbewerbsfähig halten.

Auf dem Hof zeigen die Pferde dennoch, wie wichtig sie sind. Wenn der Bulldog bei Frost, nun im Dezember, nicht anspringen will, werden sie vor ihn gespannt und müssen ihn auf dem Hof so lange im Kreis um den Bauerngarten herumziehen, bis er endlich zu tuckern beginnt. Den Bulldog braucht auch Fritz Schindler mit einem Kollegen, wenn sie den Anhänger mit gut in Stroh verpacktem Gemüse über die Autobahn zum Großmarkt nach Mannheim fahren müssen. Abends um zehn fuhren sie fort, auch bei zwanzig Grad minus, und morgens um sechs kamen sie an. Das bisher in der Stadt als Mangelware bekannte Gemüse, auch anderer Betriebe, ist jetzt nicht mehr vollständig absetzbar – die DM brachte Überfluss. Verfüttern wollte Vierling das gute Gemüse nicht.

In der Gutshausküche herrscht wie immer im Dezember Hochbetrieb. Die neuen Lehrlinge lernen das Keksebacken bergeweise. Jedes Jahr zu Weihnachten erhalten die Familien in den Arbeiterhäusern je eine große Blechdose gefüllt mit Selbstgebackenem. Und jedes Jahr zu Weihnachten gibt es eine Feier mit den Arbeitern und der Familie Vierling im Gutshofsaal an einer langen Tafel. Die große Tochter spielt Klavier, Essen wird aufgetragen und danach gibt es Schnaps, der die Zunge löst. Vierling bekommt zu hören, was sich bei den Arbeitern im Laufe des Jahres aufgestaut hat.

Das neue Jahr 1949 brachte für das geteilte Land die erste Regierung in Bonn, für die Menschen in der Stadt eine bessere Versorgungslage, und wie es hieß, eine fortschreitende Annäherung an normale Verhältnisse. Die wichtigste Aufgabe, laut Stadt, werde zukünftig der Wohnungsbau sein. Nach wie vor fehlte Geld, immerhin konnte letzter Trümmerschutt auf Straßen und Plätzen weggefahren werden. Auch Hubert Titschka war mit einem Gespann dabei. Einen Ackerwagen Trümmerschutt nach dem anderen kippte er in das zehn Meter tiefe Loch des oberen Steinbruchs am Katharinen-Falltor-Weg auf auf dem Oberfeld.

Auf der Meierei wird die Anzahl der Kühe nach und nach auf Vorkriegsniveau steigen. Zum Herbst hin, wenn die Kühe von der Sommerweide zurückkehren, werden dann fünf bis sechs Männer, davon vier bis fünf Melker, für ihre Versorgung notwendig sein. Die frisch geborenen Kälber befinden sich immer noch angebunden an einem Haken hinter der Kuh. Für diese nicht erreichbar.

Eine besondere Neuigkeit für die Meierei kam aus Frankreich. Dapper und Kriszinski hatten ihn sogleich erkannt. Der ‚Leutnant' sei wieder da, wurde gesagt. Es war Oberstleutnant Germain. Man sah ihn fast nur gemeinsam mit Vierling, wenn sie über den Hof gingen, in den provisorischen Pferdestall oder wegfuhren. Germain hatte sich während des Krieges besonders verantwortungsvoll um die Pferde gekümmert und nach der Brandnacht die verletzte und schon tragende zukünftige Halla-Mutter, Helene, erfolgreich gepflegt. So war es selbstverständlich, dass Vierling mit Germain nach Hünfeld fuhr, wo Halla kurz zuvor mit dem als talentiert geltenden Reiter Hans-Günter Winkler nach nur zweitägiger Vorbereitungszeit bei einem Auswahlturnier für die olympischen Spiele in Helsinki den zweiten Platz belegt hatte. Sie standen vor ihr und bestaunten das schöne Tier. Was mit ihr noch alles passieren würde, ahnten sie nicht. Aber Vierling versprach Germain, der in den folgenden Jahren wiederkommen wird, dass bei seinem nächsten Besuch der abgebrannte Pferdestall – nicht nur die Stadt baute auf – wieder an Ort und Stelle stehen werde.

1963/64

Hoch oben unter den flatternden Bändern des Richtbaums in schwindelnder Höhe hatte am siebten Juli 1950 der Zimmermann gestanden und seine Rede gehalten. „Feuer, Sturm und Regen, mögen euch nie gefährlich sein", hallte es hinterher noch in den Ohren der Handwerker, Arbeiter des Hofes, Helfer und Gäste, als sie danach unter dem Dachstuhl der neuen dreistöckigen Scheune mit Eichenbohlen im Mühlenraum und Pferdestall saßen. Am lang gedeckten Tisch für knapp vierzig Mann in Erwartung des Richtschmauses saßen sie. Die Frauen aus der Gutsküche begannen warmes Mittagessen aufzutragen. Der Vertreter des Landes Hessen als Bauherr, als ahnte er, wohin die Entwicklung ging, beschwor in seinem Redebeitrag die Zukunft der Pferde, die einen erstklassigen Stall bekämen, und die Zukunft der Landwirtschaft in Aufbruchstimmung. Das gute Mittagessen wärmte zusammen mit Selbstgebranntem den Magen. Ein Gruppenfoto bleibt als Erinnerung. Gut zehn Jahre lang war gebaut worden; die Scheune und der Pferdestall kamen als Erstes dran.

Zum Herbst schon wurde gedroschenes Getreide eingelagert, konnten die Pferde ihren neuen Stall dicht bei der Koppel beziehen und zwei Jahre später hatte das Gutshaus wieder ein solides Dach bekommen, jetzt mit schlichten Gauben vor den Zimmern im ersten Stock. Die einstigen Fachwerkgiebel fehlen – Nachkriegszeit, das Geld war knapp. Es war so knapp, dass das Haus vier Jahre unverputzt bis Mitte der fünfziger Jahre ausharren musste. Ob die andauernden Vermögensauseinandersetzungen zwischen dem Land Hessen und der ehemals großherzoglichen Familie ihren Anteil daran hatten? Schließlich mussten 1953 die zwei letzten Raten der restlichen Abfindungssumme von einer dreiviertel Million DM ausgezahlt werden. Dank ihrer guten Beziehungen zur Regierung und einer freundlich gesonnenen Justiz, so der Verfasser einer Dissertation, habe die ehemals großherzogliche Familie ihre Forderungen weitgehend ungeschmälert – also ohne die bei der Umwandlung von Reichsmark in D-Mark sonst übliche neunzigprozentige Reduktion, durchsetzen können.

Dafür wurde an anderer Stelle gespart: In den Arbeiterhäusern mussten die Menschen immer noch auf fließendes Wasser warten und mussten bis 1961 jeden Tropfen weiterhin von der ein- bis zweihundert Meter entfernt liegenden Drei-Brunnenquelle herschleppen. Stattdessen wurden Duschen mit warmem Wasser für die Familien aus der Erbacherstraße in der Futterküche des Kuhstalls gebaut. Im Vergleich zur Abfindungssumme ein vernachlässigbarer Betrag – die Duschen kamen natürlich viel billiger als die längst fällige Sanierung der Arbeiterhäuser.

Dennoch hatte sich erster schillernder Glanz über die Meierei gelegt, noch bevor das Gutshaus im November 1955 zum Verputzen eingerüstet wurde. Hallas Stern war bereits aufgegangen. Dabei hatte alles mit einem Fehlstart begonnen. Sie war Dank ihres Sprungvermögens zwar für die olympischen Spiele in Helsinki zugelassen, doch ihr Reiter, Hans-Günter Winkler, wurde disqualifiziert, weil er in der Nachkriegszeit ‚gegen Geld‘ geritten war. Der Versuch, sie mit anderen Reitern nach Helsinki zu schicken, scheiterte. Sie wollte offensichtlich nur einen. Sie wollte Winkler und wurde wegen Untauglichkeit zur Meierei nach Darmstadt zurückgeschickt.

Vierling gab nicht auf, fuhr nach Warendorf, fragte Winkler, ob er noch bereit sei, die Stute Halla zu reiten und ließ sich auf dessen Forderungen ein: Winkler würde Hallas Kosten tragen und dafür die Gewinne bekommen. Der dann folgende Handschlag hielt zehn Jahre lang.

Halla konnte springen, aber sie war schwierig, nach Winkler, eine Mischung aus Genie und Wahnsinn, nicht mit einem Plan zu erfassen. Was heute für sie galt, war morgen falsch. Er habe Stunden mit ihr gesprochen. (Genauso wie früher in seiner Kindheit mit dem von zu vielen Kindern benutzten und deshalb zum Reiten ungeeigneten Pony Micky. Dessen Vertrauen hatte er ebenfalls durch Gespräche und viel Geduld gewinnen können). Er habe Halla zwar mal kaltes Wasser übergegossen, aber sie danach wieder abgetrocknet. Und er habe sie nie geschlagen. Das deutsche Komitee hätte deshalb – es war eine nicht deutsche Reitweise – fast die Zulassung zu den olympischen Spielen in Stockholm verweigert. Er ritt behutsam mit ihr durch den Parcours, auch während des Wettkampfes sprach er mit ihr, ermahnte sie zur Vorsicht – „Pass auf!" – oder er bat um Hilfe: „Lass mich nicht im Stich." Das wird er sicherlich auch beim legendären Ritt gesagt haben, denn bei dem legendären Ritt übernahm Halla die Führung. Innerhalb von zwei Jahren hatte er es geschafft, mit ihr ein Team zu bilden, sie in der auf gegenseitigem Respekt beruhenden Beziehung zur Mitkämpferin auszubilden und aus ihr eine zweifache Weltmeisterin zu machen. Schwierig blieb sie trotzdem.

Als dann am 17. Juni 1956 bei den olympischen Spielen in Stockholm – weißer Putz zierte inzwischen das Gutshaus in Darmstadt – der legendäre Ritt mit dem durch einen Leistenbruch in der ersten Runde verletzten, sich kaum im Sattel halten könnenden Winkler durch den Olympia-Parcours führte, konnte er nur die Reihenfolge der Hindernisse ansteuern. Alles andere, sonst mit Signalen genau zwischen Reiter und Halla abgestimmt, erledigte die außergewöhnlich intelligente Halla an der langen Leine alleine. Sie wusste, wann sie abspringen musste. Sie ließ sich auch durch Winklers Schmerzschreie nach jedem Sprung – in die Radioempfänger und Fernseher in der ganzen Welt und bis nach Darmstadt wurden sie übertragen – nicht aus der Ruhe bringen. Sie schaffte als einziges Pferd einen fehlerfreien Ritt und damit den Olympasieg im Einzel- und im Mannschaftswettbewerb. Seitdem gilt sie als Wunderstute.

Kein Wunder, dass die Kinder in Darmstadts Gassen in den folgenden Wochen Springreiten spielten, das eine oder andere aufgeweckte Kind den Reporter, und dabei: „Und Halla lacht, als wüsste sie, um was es geht“, laut in die Runde rief. Halla hatte tatsächlich gelacht, dem Publikum ihre schönen weißen Zähne zeigend, und die Kinder, die Halla spielten, lachten auch.

Vierling, der als Hallas Besitzer mit seiner Frau nach Stockholm eingeladen worden war, kaufte sich, das wurde erzählt, nach diesem Weltruhm ein Mietshaus. Aber auch schon vorher hatte er damit begonnen, Eigentum zu erwerben. Er wollte nicht mit leeren Händen gehen müssen, wie sein Vorgänger, der Sohn des einst erfolgreichen Hofmeierei-Pächters Wilhelm Schwarz.

Ein völlig anderer Ritt auf einem Meiereitier hatte sich auch in diesen Jahren ereignet. Bei der Pallaswiese war es, im Vorwerk beim Sommerstall, zu dem die Herde jedes Jahr im Frühjahr mit vielen Helfern getrieben wurde. Da der Weg durch die Stadt über den Spessartring, den Röhnring, die Pallaswiesen- und die Gräfenhäuser Straße zum Sommerstall führte, wurde der Bulle vorsichtshalber auf dem Viehwagen mit dem Traktor dorthin gebracht. Die Kühe mussten gehen, vorneweg ein Melker, damit sie wussten, wohin; an den Seiten und hinten liefen mehrere Arbeiter, damit die Kühe nicht in fremde Hofreiten oder falsche Richtungen liefen, und da sie nun beim Laufen den einen oder anderen Kuhfladen verloren, hatte Vierling mindestens zwei Arbeiter mit viereckigen Schaufeln angewiesen, diese sofort hinter der Herde aufzukehren, damit es keinen Ärger mit der Stadt gäbe.

Wenn dann alle Tiere auf der Weide bei der Pallaswiese endlich grasen konnten, kehrte Ruhe ein. Nicht nur bei den Tieren, auch bei den dort wohnenden Arbeiterfamilien und Melkern.

Zu ruhig war es oft genug für die jungen Melkburschen, und so vertrieb man sich die Zeit mit Geschichtenerzählen, die seit Jahren schon erzählt worden waren, hübschte sie auf oder begann neue zu erfinden. Spätestens seit seiner Nutzung wurden die Informationen über das Gebäude, das jetzt der Sommerstall war, stets aufs Neue an die häufig wechselnden Melkburschen weitergegeben. Manchmal blieben sie nicht einmal ein Jahr. Die länger auf der Meierei Beschäftigten wussten aus Erzählungen, dass früher dort auf dem Vorwerkgelände eine Zeppelinhalle gestanden hatte, und da nun der Sommerstall mit seinen vierzehn Metern Höhe und achtzehn Metern Länge über alles hinausragte und das einzige große Gebäude weit und breit war und es zudem eine wohl mindestens drei Meter hohe Rampe gab, schien offensichtlich, dass dies die einstige Zeppelinhalle gewesen sein musste. Dort hinein war der Zeppelin zur Wartung und Reparatur geschoben worden, anders konnte man es sich nicht vorstellen, und dort kamen nun die Meierei-Kühe unter und wurden gemolken. Nicht unten im Stall, weil der Sommerstall ein Laufstall war und zu viel Unruhe mit sich brachte, sondern oben auf der Rampe, und nachdem sie es einmal gelernt hatten, gingen sie gerne die weit auseinandergezogenen Treppenstufen zur Rampe hoch – denn vor dem Melken, zu dem sie angekettet wurden, bekamen sie ein wenig Kraftfutter, einen Leckerli sozusagen.

Während die Melker nun dort oben in der vermeintlichen ehemaligen Zeppelinhalle unter der Kuh saßen, stellten sie sich vor, wie die Wartung und Reparatur eines Zeppelins vonstatten gegangen sein könnte. Die Ingenieure, das war klar, gelangten genau von dieser Stelle aus über die Rampe ins Innere des Luftschiffs, wo sie mit Schraubenzieher und Messgeräten alles überprüften. Und unten im Stall standen auf unglaublich hohen Leitern fleißige Arbeiter, die den Zeppelin mit Imi-Wasser und Lappen reinigten und polierten.

Wie sollte es sonst gewesen sein? Und woher sollten die Meiereiarbeiter die genauen Maße eines Zeppelins auch kennen? Man hatte vor dem Krieg Zeppeline von Weitem oben in der Luft gesehen. Von unten konnte man nicht abschätzen, dass sie über einhundert Meter lang waren, also gar nicht in den Sommerstall hineingepasst haben konnten. Denn in Wirklichkeit war dieses Gebäude einst ein Erzeugerhaus gewesen, und in einem Erzeugerhaus wurde damals aus Wasserdampf und Koks das Wasserstoffgas zum Antrieb der Zeppeline hergestellt. Es hatte sich als zweckmäßig erwiesen, am Luftschiffhafen über eine Gasanstalt mit dem für die Zeppeline benötigte Wasserstoffgas zu verfügen. Der jetzige Sommerstall hatte also durchaus etwas mit Zeppelinen zu tun gehabt, nur etwas anderes. Was, das war nicht so wichtig bei diesen zur Unterhaltung beitragenden Erzählungen.

Cowboygeschichten waren damals selbstverständlich ebenfalls zum besten gegeben worden, spätestens beim Viehaustrieb, wenn die Herde durch die Pallaswiesenstraße ging, hatte irgendeiner, „Wie bei Buffalo Bill!", in die Runde gerufen und damit an dessen Reitspektakel auf Pferden, Kühen und einem Stier mit geschwungenen Hörnern vor ungefähr sechzig Jahren erinnert. Gerne wurde später in den Pausen beim Vorwerk wieder daran angeknüpft. Es sollte sogar früher schon, wurde erzählt, ein Melkbursche der Meierei nicht nur auf Kühen, sondern auch auf dem Bullen geritten sein und sogar kleine Kunststücke, wie Buffalo Bill, ausprobiert haben.

Ja, wenn das so war, hatte sich der Melkbursche – der in baldiger Erwartung des Obermelkers und zwei weiterer Melker an jenem Nachmittag die Kühe von der Weide zum Sommerstall zu trieb – damals gedacht. Ihm war es tatsächlich ebenfalls schon hin und wieder für kurze Zeit gelungen, auf des Bullen Rücken zu reiten. Zum gegenwärtigen Zeitpunkt verrichtete bereits ein Melker alleine den Tages- und Nachtdienst beim Vorwerk; denn wenn es tagsüber oder in der Nacht einen Vorfall bei den Tieren gab, konnte er jederzeit die dort in den Arbeiterhäusern wohnenden Arbeiter zur Hilfe holen.

Ein heißer, schwüler Sommertag war es, Gewitter lag in der Luft. Der Bulle ging friedlich neben ihm. War es wieder aufkommende Abenteuerlust? Oder hatte er an das hübsche Mädchen gedacht, das er jeden Morgen mit dem Fahrrad von Weiterstadt zur Arbeit nach Darmstadt fahren sah? Oder war es einfach nur Langeweile gewesen? Jedenfalls kam er an diesem Nachmittag wieder nicht umhin, den schwarz-bunten Bullen mit seinen spitz zur Seite verlaufenden Hörnern – den er ja kannte und der ihn ebenfalls kannte und der nun ruhig neben ihm ging – zuerst zu streicheln und sich dann geschickt auf dessen Rücken zu schwingen. Der Bulle ging schneller, aber er machte keine Anstalten, seinen ungebetenen Gast auf dem Rücken abzuwerfen. Er trug ihn bis zu den großen Wassertrögen vor dem Sommerstall, in die der Melkbursche vorher bereits Wasser für die durstige Herde eingelassen hatte, und begann zu trinken. Dort stieg der Melkbursche vom Bullen und blieb noch einen Moment neben diesem stehen. Das hätte er lieber nicht machen sollen. Der Bulle holte mit seinem Kopf einmal kurz aus und stieß sein spitzes Horn in den Leib des jungen Melkburschen. Vor Schmerz zusammensinkend konnte sich dieser gerade noch zu seinem Bett in einem der beiden Zimmer für die Melker im Arbeiterhaus schleppen. Als die anderen Melker kamen und ihn schließlich fanden, erfuhren sie gerade noch, was passiert war. Dann war alles zu spät und der Melkbursche tot. Mobiltelefone gab es damals noch nicht.

Wenn Familie Liesegang zu diesem Zeitpunkt noch für die Meierei beim Vorwerk gearbeitet und dort auch gewohnt hätte, vielleicht wäre eines von ihnen zufällig in der Nähe des Geschehens gewesen und hätte früher Hilfe holen können? Schließlich hatten sie mit den Melkern in einem Haus gewohnt: links die Familie Liesegang, rechts befanden sich die beiden Zimmer für die Melker. Familie Liesegang war zu dem Zeitpunkt aber längst gekündigt worden, obwohl sie sehr gerne dort beim Vorwerk sowohl gearbeitet als auch gewohnt hatten. Morgens in der Frühe konnten sie von sich aus mit der Arbeit beginnen, ohne dass ihnen jemand Anweisungen gab. Arbeitspferde standen nebenan im Stall. Liesegangs wussten doch, was zu tun war, schließlich waren sie selber Bauern in Ostpreußen gewesen, und gegen Abend während des Melkens, wenn Waltrauds Mutter sich den täglichen Liter Milch aus einer Kanne schöpfte, konnte sie, wenn kein Melker in der Nähe war, auch mal etwas Sahne abschöpfen und die Flasche danach gut schütteln, damit es nicht auffiel. Wie sonst hätten sie jemals Butter für ihre Familie stampfen können? Auch Waltraud mochte ihre Arbeit auf dem Gemüsefeld.

Unangenehm wurde es zuerst für sie. Die Schweinefrau hatte auf der Meierei in der Erbacher Straße aufgehört zu arbeiten und deshalb wurde Waltraud von Irmgard Vierling angewiesen – unangenehme Anweisung gab sie – die Arbeit im Schweinestall zu übernehmen. Somit musste Waltraud jeden Tag, auch Sonntags, nach dem Morgenmelken mit den Melkern zur Meierei fahren und dort zweimal täglich die knapp fünfzig Sauen im alten Schweinestall neben der Scheune füttern. Sie musste Eimer mit Futter und Wasser schleppen und die bis oben mit Silokartoffeln gefüllten Karren schieben sowie beim Kartoffeldämpfen helfen. Die Arbeit war zu schwer für sie. Wenn ihr Schwager, Fritz Schindler, zufällig am Stall vorbei kam, schob er für sie die Karre weiter.

Waltraud kratzte ihren Mut zusammen und ging zu Irmgard Vierling, weil sie diese Arbeit nicht machen wolle. „Dann entlass ich auch deinen Vater“, war deren Antwort. Vater Liesegang entschied, dass sie alle gehen würden. Arbeit gab es genug in der Stadt und Waltraud wurde bei der Starkenburgmolkerei in der Erbacher Straße eingestellt mit einem Stundenlohn von 79–90 Pf. Doch Liesegangs blieben beim Vorwerk wohnen, Wohnungen waren nach wie vor knapp. Vierling schickte Briefe mit Mieterhöhungen. Sie kam vorbei. Man fühlte sich rausgeekelt und gab schließlich auf. Damals war Waltraud jung. Wer denkt in solch einem Alter schon an die Rente? Erst vierzig Jahre später wird sie merken, dass Vierling sie während ihrer fünfjährigen Arbeit auf der Meierei zwei Monate zu spät, also erst ab Mai, versichert hatte. Sie war Saisonarbeiterin gewesen und von Dezember bis März arbeitslos.

Auf dem Hof tuckert es immer öfter und der altbekannte Klang der Pferdehufe nimmt ab – 1963 ist noch ein Gespann da, fünf Jahre zuvor waren es noch sechs, also zwölf Arbeitspferde, und im nächsten Jahr werden auch die letzten Tage dieses letzten Gespanns angebrochen sein. Es wird die Meierei auf einem Viehwagen verlassen, ohne etwas ziehen zu müssen. Nur ein paar wenige Zuchtpferde werden dann in diesem nun viel zu großen Stall stehen – nur fünfzehn Jahre nach dessen Bau.

Das Pferd, als Zug- und Arbeitstier in der Landwirtschaft, hat ausgedient – bedingt durch fortschreitende Technisierung und den Einsatz von Traktoren. Innerhalb von ungefähr dreißig Jahren wird die knapp sechstausend Jahre währende Zusammenarbeit zwischen Bauer und Pferd über Bord geworfen.

Das Wirtschaftswunder, angekurbelt durch U.S.-amerikanische Kredite, befeuert diese Entwicklung, pumpt PS, also Pferdestärken statt Pferde auf die Bauernhöfe. Die Ackerpferde müssen gehen. Auch die Fuhrunternehmer und die Stadt greifen inzwischen lieber auf PS zurück. Fahrzeuge müssen nur bei der Nutzung mit Brennstoff gefüttert werden. Pferde fressen auch am Sonntag und im Winter. Deshalb wurden früher im Winter bei hohem Schnee, damit sie etwas zu tun hatten, Meiereigespanne beim städtischen Schneetransport eingesetzt, um die beim Schloss oder in Bessungen angehäuften Schneeberge zum Oberfeld zu befördern. Jetzt erledigen dies die schnelleren Fahrzeuge der Stadt und auf der Meierei die Traktoren: zwei kleine Deutz gibt es inzwischen, einen roten Massey Ferguson – den Fritz Schindler fährt – und den großen alten Deutz mit 45 PS. Jedes Jahr im Spätherbst hört man ihn auf dem Oberfeld schwerfällig tuckern und spucken, weil es für diesen alten Trecker so anstrengend ist, die großen Fuder Zuckerrüben zur Verladung die Steigung des Scheftheimer Weges bergauf zu ziehen.

Ja, die Zuckerrüben! Bevor sie abgeliefert werden, muss viel Arbeit in sie hineingesteckt werden. Die Aussaat, das erste Hacken, das Vereinzeln und wieder Hacken. Sie wurden damals auf kleinerer Fläche beim Vorwerk angebaut – wo die Gefängnisinsassen aus der Runde-Turm-Straße arbeiteten – und überwiegend auf dem Oberfeld. Auch Heinz Schneider, der später als ‚der letzte Bauer aus dem Martinsviertel' in die Stadtgeschichte eingehen wird, ist mit seiner Frau und zwei Kindern auf dem kleinen Feld am Katharinenfalltorweg dabei, die Rüben zu vereinzeln, damit sie nicht zu klein bleiben und gut verkauft werden können. Eine aufwändige Arbeit, bei der man auf den Knien zwischen zwei Reihen längs rutschen und jeweils eine kräftige Pflanze auf den richtigen Wachstumsabstand bringen muss, indem überschüssige Pflänzchen herausgezogen werden. Vier Arbeitskräfte nebeneinander beackern bei Schneiders das Rübenfeld.

Vierling hat zu diesem Zeitpunkt noch gut zwanzig Saisonkräfte, Ungarndeutsche aus Griesheim-St. Stephan. Ihnen geht das Rübenvereinzeln schnell von der Hand, da sie alle in der Landwirtschaft groß geworden sind. Nebeneinander rutschen sie gemeinsam über das Feld. Es sei denn, die Frau des Schmieds ist dabei. Sie gibt gerne das Tempo vor und arbeitet fünf oder zehn Meter vor den anderen. Trotzdem dauert es. Vierling ist nicht dabei. Aber er fährt vorbei und schaut, ob die Arbeiter gut vorankommen. Manchmal hält er an, prüft den Rübenabstand in den Reihen, schaut ob sie wirklich vereinzelt und nicht versehentlich zwei Pflänzchen stehen gelassen wurden. Und er schaut nicht nur dort. Regelmäßig unternimmt Vierling Kontrollfahrten, um zu sehen, wie die Arbeit erledigt wird, wie hoch das Gras ist, wie das Getreide steht, wie kräftig die Rüben sind, ob der Flughafer entfernt wurde oder ob noch zu viele Steine auf dem Acker liegen.

Von ihrem Feld am Katharinenfalltorweg können Schneiders zwar nicht zu Vierlings Saisonarbeitern unten beim Wald am Scheftheimer Weg hinüberschauen, aber wohl jede Viertelstunde sehen sie Vierling während seiner Kontrollfahrt übers Oberfeld mit seinem schwarzen Mercedes am Katharinenfalltorweg vorbeifahren. Insgesamt vier bis fünf Mal umkreist Vierling seine Ackerflächen und kommt bei ihnen vorbei, im ersten Gang, leise tuckernd, um dann von Neuem alles auf seinen Feldern noch einmal zu begutachten. Beim ersten Vorbeifahren nickt Vierling ihnen hoheitsvoll zu. Später im Jahr, wenn Familie Schneider auf ihrem Acker vorne am Scheftheimer Weg Steine absammelt, sehen sie etwas anderes, wenn Vierling mal wieder auf Kontrollfahrt unterwegs ist. Weil das Oberfeld wellig ist, an einigen Stellen leicht hügelig, sehen sie – vor allem die Kinder finden das interessant und vergessen dabei ihre Arbeit – Vierling mit seinem Mercedes zuerst untergehen, aber hinter dem nächsten Hügel wieder mit seinem Mercedes zum Vorschein kommen.

Auf der Meierei haben Kinder nichts zu suchen. Wer dort nicht arbeitet, gehört dort nicht hin. Das war früher so und Vierling hatte gleich dafür gesorgt, dass das so blieb. Das wussten die Kinder. Auch der kleine Wolfgang – wir werden noch öfter von ihm hören –, Sohn von Elly und Fritz Schindler, wusste das. Als Kleinkind ging er an der Hand der Mutter abends mit zum Milchholen in der Futterküche auf der rechten Seite des Kuhstalls, wo Otto Bettin, seit Kriegsende Mädchen für alles, die Milch im Hofverkauf ausgab. Er fegte den Hof, die Scheune, flickte Säcke, reparierte Zäune, schnitt die Obstbäume, mähte zu hohes Gras am Wegesrand und auf der großen Streuobstwiese hinter dem Kuhstall. Manchmal bildete sich um sechs Uhr abends eine Schlange auf dem Hof, Frauen mit Kindern, die durch die offenen Kuhstalltüren noch sehen konnten, wo die Milch herkam. Otto Bettin schöpfte ein Litermaß voll mit Milch nach dem anderen, füllte damit routiniert die Kannen der Käufer aus der Stadt, nahm sich dennoch Zeit, die Kinder aus der Stadt und den kleinen Wolfgang zu necken; Wolfgang, der gerne neben seinem Vater auf dem Trecker saß (wenn Vierling nicht da war) oder mit seinem Opa und Pferd, Hexe, zum Vorwerk zum Melken fuhr und an Ostern zum Eiersuchen bei den Verwandten. Zu spät stellte sich damals heraus, dass sie roh waren.

Später, siebenjährig, näherte Wolfgang sich der Meierei mit anderen Jungs vor den Arbeiterhäusern von hinten vom Wald her über die Koppel und Streuobstwiese. Vorsichtig geduckt schlichen sie sich heran und spähten hinüber. Damals nannten sie Vierling, der stets Reiterhosen und hohe Lederstiefel trug, den gestiefelten Kater. „Gestiefelter Kater!“, riefen sie sich zu in ihrer Geheimsprache, wenn Gefahr im Verzug war oder wenn sie vor den Arbeiterhäusern standen und Vierling zufällig in der Nähe vorbeiging, während sie verschmitzt in sich hineinkicherten. Vierling verstand ja nicht, worum es ging. Auch die Frau des Verwalters wusste nicht, dass sie Pipi-Tante von den Kindern genannt und über sie gelacht wurde, weil sie Irmgard Vierling beim Dreschen wie eine ergebene Dienerin überfürsorglich bediente: ihr zwischendrin Getränke reichte, die Stirn abtupfte oder ihr ein frisches Tuch zum Staub und Schweiß abwischen gab, während es ratterte, die Garben schnell genug der Maschine in den Rachen geworfen werden mussten, sich dabei eine Staubwolke nach der anderen über die Arbeiter legte und auf der Rückseite der Maschine das Getreide leise in Säcke rieselte. Eine Kraft zehrende Arbeit, bei der nicht Gustav Vierling, sondern stets Irmgard überwachte und mit anpackte.

Über den Wald gelangten die Kinder täglich zu Fuß zur Elly-Heuss-Knapp-Schule, in der sie als Landkinder betrachtet wurden. Im Herbst, wenn die Äpfel reif waren, machten sie morgens auf dem Schulweg einen kleinen Abstecher zu den Obstbäumen hinterm Kuhstall und stopften sich die Taschen voll. Es sei denn Otto Bettin, der seit Jahren für den Obstbaumschnitt zuständig war, stand da und passte auf mit erhobenem Zeigefinger und: „Wehe!"

Zwei, drei Jahre später bereits lästerten die Buben, wenn Vierling mit seinen hohen Stiefeln im Stechschritt über den Hof ging. Immerhin, bei der Kartoffelernte durfte Wolfgang schon mitarbeiten oder auch mal den Trecker weiterfahren. Für die Fahrt zum Acker durfte er offiziell den Hof betreten. Ansonsten pirschte er sich mit ein paar Jungs nicht nur an den alten Kuhstall heran. Inzwischen gehen sie, von hinten versteht sich, auch hinein. Fast jeden Tag machen sie das und werden durchaus, außer wenn einer mal schlechte Laune hat, von den Melkburschen empfangen, die sich gerne von diesen größeren Buben – damit sie selber mehr Zeit zum Schwatzen haben – das Heu für die Kühe vom Heuboden durch die Luke hinunterschmeißen lassen. Vorsicht ist geboten. Das wissen auch die Buben, beim Karlshof ist bereits ein Kind durch die Luke gefallen. Vorsicht ist bei ihren Abenteuern auf dem Hof ohnehin geboten. Wenn sich die Buben auf den Heugreifer stellen, der das lose Heu per Seilzug vom Ackerwagen zum Heuboden transportiert und sie dabei erwischt werden, ist der Teufel los. Wenige Stunden später probieren sie es aufs Neue. Beim Stapfen im Getreide hoch oben im Getreidespeicher geht es ihnen ebenso und auch beim Tarzanspielen in der einstigen Feldscheune am Katharinen-Falltor-Weg, dort, wo heute der Kuhstall steht. An langen Seilen, oben im Gebälk befestigt, schlingern sie durch die Scheunenhalle wie Tarzan einst an seinen Lianen. Was gibt es Schöneres!

Beim Karlshof brauchte Wolfgang nicht von hinten zum Kuhstall kommen. Dort durfte er mitmachen, was er mochte – auch öfter mal Trecker fahren. Müllers waren Kinderfreunde. Der Junior, inzwischen verstorben, war wie ein Bruder gewesen.

Nicht nur die Kinder auf dem Hof interessieren sich für die Meierei. Auch sie kommen von hinten. Angela aus dem Woogsviertel und ihre Freundinnen. Bei einem Schulausflug, vorbei am Botanischen Garten und Judenteich, hatten sie vom Waldrand aus die Pferde auf der Koppel gesehen. Wunderschöne

Tiere. Angela wollte sie unbedingt wiedersehen, packte an einem Sonntagnachmittag im Herbst Äpfel und gelbe Rüben, auch ein paar Scheiben trockenes Brot in einen Karton und zog mit den Freundinnen vom Waldrand her Richtung Meierei- Pferdekoppel, wo ein alter Mann, Vierling war immerhin schon siebzig, sie unfreundlich fortjagte, als sie die gelben Rüben den Pferden hinhalten wollten.

Seine Frau wehrte ab, wandte sich freundlich den Kindern zu, schaute sich an, was sie für die Pferde dabei hatten und beobachtete, wie gerne sie die Pferde mochten und liebevoll fütterten. Die Kinder durften wiederkommen. Anfangs, noch schüchtern, näherten sie sich nur von hinten der Pferdekoppel. Dann mutiger, trauten sie sich dichter heran, auch schon mal bis zum Pferdestall, und schließlich, das Jahr 1964 ist bereits ins Land gezogen, dürfen sie sogar durchs Hoftor kommen und von dort zum Stall oder zur Koppel gehen. Dass keine Ackerpferde mehr da sind, merken sie nicht.

Mitte des Jahres verließ das letzte Arbeitsgespann die Meierei – das Glied in der Kette, das bremst, das nicht im Maschinentakt der modernen Zeit funktioniert. Der neue Pferdestall, vierzehn Jahre alt, war schon zu groß. Dennoch stand er nicht gänzlich leer. Vierling, nicht erst seit Hallas Erfolg ein Pferdenarr, züchtete weiter Reitpferde. Drei bis vier stehen seit Hallas Erfolg im Stall. Nicht Halla selbst. Vier Jahre zuvor, bald nach ihrem dritten Olympiasieg in Rom, kam sie im Alter von schon sechzehn Jahren zur Zucht auf ein Gestüt bei Warendorf. Bestens umsorgt, mit hervorragendsten Hengsten gedeckt. Winkler wird sie nach der Geburt der Fohlen auf der Koppel oder im Stall besuchen – und Vierling natürlich auch.

Die Zuchtpferde zu Hause, in der Meierei, sind noch nicht von Halla, von deren Nachwuchs man sich viel verspricht. Die Zuchtpferde auf der Meierei werden von einem Freund der Familie trainiert und bei regionalen Turnieren erprobt, manchmal auch von Eberhard Vierling, dem jüngsten Sohn. Der dreizehnjährige Wolfgang Schindler ist dabei, fährt am Wochenende mit zu den Turnieren, arbeitet mit im Stall, schläft wie der Reiter auf einem Feldbett bei den Pferden im Stall oder unter freiem Himmel, bringt sie am Halfter aus dem Stall, macht Handreichungen, gibt ihnen Futter. Auf dem Karlshof darf er schon mal den Mähdrescher fahren. „Das geht zu weit", beschwert sich Vierling bei Wolfgangs Vater, als er davon hört. Der Nachwuchs läuft sich schon mal warm. In der Meierei arbeiten nur noch sechzehn Mitarbeiter, sechzehn Jahre zuvor waren es knapp viermal so viele. Der Pächter und der Verwalter, der kaufmännische Angestellte mit halber Stelle im Büro – er sammelt ebenfalls den monatlichen Gewerkschaftsbeitrag von den Mitgliedern auf dem Hof ein, nach wie vor zwei Auszubildende in der Gutshausküche, sieben vollbeschäftigte landwirtschaftliche Mitarbeiter und einige teilzeitbeschäftigte. Auch Christian Schindler, Wolfgangs Großvater, wollte nicht mehr Obermelker sein und arbeitet seit ein paar Jahren im Reitstall am Kavalleriesand.

Das Miststreuen, früher wurden drei Gespanne mit sechs Mitarbeitern eingesetzt, kann ein Arbeiter alleine erledigen, mit Traktor, Frontlader zum Mistaufladen und dem Miststreuer zum gleichmäßigen Verteilen des Mists auf dem Acker. Melkmaschinen reduzieren die Anzahl der Melker. Die Hochdruckpresse erleichtert die Heuernte, der Vorratsroder die Kartoffelernte. Die selbstfahrende Sämaschine von Schmotzer, die sich am Ende der Reihen problemlos um 360 Grad drehen lässt, arbeitet schneller und genauer. Aus der Schmiede auf dem Hof war längst eine Garage geworden und der Kfz-Schlosser hatte den Schmied ersetzt. Jener kann gleich auf dem Hof die Maschinen reparieren und wenn Zeit ist, selber auf dem Feld damit arbeiten. Den Mähdrescher, der die vielen Hilfskräfte beim Getreideaufstellen, bei der Getreideernte und die alte Dreschmaschine mit sechs Arbeitern überflüssig macht, fährt er alleine. Von morgens bis abends. Zuerst den Traktor gezogenen ‚Claas Super' und seit fünf Jahren schon den selbstfahrenden ‚'Matador Gigant'. Nur noch ein Fahrer wird zusätzlich zum Abtransport des bereits auf dem Felde gedroschen Getreides benötigt. Vierling rechnete nach wie vor genau. Statt des aufwändigen Rübenverziehens gibt es Einzelkorn oder pilliertes Saatgut. Das kommt günstiger als die Lohnkosten fürs Rübenverziehen. So lange es noch genügend Saisonkräfte fürs Hacken gibt, verzichtet er auf Pestizide. Aber wenn sie dann nicht mehr kommen wollen oder nicht mehr kommen dürfen (die Saisonarbeiter aus dem Gefängnis in der Rundeturmstraße hatten während der Arbeit beim Vorwerk Mitarbeiter bestohlen), werden Pestizide, auch Unkrautvernichtungsmittel genannt, mit der Motorspritze aufs Feld gebracht.

Das Geld, das Vierling sonst den Saisonkräften zahlte, zahlt er jetzt an die Landmaschinen-, Saatgut- und Agrar-Chemie-Konzerne. Zum besseren Einsatz von Trecker und Maschinen werden auf dem Oberfeld Acker getauscht. Vierling erweist sich, aus Sicht des Bauern Schneider, durchaus als gnädig. Bei seinem Maschineneinsatz kam er nicht umhin. Sonst aber blieb er distanziert. Er siezte alle Bauern, für die es normal war, sich zu duzen. Selbstverständlich siezten sie ihn auch. Nur zwei Mitarbeiter duzten ihn: Adam Dapper und Fritz Schindler. Er hatte sogar mal Skat mit ihnen gespielt. Nach dem Mittagessen bei der Besprechung des Arbeitseinsatzes sind sie dabei und sollen danach die Arbeit unter den Mitarbeitern verteilen. Sie sind inzwischen Vorarbeiter.

Doch Vierling tauscht nicht nur Acker. Er kaufte, wenn sich die Gelegenheit ergab. Egal ob zur Vergrößerung seiner Flurflächen oder ob grundsätzlich zur Geldanlage. Auch Wohnungen wurden weiterhin gekauft. Wer ein Mietshaus hat, hat auch bald ein zweites. Er brauchte Polster und er brauchte Einflussnahme. Schon neun Jahre zuvor hatte er einige Ackerflächen im Norden und auf dem Oberfeld erworben. Nicht nur weil er nicht mit leeren Händen gehen wollte. Gerüchte kursierten.

Erste Anzeichen verwiesen auf Gewinnrückgang. Die Preise würden weiter nach unten purzeln bei den sich auftuenden Verflechtungen mit der EWG. Die BRD war Industriegüterexportland geworden. Im Gegenzug strömen preisgünstigere landwirtschaftliche Produkte auf den deutschen Markt.

Kein Wunder, dass der Düngemittelindustrie immer mehr gezahlt werden muss. Nicht nur, weil sich die Berieselung bei den Pallaswiesen wegen steigender Lohnkosten nicht mehr rentiert und wegen Arbeitskräftemangel nicht zu schaffen ist. Die Düngung mit Handelsdünger kommt preisgünstiger, und bei den Preisen muss zur Kostendeckung stets noch mehr aus dem Boden herausgeholt werden. Die Frage, wie viel überhaupt aus dem Boden herausgeholt werden darf, stellt sich nicht mehr, außer bei den wenigen nach Demeter-Richtlinien arbeitenden Bauern. Die Preise für landwirtschaftliche Produkte diktieren den Düngerverbrauch und der ist in der BRD in den zurückliegenden fünfundzwanzig Jahren um gut zweihundertfünfzig Prozent gestiegen. Noch wird auf der Meierei mit hofeigenem Mist gedüngt, das puffert den Handelsdüngereinsatz etwas ab, aber das Wörtchen ‚noch' zeigt bereits an – so wird es nicht bleiben.

Rationalisierung ist zum Schlagwort für die moderne Landwirtschaft geworden. Produktionskosten sollen gesenkt und die Tierhaltung modernisiert werden. Auslauf an der frischen Luft und sich im Matsch suhlen, wie es noch im Koben beim alten Schweinestall möglich war? Das ist für Meiereischweine aus und vorbei. Die Tiere bleiben im Stall. Schon fünf Jahre zuvor wurde ein größerer Schweinestall an die Stelle des früheren Jungrinderstalls – dem heutigen vorderen Riegel von Haus Lebensweg gebaut – für mehr, jetzt für siebzig, Sauen. Dank Kraftfutterlieferungen und Zuchterfolge ist die Milchleistung der schwarz-bunten Kühe wieder gestiegen. Einzelhöchstleistungen liegen weitaus höher, aber durchschnittlich liefert eine Kuh auf der Meierei deutlich über viertausend Liter im Jahr. Und es wird noch mehr werden. Künstliche Besamung mit US-Amerikanischen Hochleistungsbullen nimmt zu. Obwohl das jetzt schon, hochgerechnet fürs Land, mehr ist als die Bundesbürger trinken können. Ein Butterberg ist im Begriff aus den Überschüssen der Hochleistungslandwirtschaft zu wachsen. Die Subventionierung des Milchpreises wird nach und nach reduziert. Die Löhne steigen, Melker sind Mangelware. Vierling hat bereits die Kuhherde verkleinert und der Melker Hildebrandt melkt mit Hilfe von Melkmaschinen fünfundzwanzig bis dreißig Kühe alleine. Auf dem Hof wird seit drei Jahren keine Milch mehr verkauft, weil Otto Bettin nicht mehr da ist. Die Kinder aus der Stadt können nicht mehr sehen, woher sie kommt. Dafür werden sich in den folgenden Jahren Ferien auf dem Bauernhof zunehmender Beliebtheit erfreuen.

Überhaupt ist die Ernährungslage von Überschüssen geprägt und längst nicht mehr vom Mangel. Die Stadt, in Krisenzeiten so erpicht darauf mit Gehaborn über einen eigenen landwirtschaftlichen Betrieb zu verfügen und zusätzlich von anderen Betrieben Nahrungsmittel zur Verfügung gestellt zu bekommen, setzt andere Schwerpunkte. Und das nicht erst seit diesem Jahr.

Schon zehn Jahre zuvor, die Einwohnerzahl hatte wieder Vorkriegsniveau erreicht und stieg seit dem kontinuierlich an, entstand die Idee, das Stadtgut gegen die Staatsdomäne zu tauschen – das Oberfeld habe Entwicklungspotenzial und das Stadtgut entwickelte sich für die Stadt als Zuschussbetrieb. Im Gegensatz zu seinem Vorvorgänger, Wilhelm Schwarz, richtete Vierling seinen Blick nicht interessiert auf Gehaborn, als er Wind davon bekam. Er wollte bleiben, wo er war. Mitte der fünfziger Jahre hatte die Stadt ohnehin noch kein Geld. Nur fünf Jahre später kam die Tauschidee erneut zur Vorlage, streng vertraulich, versteht sich, aber wie es mit ‚streng vertraulich' steht, ist bekannt. Vierling wusste seine Kontakte zu nutzen. Zwei Jahre später – der Landwirtschaftsminister hatte sich Zeit gelassen für seine Antwort zum Tauschvorschlag – ließ er verlauten, er werde dem Tausch nicht zustimmen, weil Vierling ihn ablehne. Vom Tisch war die Idee dennoch nicht.

Vierling rechnete derweil weiter. Sein Pachtvertrag lief nur noch für weitere drei Jahre. Noch vor Jahresende, so die Domänenverwaltung auf Anfrage der Stadt, habe es eine Anweisung aus dem Ministerium gegeben, den Pachtvertrag um zwanzig Jahre zu verlängern. Die Empörung war groß. Sollte gegen dieses ‚betrügerische Manöver' disziplinarisch vorgegangen werden, wenn die Verlängerung nicht rückgängig zu machen sei? War die zwei Jahre später von der Stadt gefällte Entscheidung, das Treiben von Kühen durchs Stadtgebiet zu untersagen, eine Retourkutsche? Oder passte dieses Bild, Kühe gehen durch die Stadt, nicht mehr in die moderne Zeit? Seitdem stehen sie angekettet im Stall, tagein, tagaus und kommen nicht mehr zur Weide. Aber noch sind sie da. Die Weidefläche auf der Pallaswiese wurden zu Ackerland umgepflügt.

Die Stadt kann dank Wirtschaftswunder größer und weiter denken, und städtisch: die geplante autogerechte Stadt – mit ringförmiger Stadtautobahn und diversen Umgehungsstraßen – will sich mit wachsender Bevölkerung ausdehnen, weiter über den Stadtrand hinaus. Kühne Prognosen zur Einwohnerentwicklung, die sich bis heute nicht bestätigt haben, verwiesen damals auf die Marke von zweihunderttausend. In fünf Waldsatelliten sollten die Neu-Darmstädter untergebracht werden, u.a. am Oberfeld, verbunden mit einer über das Feld führenden Autobahn, die die Stadt nichts kosten werde, sondern den Bund. Diese Autobahn sollte in stadtnaher Trassierung per Nord-Süd-Achse über das Oberfeld führen, genauer gesagt, es zerschneiden. So stand es bereits im Flächennutzungsplan. Den könne man nicht mehr ändern, dem habe man doch vor zwei Jahren zugestimmt, stellte der Oberbaudirektor in einer Sitzung in Anwesenheit des Oberbürgermeisters, des Oberbaurats, Magistratsrats und einiger Architekten fest, als allgemein bedauert wurde, dass die Trasse an der Fasanerie längs und von dort aus zu weit vorne über das Oberfeld führe. Oder sei dies bei der Abstimmung nicht bemerkt worden?

Auch das Land Hessen hatte mittlerweile Interesse am schönen Feld bekommen und begann seine zum Oberfeld gehörenden Flächen, zur Bebauung für Landesbedienstete bestens geeignet, zu verplanen.

Am westlichen Rand des Oberfelds, an der Rosenhöhe, wird bereits gebaut. Karlshofpächter Müller lässt sich dort einen Bungalow bauen. Bei ihm ist die Beendigung der Pacht bereits konkretisiert, sonst wäre für ihn als Ersatz das Stadtgut oder ein Hof in Eschwege als Pachtgut in Frage gekommen. Doch Müllers Sohn, Otto-Heinrich, sein Nachfolger, kam bei einem Flugzeugunglück auf dem Weg zur Landwirtschaftsausstellung in Chicago ums Leben, und wenn Eberhard, der jüngste Sohn Vierlings, nicht kurzfristig verhindert gewesen wäre, hätte er mit in diesem Flugzeug gesessen.

Das Karlshofgelände hat die Stadt bereits gekauft, nur noch wenige Jahre wird der landwirtschaftliche Betrieb fortgeführt. Für Stacho, seinen langjährigen, zuverlässigen Mitarbeiter aus dem Sudetenland, sorgt Müller gut vor in Verhandlungen mit der Stadt: Stacho wird Vorarbeiter bei der Kläranlage, obwohl er nie vorher in einer Kläranlage gearbeitet hat. Stacho, der den Meiereiarbeitern vor allem mit dem Müllerschen Lanz Traktor in Erinnerung bleibt. Im Stand bewegte sich dieser zwanzig Zentimeter vor und zurück, wenn er vor den Arbeiterhäusern anhielt und das Neueste zum Besten gab.

Der Müllersche Bungalow am Oberfeld hat bereits Form angenommen. Hede Müllers und Irmgard Vierlings Sonntagsspaziergänge führen dort jetzt vorbei. Oft schweigen sie – Irmgard aus Dankbarkeit, weil ihr Sohn überlebte, und Hede aus Trauer. Über die Lehrlingsausbildung reden sie kaum. Sie wird ein Auslaufmodell für beide, für Hede, weil das Leben auf dem Karlshof ein Ende hat und für Irmgard, weil Gustav Vierling bald die Pacht an Eberhardt abgeben möchte. Noch kann sie die beiden Lehrlinge gebrauchen, auch wenn die Anzahl der zu verköstigenden Menschen am Mittagstisch deutlich geschrumpft und die Haltbarmachung von Fleisch, Spargel und anderem Gemüse durch Einfrieren deutlich erleichtert worden ist. Sie selber kann nicht mehr so anpacken wie früher und Gäste kommen regelmäßig.

Vierling denkt inzwischen ebenfalls an einen Bauplatz auf der Rosenhöhe dicht an der Erbacher Straße. Wenn Müller einen bekommen hat, warum dann nicht auch er? Zumal er einiges dafür anzubieten hat. Und so vereinbart er Ende des Jahres einen Termin und bietet als Tausch für ein Wohngrundstück zwei ihm auf dem Oberfeld und drei im Nordviertel gehörende Flurstücke an. Die Vertreter der Stadt erklären sogleich beschwichtigend, dass er auch ohne den Tausch von Flurstücken einen Bauplatz bekommen würde. Zum einen, das wird im anschließend verfassten internen Protokoll hervorgehoben, um in keine ‚erpresserische Verhandlung' zu kommen, zum anderen, um Vierling die Möglichkeit zu nehmen, die ‚Preise hochzujagen'. Und ausdrücklich wird im Protokoll erwähnt, dass dieses Gespräch ohne Druck geführt worden sei.

Vierling teilen sie dann bedauernd mit, dass leider der Bebauungsplan noch nicht vorliege und keine Zusagen gemacht werden könnten. Selbstverständlich verstehe man, dass er auf der Rosenhöhe wohnen möchte, um keinen weiten Weg zum Hof (den die Stadt gerne bebauen möchte) zu haben.

1973/74

Die Schaufel des Frontladers gräbt sich tief in den Ackerboden westlich des Querwegs auf dem Oberfeld ein. Auf der anderen Seite stehen heute die ‚Unbesiegbaren', auch ‚Hasenohren' genannt. Ein Betonstein, sechzig Zentimeter hoch, fünfundzwanzig bis dreißig im Durchmesser, fünfzig Kilo schwer, wird mittig auf die Frontladerschaufel geschoben. Wolfgang Schindler lässt die Schaufel hochfahren, rangiert den Trecker, fährt zum Katharinenfalltorweg und versenkt den ersten Betonstein dort im Steinbruch. Die anderen sieben Betonsteine folgen. Bereits sechsundsechzig waren sie zur Markierung der Autobahn – die mit ihrer Vollendung einen Streifen Ackerboden von mindestens vierzig Metern Breite westlich des gesamten Querweges verschlingen soll – gesetzt worden; auf jeder Seite der geplanten Autobahn vier. Obwohl es nicht Wolfgangs Aufgabe ist, die Steine bei der Feldbestellung im Frühjahr zu entfernen. Der neue Pächter hatte morgens bei der Arbeitsbesprechung nichts davon gesagt.

Außerdem gibt es keinerlei Anzeichen zur Entwarnung.

Im Gegenteil, es wurde eifrig weiter geplant und im folgenden Jahr wird die übers Oberfeld führende Autobahn bereits im Stadtplan vermerkt sein. Auch die Kundgebung bei der Gichtmauer an der Fasanerie einige Jahre zuvor – an der die Autobahn längs geführt werden soll, bevor sie auf der Höhe der Hirschköpfe das Oberfeld per Nord-Süd-Achse zerschneidet – hatte zu keiner Kehrtwende geführt. Die dort wohnenden, wohlhabenderen Bürger, die Lebensqualitäts- und Wertverlust befürchteten, hatten zur Kundgebung aufgerufen, in der Hoffnung, die Stadt zum Einlenken bewegen zu können. Nichts passierte. Drei Jahre lang schon hatte Wolfgang um diese lästigen Betonklötze herumfahren müssen, sowohl bei der Feldbestellung als auch bei der Ernte. Irgendwann war Schluss. „Ewe langt's." Als er am frühen Morgen die Betonsteine wieder vor sich sah, schritt er zur Tat. Und seit er nun auch den letzten Stein, einen nach dem anderen hatte er bereits abgeräumt, mit einem dumpfen Krach in den Steinbruch plumpsen ließ, ruhen diese acht Betonsteine dort. Noch heute; heute allerdings unterhalb der sich dort befindenden Zisterne.

Wolfgang reibt sich die Hände, wendet den Trecker, fährt zum Acker am Querweg zurück und kann endlich den Mist, der nicht mehr von Kühen stammt, unterpflügen – zügig und ohne Hindernisse. Mit dem neuen Pächter versteht er sich gut.

Das Acker- und Weideland der Meierei liegt jetzt keine sieben Kilometer mehr entfernt, sondern ausschließlich auf dem Oberfeld. Also direkt vor der Haustür. Die Arbeiterhäuser stehen zwar nicht leer, aber sie werden auch von Menschen aus der Stadt bewohnt. Auf dem Hof arbeiten noch sieben Mitarbeiter, davon vier vollzeitbeschäftigt in der Landwirtschaft. Ähnlich wie bei einem Abzählvers – nur die Mitarbeiter wurden nicht rausgezählt; sie hatten sich selber rausgezählt: weit mehr als fünfzig von ihnen kündigten in den Jahren seit dem Krieg. Viel Luft nach oben gibt es bei den verbliebenen dafür nicht mehr. Die Kühe haben bereits den Hof verlassen. Die Hühner werden nach dem nächsten Jahr – wenn keine Lehrlinge mehr da sind und die Frau des neuen Pächters den Haushalt übernimmt – keine Eier mehr legen. Aber die Sauen bringen nach wie vor genügend Ferkel zur Welt.

Der letzte Melker, Hildebrandt, hatte ein Jahr zuvor gekündigt: Er könne sich bei einer der großen Firmen in der Stadt umschulen lassen – mit einer ganz anderen Perspektive als auf der Meierei. Zunächst wurde noch versucht, einen neuen Melker zu bekommen, aber dem einen war die Herde zu klein, dem anderen das Melksystem zu veraltet und der nächste schien nicht zuverlässig zu sein. Da nun gerade in dieser Zeit für die Abschaffung des Milchviehbestandes, der Butterberg in der Europäischen Gemeinschaft wuchs stetig weiter an, statt einer Abschlachtprämie Kopfprämien pro Kuh von zwei- bis dreihundert DM gezahlt wurden, entschied man sich auf der Meierei für die Abschaffung der Kühe. Keine von ihnen kam zum Schlachter. Hildebrandt hatte die Tiere bestens betreut und stetige Zuchterfolge durch künstliche Besamung mit amerikanischen Hochleistungsbullen zu verbuchen. Der einstige Bulle war schon mit dem Ende der Weidehaltung wegrationalisiert worden. Ein Interessent kaufte gleich zwanzig dieser prächtigen schwarzbunten Kühe auf einen Schlag, alle noch mit Hörnern. Ihnen diese in einem schmerzhaften Verfahren auszubrennen, um mehr Tiere in einem modernen Laufstall unterbringen zu können, war damals vorstellbar geworden. Nach und nach fuhren die Viehtransporter vor. Die letzten Kühe und Jungtiere gingen schließlich die Schräge zum Viehwagen hinauf. Der Kuhstall, das einstige Herzstück der Meierei, stand leer.

Aber nicht sehr lange. Umbaumaßnahmen standen an. Rationalisierung und Spezialisierung blieben die Schlagworte für die Landwirtschaft. Statt knapp dreißig Kühe und siebzig Sauen zu halten, deren Ferkel verlustbringend zur Mast verkauft wurden, sollen es jetzt siebzig Sauen und drei- bis vierhundert Mastschweine sein. Letztere werden im ehemaligen Kuhstall untergebracht. Welch ein Glück für sie: nicht auf Betonspalten über ihren eigenen ätzend wirkenden Exkrementendämpfen, sondern nach wie vor auf Stroh, und wie vom Schweinemeister gewünscht mit mechanisch geführter Entmistung. Der neue Pächter stimmte zu.

Der neue Pächter, Eberhard Vierling, Irmgard und Gustav Vierlings jüngster Sohn, ist nun seit zwei Jahren da. Höchste Zeit, dass er kam. Gustav Vierling ist bereits Ende siebzig und hat über vierzig Jahre lang den Hof geleitet. Eberhard Vierling ist ein eher zurückhaltender, aber freundlicher Mensch; angenehm im Umgang, nicht unnachgiebig wie sein Vater. Dessen Strenge und Befehle hatte er seit seiner Kindheit nicht vergessen. In den letzten Jahren arbeitete Eberhard Vierling zeitweilig schon auf der Meierei und so wusste er ungefähr, was auf ihn zukommt. Aber wenn ihm in den nächsten Jahren etwas im Zusammenleben auf dem Hof nicht gefallen sollte, könnte er gehen. Er war Diplomlandwirt. Es gab auch andere Arbeitsplätze für ihn.

Irmgard Vierling hatte ohnehin langfristig vorausschauend für die Vermeidung von Konfliktpotential gesorgt und Gustav davon überzeugt, nach Übergabe der Pacht nicht mehr mit ihr im Gutshaus zu wohnen, sondern, da es nun keinen Bauplatz für sie auf der Rosenhöhe gab, in der Baracke auf der Ostseite gegenüber des Gutshauses. Nach dem Krieg waren sie dort ohnehin schon untergekommen. Diese Baracke hatten sie inzwischen renovieren lassen. Sie lag weit genug entfernt von der Schaltzentrale, dem Büro, in dem nun Eberhard die Arbeitsverteilung und Organisation der Meierei plante – mit vier landwirtschaftlichen Mitarbeitern, einer Büro- und einer Teilzeitarbeitskraft sowie einem Hauswirtschaftslehrling. Eine völlig andere Dimension als vierundzwanzig Jahre zuvor mit einundsechzig Mitarbeitern – aber mit größeren Herausforderungen verbunden.

Für seinen Start hatte Eberhard Vierling eine schlechte Zeit erwischt. Die fetten Jahre waren endgültig vorüber. Ein Fünftel der landwirtschaftlichen Betriebe hatte in den vergangenen zehn Jahren aufgeben müssen und der Trend würde sich fortsetzen. Andererseits war endlich das passiert, was man Jahrzehnte zuvor nicht einmal zu hoffen gewagt hatte: Die Bewirtschaftung fast des gesamten Oberfeldes war in die Hände der Meierei gefallen. Nur ein paar kleinere Bauern beackerten noch einige Felder. Eigentlich hatte die Stadt stets das Ziel verfolgt, städtisches Eigentum auf dem Oberfeld zu vermehren und dort ein Wohngebiet zu entstehen zu lassen. Aber wegen Aufforstungsverpflichtungen der Stadt in der Nähe des Vorwerks wurden überraschender Weise städtische Grundstücke auf dem Oberfeld per Tausch gegen aufzuforstende Flächen im Westen dem Land Hessen überlassen und damit der Meierei zur Pacht zur Verfügung gestellt. Hinzu kam das bisher vom Karlshof bewirtschaftete Land. Das Ackerland im Westen und Norden der Stadt stand der Meierei nun nicht mehr zur Verfügung. Nur einige Bewässerungsrohre würden sie dort noch entfernen müssen. Nach knapp fünfundzwanzig Jahren hatte das Vorwerk ausgedient. Niemand weinte dem hinterher. Die sieben Kilometer langen Strecken sind endgültig vorüber. Welch ein Glück für die Meierei, dass sich Stadt und Land nicht immer einig waren und es Verpflichtungen zur Aufforstung gab.

Richtige Freude wollte dennoch nicht aufkommen. Zusätzlich zur Trasse über das Oberfeld soll das neue Staatsarchiv auf dem Oberfeld gebaut werden, und zwar südlich des Katharinenfalltorweges im spitzen Winkel zu den Arbeiterhäusern. Dort befand sich damals die Fohlenweide mit Reitplatz auf knapp eineinhalb Hektar Land, das kündbar sei. Hieß es. Darüber hinaus würden private Grundstücke erworben werden. Zudem schien noch nicht geklärt, wie nach dem Bau der Autobahn der Zugang für die Meierei zu den östlich der Autobahn gelegenen Feldern erfolgen könnte. Aber vielleicht musste dies auch nicht geklärt werden? Im Gutachten zum Bau des Staatsarchivs wird bereits darauf hingewiesen, dass sich die ehemalige Hofmeierei wegen der geplanten Autobahn in naher Zukunft ohnehin nicht mehr halten lasse und die Arbeiterhäuser – die recht bescheiden in Konstruktion und Ausstattung seien – in nicht zu ferner Zukunft ‚beseitigt', also abgerissen werden könnten. Dass diese Häuser während der Jugendstil-Ausstellung von 1908 gebaut wurden, schien in Vergessenheit geraten zu sein. Respektlos verfügte man über Natur und Kultur. Manchmal, an schlechten Tagen, hatte Vierling Senior das Ende der Meierei vor seinen Augen. Eine Vorstellung, die er schnell beiseiteschob. Schließlich war er über vierzig Jahre lang Pächter gewesen.

Das Landwirtschaftsministerium lehnte die Abgabe der Pachtgrundstücke am Katharinenfalltorweg ab, weil dadurch die Existenz der Domäne erheblich beeinträchtigt werden würde. Außerdem solle die Fohlenweide weiterhin der über Deutschland hinaus bekannten Pferdezucht des Pächters dienen. Zudem war es Vierling Senior noch kurz vor Pachtübergabe gelungen, eine Verlängerung des Pachtvertrages bis 1982 (erneut gegen den Willen der Stadt) zu erwirken. Ob diese Maßnahme helfen würde, den Erhalt der Meierei zu sichern oder wenigstens den Baubeginn zu verzögern?

Die Planung zum Bau des Staatsarchivs ging dennoch weiter voran. Die Stadt hatte längst das Verfahren zur Änderung des Flächennutzungsplans eröffnet. Schließlich platzte das Staatsarchiv aus allen Nähten. Jedoch es haperte an Geld. Der Hessische Hochbau-Haushalt sei überbelastet, hieß es intern. Mit dem Neubau des Staatsarchivs sei nicht vor 1974 zu rechnen und deshalb bereits eine Ausweichbibliothek mit Leseplätzen organisiert worden. Auf der Meierei nahm man diese Notiz mit Genugtuung zur Kenntnis.

Rübenernte auf dem Oberfeld am Querweg. Die Zeiten, in denen die Rüben in mehreren Arbeitsschritten noch per Hand geerntet wurden, sind endgültig vorbei. Auch von der bröckelnden Perspektive der Meierei ist nichts zu spüren. Es war ohnehin niemand darüber informiert worden. Am Lenkrad des Traktors vor dem Schlegelhäcksler sitzt der langjährige Mitarbeiter Bernhard Meiereimann. Auf die bei der Arbeit lästigen Autobahn-Markierungssteine braucht er dank Wolfgang Schindlers Intervention nicht mehr zu achten. Nur nach hinten zum Ackerwagen schaut er ab und an, um zu sehen, ob er nicht zu schnell fährt und Wolfgang, der auf dem Anhänger das vom Schlegelhäcksler am Schopf abgehackte Rübenblatt verteilt, die Rübenblattmenge bewältigen kann.

Das hatte Wolfgang schon anders erlebt. In seinem ersten Arbeitsjahr auf der Meierei, drei Jahre zuvor, noch vor der Pachtübergabe, saß Schumacher, der ehemalige Verwalter, vor ihm auf dem Trecker und bemerkte nicht – es war keine böse Absicht –, wenn er schneller fuhr, so dass Wolfgang mit der Arbeit auf dem Anhänger nicht nachkam. Rufe nützten nichts. Der Trecker war zu laut und der Blattschneider noch lauter. Wolfgang nahm einen Rübenschopf und warf ihn Schumacher in den Nacken. Der lachte und winkte und drosselte das Tempo. Kommunikation vermittels Rübenschopf bei Maschinenkrach auf dem Acker. Nachdem es keine Kühe mehr auf der Meierei gab, wurde das Rübenblatt auf den abgeernteten

Rübenacker gekippt. Die Schafe freuten sich schon. Im Spätherbst kamen sie mit ihrem Schäfer zum Oberfeld.

Drei Jahre zuvor hatte Wolfgang Schindler begonnen, auf der Meierei zu arbeiten, um seinen Vater wegen Krankheit zu vertreten. Eigentlich wollte er nicht für Vierling Senior arbeiten, aber in Vertretung seines Vaters war es für ihn akzeptabel. Zur Zeit der Rübenbearbeitung, sie waren bereits mit Unkrautvernichter gespritzt, gab es im späteren Wachstumsstadium vereinzelt Stellen auf dem Rübenacker, an denen dennoch Melde oder Rübenschosse hochkamen. Beides wurde zügig mit der Hacke entfernt und zügig ging man auch über den Acker. In sechs bis sieben Stunden konnten fünf Hektar von wenigen Mitarbeitern bearbeitet werden. Gustav Vierling ging es dennoch nicht schnell genug, als er zur Kontrolle vorbeikam. Um das Arbeitstempo zu erhöhen, zeigte er Wolfgang, wie schnell man arbeiten könne. Jedoch mit einer auf Dauer nicht durchzuhaltenden Geschwindigkeit. „Wenn Sie's so gut können, machen Sie's weiter. Ich geh derweil heim", sagte Wolfgang. Wehret den Anfängen. Man muss sich nicht alles gefallen lassen.

Aber Vierling Senior war nicht nachtragend. Es gab auch seine guten Seiten. Wenn man fünf vor zwölf einen Streit mit ihm hatte, konnte man kurz nach zwölf mit einem Anliegen zu ihm gehen und bekam, was man haben wollte. Irmgard Vierling dagegen war anders. Sie sei nachtragend gewesen, jedoch großzügiger, wenn man etwas wollte. Auch gegenüber Fremden, die früher öfter gefragt hatten, ob sie etwas zu Essen bekämen. Sie habe ihnen immer etwas gegeben.

Vierling Senior war noch einer vom alten Schlag. Für ihn war es selbstverständlich, dass Wolfgang ihn siezte und er ihn duzte.

Eberhard dagegen war anders. Eberhard und Wolfgang duzten sich. Das wusste auch Irmgard Vierling. Sie ergriff die Initiative. Sie wusste auch, dass vor allem junge Mitarbeiter in der Landwirtschaft knapp waren und so klingelte sie nach seines Vaters Tod bei Wolfgang Schindler in der Erbacher Straße.

Eberhard würde demnächst den Hof übernehmen, begann sie das Gespräch und fragte schließlich, ob Wolfgang sich vorstellen könne, mit Eberhard zu arbeiten? „Du verstehst dich doch gut mit ihm", schob sie bestätigend gleich hinterher. Wolfgang nickte. Mit Eberhard war er in den letzten Jahren zu den Wochenendturnieren gefahren. Spaß hatten sie gehabt und locker waren sie miteinander ausgekommen.

Wenn sie jetzt des Morgens das *Darmstädter Echo* aufschlug, saß sie nicht mehr frühmorgens vor dem Frühstück in der großen Gutshausküche, den Arbeitsplan für die Lehrlinge in ihrem Kopf. Jetzt dachte Irmgard Vierling manchmal an all die vielen Lehrlinge, die in mehr als vierzig Jahren an ihr vorüber gezogen waren; an diejenigen, die freundlich, schnell und gekonnt ihre Arbeit verrichtet hatten und an die anderen. Ob sie auch daran dachte, dass es den Lehrlingen ähnlich erging? Dass es die ehemaligen Lehrlinge gab, die die Tage gezählt hatten, damit endlich die Lehrzeit unter ihrem Regiment mit ihrer Strenge und Genauigkeit vorüber war und die sich immer noch darüber ärgerten, dass Frau Vierling (wie ihr Mann) ein viel zu schnelles Arbeitstempo vorgegeben hatte, das man nicht stundenlang – sondern gerade mal fünfzehn Minuten, also so lange sie noch anwesend war – hatte durchhalten können. Es gab aber auch die diejenigen, wie einst Fräulein Maili, die zwar mal gestöhnt hatten und Irmgard Vierling manchmal zu streng fanden, aber spätestens nach wenigen Monaten Tätigkeit in der Arbeitswelt merkten, was sie bei ihr alles gelernt hatten.

Jetzt saß Irmgard Vierling in Ruhe im Wohnzimmer der Baracke mit Blick auf den Garten und den Kuhstall. Nachmittags würde sie Hede besuchen, die lieber noch auf dem Karlshof wäre als im neuen Bungalow auf der Rosenhöhe. Eier aus eigener Herstellung, wie bisher, konnte sie ihr nicht mehr mitbringen, seit die Hühner abgeschafft worden waren. In ihrer Küche hörte Irmgard Frau Melms, ihre private Haushaltshilfe, mit den Töpfen klappern und das Mittagessen vorbereiten.

Ihr Mann machte seinen Morgenspaziergang über den Hof. Irmgard Vierling blätterte weiter in der Zeitung. Details zu Helmut Schmidts weiteren Plänen interessierten sie nicht, auch nicht die Schlagzeilen zur Fußballweltmeisterschaft. Es war der letzte Mittwoch im Juli, ein leicht bewölkter, heiterer Tag mit angenehmen Temperaturen, das Wohnzimmerfenster stand sperrangelweit auf, als ihr im Darmstadtteil die Schlagzeile, ‚Interesse an Mollerbau-Partnerschaft' entgegensprang. „Dann wird das vielleicht doch was?", sagte sie zu sich, stand auf, goss sich einen Schnaps ein, normalerweise trank sie den morgens nur bei zu niedrigem Blutdruck, zündete sich eine Zigarette an und las weiter. Der Oberbürgermeister habe nun einen Vorstoß in dieser Angelegenheit unternommen, hieß es. Die Stadt würde die Ruine Mollerbau, die immer noch an die Kriegszerstörung erinnerte, mit Grundstückswert und Gebäudesubstanz beisteuern – wenn die Technische Hochschule und das Staatsarchiv, direkt neben dem Mollerbau in der Innenstadt gelegen, mit ihren Neubauvorhaben zusammengingen. Außerdem war inzwischen festgestellt worden, dass ein Neubau des Staatsarchivs stadtfern auf dem Oberfeld für die publikumsintensive Nutzung ohnehin äußerst ungünstig sei.

„Ach, auf einmal." Irmgard Vierling ging zum geöffneten Fenster, rief ihren vor dem Kuhstall stehenden Mann zu sich. Auf zwei Fingern pfiff sie nicht mehr. Wenn das klappen würde, sagte sie dann zu ihm.

Weitere Gutachten müssen erstellt, weitere Entscheidungen im Parlament getroffen werden. Das wird Jahre dauern. Gut fürs Oberfeld und die Meierei.

Auch andere Planungsvorhaben wurden in Frage gestellt. Ökologische Folgen industrieller Umweltverschmutzung, chemisch-technische Intensivierung von Landwirtschaft, Landschafts- und Stadtzerstörung brachten die Umweltbewegung auf den Plan. In Darmstadt formierte sich zunehmender Widerstand. Bürgerinitiativen schlossen sich zusammen. Die

Wörter ‚Autobahn' und ‚Osttangente' waren zu Reizwörtern geworden. Demos wurden organisiert, Unterschriften gesammelt, alternative Pläne diskutiert. Die Osttangente sollte eines der am besten erhaltenen Altstadtviertel zerstören, die oben genannte Autobahn das Oberfeld.

Gegenüber der konventionellen Landwirtschaft wurden ebenfalls kritische Töne laut. Erste Betriebe hatten begonnen, auf organisch-biologische Wirtschaftsweise umzustellen – zusätzlich zu den nach biologisch-dynamischen Kriterien arbeitenden Höfen.

Eberhard Vierling trat im Monat Mai des folgenden Jahres die Flucht nach vorne an. Auf dem Oberfeld, das nach wie vor zu den beliebtesten Ausflugszielen der Stadt gehört, wurde mit Unterstützung des Vereines ehemaliger Landwirtschaftsschüler an den Feldern ein ‚Grüner Pfad der Landwirtschaft' mit achtzehn Tafeln installiert als Wegweiser durch die Botanik landwirtschaftlicher Kulturen. Bei der Einweihung des ersten Grünen Pfades dieser Art in Südhessen erinnerte man gerne noch an die weltberühmte „Wunderstute Halla", deren Besitzer, der Pächter Eberhard Vierling, nun diese wichtige Ausstellung initiiert habe, um damit einen Beitrag zum besseren Verständnis von Landwirtschaft zu leisten. Zudem solle den Spaziergängern auf dem Oberfeld ein ‚richtiges' Bild über die moderne Landwirtschaft vermittelt werden, denn sie übernehme wichtige Aufgaben im Umweltschutz. Landwirtschaft sei die billigste Landschaftspflege.

In heiterer Weise wurde auf den neben den Spazierwegen installierten Tafeln über den Anbau von Weizen, Roggen, Kartoffeln und Rüben informiert und um welches Getreide, welche Frucht es sich auf den Feldern handelte. Das sei wichtig, sagte der Vorsitzende des Vereins, da Schulkinder inzwischen Weizen und Hafer kaum noch unterscheiden könnten. Nur letzterer, das erwähnte er nicht, wurde im Gegensatz zu früher nicht mehr auf dem Oberfeld angebaut. Früher hatte es noch acht Feldfrüchte gegeben: Weizen, Hafer, Roggen, Gerste, Körnermais, Rüben, Raps für Öl. Und ob der gut gemeinte Rat des Redners, wenn jeder Deutsche vier saftige Steaks esse, es keinen Rindfleischberg mehr geben würde, tatsächlich das Problem löst? Zumal ein Rind ja nicht nur aus Steaks besteht. – Und der Butterberg?

Keine Frage ist, dass Halla, die gute Halla, wieder auf der Meierei im Pferdestall stand. Acht Fohlen hatte sie zur Welt gebracht (keines erreichte annähernd ihre Leistung) und bereits fünf Jahre Gnadenbrot in dem Gestüt in der Nähe von Warendorf erhalten. Nun war sie im hochbetagten Pferdealter von dreißig Jahren wieder nach Darmstadt zurückgekehrt. Bei den drei anderen Pferden, ihrer eigenen Nachzucht, stand sie im Stall. „Morsche", sagte Wolfgang Schindler jeden Tag zur Begrüßung, gab ihnen Futter, tätschelte ihnen den Hals, ließ sie auf die Koppel hinter dem Pferdestall oder mitten auf dem Hof. Der Bauerngarten war indessen in eine Koppel umgewandelt worden.

Übermütige Sprünge über den Zaun wie in ihrer Jugend schafft Halla nicht mehr. Ihr Fell ist matt und an einigen Stellen durchsichtig. Ihre Augen wirken müde. Die Ohren sind nach wie vor wachsam nach oben gestellt. Langsam schreitet sie über die Koppel.

Nicht nur Halla kehrte wieder zurück. Auch Otto Bettin war Ende der sechziger wieder gekommen. Acht Jahre lang hatte er einen gepachteten Hof alleine bewirtschaftet, schließlich war er in Ostpreußen Bauer gewesen. Aber die niedrigen Erzeugerpreise, die alleine nicht zu bewältigende Arbeit! Wie früher bekam er Kost und Logis auf der Meierei. Jetzt saß er bei der jungen Familie als einziger Mitarbeiter mit am Tisch. Nicht mehr in der Gesindestube. Daraus war das Näh- und Bügelzimmer geworden und die Kinder konnten darin spielen. In der Küche wurde am Tisch vor dem Fenster gegessen. Eberhard Vierlings Frau kochte alleine. Lehrlinge gab es ohnehin nicht mehr. Zur Hausreinigung kam eine Putzfrau.

Aus der Stadt wollten keine Kinder mehr hinten über die

Koppel zu den Pferden, aber Schulferienbesuch stellte sich ein und schlief oben in einem der leeren Räume im ersten Stock. Der riesige Kühlschrank neben der Küche war so groß, dass der Junge hätte hineinklettern können. Er freute sich über den sympathischen älteren Herrn, der beim Essen mit am Tisch saß, über die Blumen auf dem Hof und natürlich über Halla. Ehrfurcht und Bewunderung brachte er ihr entgegen, streichelte sie, wenn sie an den Zaun kam.

Manchmal ging er hinüber aufs Oberfeld und studierte die Schautafeln oder fuhr mit Gustav und Irmgard Vierling in ihrem schwarzen Mercedes die welligen Feldwege auf und ab. Nur mal sehen, wie alles gewachsen war, mehr stand ihm nicht zu, mehr wollte Vierling Senior nicht. Seine Frau saß jetzt am Steuer. Wenn der Junge im Herbst zu Besuch war, erlebte er die Treibjagd von weitem, hörte von seinem Fenster aus die Reiter mit ihren Pferden und Hunden übers Oberfeld jagen. Abends standen sie vor dem Gutshaus und bliesen ins Horn. Jagdrufe hallten über den Hof, Schnaps und Schnittchen wurden gereicht. Beim Abendessen saßen einige von ihnen mit am Tisch.

Wenn man jetzt morgens auf dem Hof steht und horcht, so ist ein zarter Klang von Pferdehufen zu hören, nur ganz kurz, fast wie ein Hauch. Wolfgang Schindler lässt sie auf dem Weg zur Koppel über das Kopfsteinpflaster vor dem Stall gehen. Und nur wenige Stimmen hallen über den Hof, wenn Bernhard Meiermann und Wilhelm Melms sich grüßen und Wolfgang hinzu kommt. Neuigkeiten werden ausgetauscht, die nach und nach im lauten Tuckern der Trecker beim Verlassen des Hofes untergehen. Aus dem Kuhstall ist um diese Zeit, die Schweine sind längst satt, ein zufriedenes Grunzen zu vernehmen und dann und wann das Scheppern einer Schaufel, die in die Futterkarre zurückgelegt wird oder das Klirren einer über den Boden gleitenden Forke, wenn der Schweinemeister Stroh zusammen schiebt. Das Rasseln der Kuhketten ist endgültig vorüber. Im Sauenstall quiekt ein junges Ferkel. Im Gutshaus ist es ruhig. Manchmal hört man den schurfenden Reisigbesen, mit dem Otto Bettin den Hof kehrt.

Er ist nach wie vor Mädchen für alles, nur Milch kann er nicht mehr verkaufen. Später wird er Besenstiele an neuen Besen befestigen, für die Scheune, Remise, den Schweinestall, eine defekte Glühbirne austauschen, den Zaun auf der hinteren Koppel reparieren und am nächsten Tag mit einer schweren Hacke den an einigen Stellen zugewachsenen Weg zur Streuobstwiese freilegen. Bettin ist froh, dass die Streuobstwiese in der Zwischenzeit mit dem Ausbau der Molkerei nebenan um mindestens zwei Drittel verkleinert wurde und nur noch direkt hinter dem alten Kuhstall gepflegt werden muss. Der Baumschnitt kostet ihn in seinem Alter viel Zeit und Kraft.

Auf dem Oberfeld werden seit Ende September zu verschiedenen Lieferterminen Zuckerrüben gerodet. Die Ernte ist gut. Das Rübenblatt war schon am Tag zuvor entfernt worden, und wenn der halbautomatische Rübenroder, inzwischen von einem Kabinentrecker gezogen, die Anhänger gefüllt hat, werden sie direkt zum Bahnhof nach Kranichstein gebracht und dort in den Waggon für die Zuckerfabrik verladen. Der alte Deutz, der früher die Ladung kaum die Steigung des Scheftheimer Wegs hinauf ziehen konnte, ist nicht mehr dabei. Für den neuen Kabinenschlepper ist der Transport überhaupt kein Problem. Mehrere Liefertermine gibt es. Inzwischen werden 35 bis 40 Hektar Zuckerrüben auf dem Oberfeld angebaut, früher waren es nur fünf bis sechs. Manchmal zieht sich die Lieferung fast bis Weihnachten hin, jedes Jahr rotierend auf die Bauern verteilt, damit jeder mal früher und später, auch wenn es kälter wird, liefern muss.

Im Winter reinigt Bettin in der Scheune Saatgetreide, das damals noch aufwändig in Säcke gefüllt werden musste. Einige Säcke werden schon auf dem Hof verkauft. Auch an Heinz Schneider, der mittlerweile einen Bauernhof an der Lahn bewirtschaftet, aber ebenfalls noch seine Felder auf dem Oberfeld. Er kaufte schon beim Senior Saatgetreide und bei Eberhard Vierling kauft er ebenfalls und fährt mit seinem Wagen vor die große Scheune. Im Getreidespeicher über dem alten, leerstehenden Schweinestalls kann nichts mehr gelagert werden. Der wurde längst abgerissen. Achtundsechzig Jahre sind die Schweine darin gefüttert und achtundsiebzig Jahre ist der Getreidespeicher genutzt worden! Mit Abgabe der Felder beim Vorwerk wurde er nicht mehr gebraucht. Heute befindet sich dort der Holzplatz. Ob der neue, fünfzehn Jahre alte Schweinestall auch so lange von Nutzen sein wird?

Im Winter wird aufgeräumt. Dabei hatte Wolfgang Schindler zusammen mit seinen Kollegen im alten Holzschuppen hinten unter Strohbunden Reste eines alten Hafersacks gefunden – von Mäusen zerfressen. Früher, als es noch Gespanne gab, wurde bei Vierling Senior der Hafer für die Pferde knapp gehalten. Doch die Gespannführer sorgten vor. Heimlich legten sie für ihre Pferde gleich nach der Ernte Vorrat für den Winter in Verstecken an, meist unter Stroh. Vierling fand nie etwas, aber sie hatten ihre Pferde ordentlich gefüttert und offensichtlich einen Sack Hafer vergessen.

Und im Winter werden in der Remise die Maschinen und Geräte gewartet. Gereinigt. Was abgeschraubt werden muss, wird abgeschraubt, ein defektes Zahnrad ausgetauscht, alles wieder zusammensetzt und abgeschmiert.

Ganz hinten in der Remise stehen gerade Wolfgang Schindler und Bernhard Meiermann vor der Kartoffelsortiermaschine. Sie betrachten das gute Stück. Franz Krziminski hatte tage- und wochenlang, stets im Rhythmus, eine Kartoffelforke voll nach der anderen auf die Sortiermaschine geworfen, die dann die Kartoffeln zum Ableseband rüttelte, wo zwei Arbeiter zum Aussortieren der schlechten Kartoffeln standen. Vorne an der Maschine arbeiteten zwei Männer zum Füllen und Abwiegen der fünfzig-Kilo Säcke, die dann auf die Hänger gehoben werden mussten. Das war schon anstrengend genug. Adam Dapper war meistens dabei. „Geflucht hat der“, daran erinnert sich Meiermann. Das war damals, als noch beim Vorwerk so viele Kartoffeln auf dem Feld gediehen, dass sie sechzig Meter lange Mieten bei der alten Feldscheune füllten. Heute steht dort der neue Kuhstall. Tage- und wochenlang wurden Kartoffeln auf dem Laufband dieser Maschine dort neben den Mieten bei der Feldscheune im Freien sortiert. Es war windig und kalt.

Aber Dapper hatte nicht über die Arbeit an der gut funktionierenden Sortiermaschine geflucht, sondern über das, was danach kam. Tagelang sei er dann mit Krzeminski unterwegs gewesen, um die Kartoffeln zum Einkellern an Privatleute zu liefern. Keiner mochte diese Arbeit. Etliche Tonnen Kartoffeln seien damals bis weit in die fünfziger Jahre hinein nach Bessungen und in andere Stadtteile geliefert worden. Anfangs fuhren sie los und bimmelten mit einer Glocke vor den Häusern, mit der Zeit gab es feste Stammkunden. Aber stets mussten sie die Säcke bückend in die niedrigen Keller schleppen. Das Buckeln, das sei Knochenarbeit gewesen. Bei den ärmeren Leuten habe es mal ein Trinkgeld gegeben oder eine Tasse Muckefuck, Kaffee oder ein Stück Brot. Bei den Reichen nichts. Die hätten am liebsten noch, so Dapper, was fürs Bringen genommen. An was die alte Sortiermaschine doch alles erinnert.

Die müssen Bernhard Meiermann und Wolfgang Schindler nicht mehr warten, obwohl sie noch voll funktionsfähig ist. Die hat inzwischen ausgedient, zumindest fürs erste (es kann sich alles ändern), weil nun auch Ende der siebziger auf dem Oberfeld keine Kartoffeln mehr angebaut werden. Aber die Schlepper, den Mähdrescher, den Rübenroder nehmen sie sich vor und beginnen mit der Reinigung.

Manchmal sehen sie dabei, wie der Senior auf dem Hof spazieren geht. Manchmal bleibt er stehen. Eigentlich mischt sich der Senior nicht ein. Hin und wieder aber doch. Wolfgang soll einen Dreckhaufen, der neben der Scheune liegt, mit Schaufel und Schubkarre beseitigen. Wolfgang lässt sich Zeit, nimmt dann den Kabinenschlepper mit Frontlader, nicht die Schubkarre, was dem Senior nicht passt. Aber er ist ja bekanntlich nicht nachtragend.

Halla lag eines Morgens tot im Stall – im schönen Monat Mai 1979 war es gewesen. Sie hatte das hohe Pferdealter von vierunddreißig Jahren erreicht. Auf der Meierei, auf dem Hof, auf dem sie auch geboren wurde, starb sie. Halla, die Wunderstute. Ihre Einzigartigkeit und ihr Weltruhm bleiben uns in Erinnerung. Die Deutsche Reiterliche Vereinigung sperrte nach ihrem Tod ihren Namen. Kein anderes Turnierpferd darf jemals den Namen ‚Halla' tragen.

Als Wolfgang Schindler ein Jahr später, im Sommer bei der Ernte, abends um zehn nach Hause kam, den ganzen Tag lang hatte er auf dem Mähdrescher gesessen, hörte er die Schweine. Fast war es so, als würden sie kreischen. Doch nicht abends um zehn? Was ist denn jetzt los, fragte er sich, ging in den Stall, knipste das Licht an und sah sogleich, dass mindestens zwei Tage lang nicht ausgemistet worden war und die Schweine hungrig waren. Normalerweise schaute er tagsüber kurz in die beiden Schweineställe, aber während der Ernte war doch keine Zeit dazu. Schnell musste gehandelt werden. Nachtarbeit zusammen mit Eberhard Vierling stand an, nach vierzehn stündigem Mähen: erst füttern, dann ausmisten bis morgens um zwei. Auch am nächsten Tag war der Schweinemeister nicht da, auch nicht am übernächsten. Dann kam er wieder. Zehn jahrelang war er stets zuverlässig gewesen. Es solle nicht wieder vorkommen, versprach dieser. Im nächsten Jahr passierte das Gleiche.

Länger als beim ersten Mal blieb der Schweinemeister fort. Eberhard und Wolfgang übernahmen wieder die ungeliebte Arbeit. Zudem veränderte sich die Verordnungslage. Eine Güllegrube wurde für die Meierei vorgeschrieben mit Kosten im sechsstelligen Bereich, und als dann Eberhards Bruder zu Besuch war und nach dem Telefonieren feststellte: „Euer Hörer stinkt nach Schweinescheiße", schauten Eberhard und

Wolfgang sich an – „Jetzt ist Schluss." Das Ende der Schweinehaltung auf der Meierei war damit besiegelt. Der Umbau des Kuhstalls zum Schweinestall lag gerade einmal zehn Jahre zurück. Der neue Schweinestall war nur zwanzig Jahre benutzt worden. Fortschritt hat seinen Preis.

Im Frühling hatte es Bauernprotest in Bonn gegeben mit fünfundzwanzigtausend Bauern, fünf Kühen und Transparenten: Nicht nur die Umweltbewegung ging auf die Straße. ‚Sollte die Bauern der Kuckuck holen – dann steht ihr Schlange wie in Polen', war auf Transparenten zu lesen. Die Landwirte seien nicht mehr bereit, betonte der Bauernpräsident, bei sechzig Arbeitsstunden pro Woche gut ein Drittel weniger als Arbeitnehmer zu verdienen und forderte eine Agrarpreiserhöhung von 15 Prozent. Die Europäische Union wolle nur die Hälfte geben. Die Preise für Nahrungsmittel seien noch nie so niedrig gewesen. Für die Meierei gab es ebenfalls im einen oder anderen Jahr keinen Gewinn. Doch dank der Nebeneinnahmen aus Immobilienbesitz, Vierling Senior hatte gut vorgesorgt, stand für den Junior ein Polster zur Verfügung. Langfristig, es wird noch ein Jahrzehnt dauern, führt der Bauernprotest zur Agrarreform. Statt Erhöhung der Erzeugerpreise werden Direktzahlungen, wie Ackerprämien, eingeführt.

Im Frühling war auch ein neues Stadtparlament gewählt worden. Der Protest von der Straße wurde zum zweiten Mal durch die Wählergemeinschaft in die Stadtverordnetenversammlung getragen. Man arbeitete Schwerpunkt bezogen mit der SPD zusammen. Die Osttangente durch das Martinsviertel wurde gestoppt. Die SPD hatte mittlerweile Abstand von den früheren Wachstumsplänen der Stadt genommen, denn die Fakten sprachen für sich. Die Bevölkerung wuchs kaum, stattdessen zogen viele Darmstädter ins Umland, und bei der geplant Autobahn realisierten die Kommunalpolitiker erst – als der von Norden nach Süden vorgenommene Autobahnbau zehn Kilometer vor Darmstadt, bei Egelsbach, fertiggestellt worden war – dass dies eine Fern- und nicht eine Regionalautobahn werden würde. Der Planungsprozess geriet in Bewegung. Es kursierten neue Pläne. Auch eine übers Oberfeld führende Bundesstraße wurde ins Spiel gebracht.

Die neue Stadtregierung strebte umgehend die Verhinderung der Autobahn an. Man habe bereits Zusagen aus Bonn, hieß es, dass ohne die geforderte erneute Prüfung nicht mit dem Weiterbau der Autobahnbau begonnen werde. Doch sei man nicht grundsätzlich gegen eine übers Oberfeld geführte Bundesstraße. Und so zogen nach wie vor Demonstranten auf die Straße. „Hände weg vom Oberfeld!", riefen sie. ‚Keine Trasse übers Oberfeld', stand auf dem Transparent.

Am Rande des Feldes, an der Erbacher Straße, tat sich etwas ganz anderes. Laut Gutachten war dreizehn Jahre zuvor die Beseitigung der Arbeiterhäuser in nicht allzu ferner Zukunft anvisiert worden. Davon war nun keine Rede mehr. Drei dieser, wie es hieß, für den Domänenbetrieb entbehrlichen Häuser wurden im Jahr zuvor von der Domänenverwaltung in der Zeitung zum Verkauf angeboten. Die Gerüchteküche sagte – für nur 100.000 DM! Für zwei dieser Häuser liegt ein Kaufvertrag vor. Sie gingen oberhalb des jeweiligen Wertermittlungsbetrags über den Tisch – und da es sich um Kulturdenkmäler handelte – mit Auflagen für den Denkmalschutz. Auch dieser Aspekt befand sich plötzlich im Bewusstseinshorizont der Verantwortlichen.

Der alte Schweinestall war abgerissen worden. Der Kuhstall steht leer. Der neue Schweinestall steht leer. Der Pferdestall wird nur noch zu einem Viertel genutzt. Drei Arbeiterhäuser wurden versilbert.

Teil II Die Wende

Personen

HOLAG Vorstand/Betriebsleitung: Kathrin Goebel; Thomas Goebel; Will Schaumann bis 2018; Silke Kunkel seit 2018;

Stiftung: Arnulf Rosenstock, Stiftungsvorsitzender 2006-2012; Klaus Plischke, Vorstand; Günter Franke, Stiftungsvorsitzender 2012-2022 und -angestellter; u.a.

IDO Vorstand: Sabine Busse; Klaus Plischke; Reiner Weischedel; u.a.

Projekt Lebensweg e.V.: Susann Zschau u.a.

Hofgut Mitarbeiter*innen: Wolfgang Schindler, Landwirt 1969-2022, stellvertretend für viele (z.T. namentlich im Text erwähnte) andere ...

ehrenamtlich Tätige: Hermann Deist – Bäckerei; Marianne Janssen – Leitung des Küchenteams; Marianne Kissel-Lesser und Werner Lesser – u.a. Organisation kultureller Veranstaltungen, stellvertretend für viele (z.T. namentlich im Text erwähnte) andere ...

Politiker*innen: Doris Fröhlich, Stadtverordnete (Grüne); Oberbürgermeister Peter Benz (SPD) 1993-2005; Oberbürgermeister Walter Hofmann (SPD) 2005-2011; Oberbürgermeister Jochen Partsch (Grüne) 2011-2023; u.a.

Kurzformen:

HOLAG: Hofgut Oberfeld Landwirtschaft AG;

Stiftung: Stiftung Hofgut Oberfeld;

IDO: Initiative Domäne Oberfeld e.V.;

1981-2005

Leer ist es auf der Meierei. Vierling Senior und seine Frau sind gestorben. Es gibt zwar Mieter, darunter auch Verwandte, für Wohnungen in den Baracken oder das eine oder andere leerstehende Zimmer im Gutshaus. Der Sohn einer Familie unterhält sich manchmal mit dem gleichaltrigen Au-pair-Mädchen, das sich um die Kinder im Gutshaus kümmert. Im Milchpavillon wohnt ein Schauspieler. Die Schmiede beherbergt Studenten. Aber die Mieter sind selten zu sehen. Bettin und Meiermann sind aus Altersgründen nicht mehr da. Vier Jahre lang hatte man danach noch zu dritt gearbeitet. Ein neuer landwirtschaftlicher Mitarbeiter war hinzu gekommen. Doch schon in der Mitte der achtziger Jahre musste er aus gesundheitlichen Gründen das Handtuch werfen. Wolfgang Schindler tröstet Eberhard Vierling: „Dann mache merr des zu zweid."

Man bemerkte die Lücken, die die früheren Mitarbeiter hinterlassen hatten. Auch wenn alle mit anpackten. Es blieb trotzdem genug liegen. Arbeit brauchte ihre Zeit. Abends wurde es spät und später, vor allem wenn das günstige Wetter ausgenutzt werden musste. Arbeitete man schneller, wurde es anstrengender. Aber so lange die Arbeit Spaß machte (und sie habe Spaß gemacht, wird Wolfgang drei Jahrzehnte später sagen) sei keine Hektik aufgekommen. Denn Hektik mache man sich selber.

Außerdem arbeitete Eberhard mit auf dem Feld. Wenn Wolfgang im Durchschnitt sechs Stunden auf dem Traktor saß, so waren es bei Eberhard vier. Bei der Getreideernte hatte Eberhard die Anhänger bereitgestellt, bevor Wolfgang mit dem Mähdrescher das gedroschene Getreide darauf verteilte und brachte es zur Trocknung in die Scheune. Bei der Rübenernte lösten sich Wolfgang und Eberhard beim Fahren alle zwei Stunden ab – solange es noch keinen Schlepper mit beheizbarer Kabine gab, der den Rübenroder zog. Bei Kälte und Nässe mussten sie immer mal wieder vom Trecker steigen, um einen Rübenblattstau an der Maschine zu beseitigen. Und Absteigen hieß, sich trotz kniehoher Gummistiefel unerträglich nasskalte Oberschenkel zu holen. Das Rübenkraut stand hoch und war im kühlen Herbst feucht. Man konnte es nicht länger als zwei Stunden mit nassen Hosenbeinen aushalten. Aber das änderte sich, seit der neue Traktor mit beheizbarer Kabine die Arbeit angenehmer gestaltete. Wolfgang solle den neuen Schlepper aussuchen, hatte Eberhard damals vorgeschlagen, schließlich würde er die meiste Zeit auf dem Traktor verbringen. Und so fuhr Wolfgang zur Landmaschinenhandlung, probierte vor allem diesen Fahrersitz und noch einige andere, bis er mit seiner Wahl zufrieden war – schließlich musste er viele Stunden am Stück darauf sitzen können.

Sie waren ein eingespieltes Team: Eberhard und Wolfgang. Eberhard kam dann und wann vorbei auf dem Feld, schaute, wie weit die Arbeit vorangekommen war. Packte mit an. Man unterhielt sich über die Maschinen, die nicht immer so funktionierten, wie man wollte, über Probleme mit den Steinen, die hatte es immer gegeben, über Neuigkeiten und anstehende Arbeiten. Wolfgang wusste ohnehin was erledigt werden musste und wenn dennoch Klärungsbedarf war, wurde dies morgens beim Tanken nebenbei durchgesprochen. Vorher hatte er wie immer den Pferden guten Morgen gesagt und sie auf die Koppel gebracht. Danach stieg er auf den Trecker, begrüßte auch diesen mit einem kleinen Klaps auf das Schutzblech und einem freundlichen, „Morsche". Das Schwätzchen mit den Kollegen fehlte ihm.

War Eberhard auf Reisen, musste Wolfgang alleine für alles zuständig sein. Und sollte in dieser Zeit mal der Trecker

auf dem Acker feststecken, so brauchte er nur bei einem der Bauern in Roßdorf anrufen und mindestens einer kam sofort per Traktor zum Anschleppen. Damals half man sich noch schnell und unkompliziert.
Dass kein Mist mehr gefahren werden musste, war eine Arbeitserleichterung. Allerdings galten die Vorschriften des nach dem Ende der Schweinehaltung auf der Meierei abgeschlossenen Pachtvertrages mit dem Land Hessen. Da nun kein Mist mehr zur Humusversorgung ausgebracht werden konnte, mussten Ernterückstände sachgerecht in den Ackerboden eingearbeitet werden. Zusätzlich hatte der Pächter jährlich auf mindestens zwanzig Prozent der vom Land gepachteten Ackerfläche, also auf achtzehn Hektar, Gründüngungspflanzen als Zwischenfrucht anzubauen und ebenfalls in den Acker einzuarbeiten. Alternativ könne der Domänenpächter auch eine gleiche Fläche mit 200 Doppelzentner pro Hektar und Jahr Mist düngen. Der gute Mist, nun Mangelware, hatte seinen Wert. Die wenigen anfallenden Karren Pferdemist waren nicht einmal ein Tropfen auf dem heißen Stein. Immerhin musste Eberhard Vierling keine Rechnungen der Futtermittelindustrie mehr begleichen.

Da nur noch zwei verschiedene Feldfrüchte angebaut wurden, Saatgerste (Sommer- und Wintergerste) sowie Zuckerrüben, gab es an Ernterückständen das einst für die Kuhfütterung benutzte Zuckerrübenblatt und für die Mistproduktion benötigte Stroh. Das Rübenblatt wurde von dem mittlerweile angeschafften vollautomatischen Rübenroder klein gehäckselt und konnte leicht untergepflügt werden. Auch dieser Roder reduzierte die Arbeitszeit, ebenso der Lieferservice einer Spedition für die Ablieferung zur Zuckerfabrik. Für das nicht benötigte Stroh in der Intensiv-Landwirtschaft bot die Agrar-Chemie zur Arbeitserleichterung das Spritzmittel Zykolcel zur Halmverkürzung, genauer gesagt zur Verkürzung des

Abstandes der Knoten am Halm an. Auch die Züchtung von niedrig wachsendem Getreidesaatgut trug zur Kleinhaltung des Strohanteils bei.

Düngung mit Volldünger ließ sich in einem Arbeitsgang erledigen; nicht so wie früher, als noch Stickstoff-, Phosphor-, Kalidünger in jeweils einzelnen Arbeitsgängen gestreut werden musste. Dennoch war der Anstieg des Düngemittelverbrauchs insgesamt nicht zu stoppen. Innerhalb von zwanzig Jahren verdreifachte sich durchschnittlich (berechnet über Düngemittelauslieferungen) die Menge des in der Bundesrepublik pro Hektar ausgebrachten Stickstoffes und der Meiereibach wird am Ende zu hohe Nitrat- aber auch Phosphatwerte aufweisen.

Bei den Pflanzenschutzmitteln ging es anders herum. Zehn Jahre zuvor hatte es noch geheißen, möglichst viel zu spritzen. Nun hieß es, Bodenproben ziehen, Pflanzenkrankheiten erkennen und nur so viel Pestizide zu spritzen, wie unbedingt nötig seien. Baytan, der auf dem Oberfeld gespritzte Unkrautvernichter, wirkte ausgesprochen effektiv – das musste er auch bei dem besonderen Reinlichkeitsbedarf des Saatgetreides. Eine Unkrautnachlese war nicht mehr notwendig, aber die Teilnahme an einem Tageskurs bei der BASF für Wolfgang Schindler. Zusammen mit dem entsprechenden Saatgut wurden für die Pflanzen optimale Wachstumsbedingungen für den Ackerboden zur Verfügung gestellt, denn die Böden auf dem Oberfeld waren ertragsarme Böden, zudem steinreich. Vermittels intensiver Düngung, Pflanzenschutz und Pflanzenzucht wurde dennoch ein rentabler Ertrag von fünfzig bis sechzig Doppelzentner Gerste pro Hektar selbst aus dem armen Boden des Oberfeldes erwirtschaftet – im Ried waren es fast doppelt so viel.

Sonst passierte in der Landwirtschaft nicht mehr viel Neues. Im Herbst kam Wintergerste in den Boden, im Frühjahr wurden Sommergerste und Zuckerrüben ausgesät, dann folgte die Unkrautvernichtung, später die Ernte. Im Winter galt es Saatgetreide zu reinigen, in Säcke zu füllen und die Maschinen zu warten. Gab es ruhige Tage, fuhren Eberhard und Wolfgang zu Oldtimertreffen, Maschinenausstellungen, Gerätevorführungen und bei der Gelegenheit auch bei völlig anders wirtschaftenden Höfen vorbei: einem Bio-Bauernhof in Nordhessen, dem nach biologisch-dynamischen Kriterien ackernden Dottenfelder Hof und der Domäne Mechthildshausen. Man schaute nur mal, wollte sehen, wie die Früchte auf dem Acker standen oder kam ins Gespräch mit dem einen oder anderen Mitarbeiter, ließ sich erklären, wie dort der Boden gedüngt, das Unkraut im Zaum zu halten war.

Das Oberfeld ist übersichtlich geworden. Wie aufgeräumt. Hatten früher kleine Felder und Gärten verschiedener Eigentümer mit ihrer Vielzahl an Feldfrüchten auf dem Oberfeld für Abwechslung gesorgt, so hat sich längst die Monotonie intensiver Landwirtschaft mit riesigen, maschinengerechten Ackerflächen über das Feld gelegt. Hecken, Beikräuter, Wegwarte, Kornblume, Mohnblume gehören zunehmend der Vergangenheit an. Auch Heinz Schneiders Acker ist inzwischen den großen, von der Meierei bewirtschafteten Flächen einverleibt. Er hat sein Land auf dem Oberfeld als letzter aufgegeben. Wie die anderen Eigentümer bekommt er nun Pacht von Eberhard Vierling. Aber er kauft weiterhin für seinen Betrieb an der Lahn Saatgut beim Domänenpächter, das er mit seiner Pacht verrechnen lässt.

In der Zeitung wird dreizehn Jahre nach Auflösung des früheren Vorwerks, jetzt als Unterkunft für Roma genutzt, wieder an die Gräfenhäuser Straße 200 erinnert. Dorthin kommen weitere Roma, nachdem das bisher von ihnen bewohnte Haus im Martinsviertel mitsamt ihrem persönlichen Eigentum von der Stadt ohne Ankündigung während ihrer Abwesenheit abgerissen wurde. Dort stehen sie dann, ihres Privatbesitzes beraubt, verloren zwischen dem ehemaligen Bahnwärterhaus, in dem nun gut vierzig Roma unterkommen sollen, und dem baufälligen und heruntergekommenen ehemaligen Arbeiterhaus – dort, wo einst die jugendliche Halla nach dem Sprung über den Weidezaun spazieren ging.

Vertreter einer internationalen Menschenrechtskommission warnen vor dem Wiederaufleben des Rassismus in der BRD und der damalige Oberbürgermeister scheitert mit einer Unterlassungsklage gegen erhobenen Rassismusvorwurf.

Von den ehrgeizigen Plänen der Straßenplaner ist zum Glück nichts mehr übrig geblieben. Im Darmstädter Stadtplan 1983/84 unter der von SPD und WGD geführten Stadtregierung war die Trassierung für eine Bundesstraße über das Oberfeld parallel zum Querweg noch eingezeichnet. Ein Jahr später betreten die Grünen das Rampenlicht der Politik in Darmstadt und ersetzen die WGD im Stadtparlament. Sie lehnen sämtliche Umgehungsstraßen ab, so auch die Trasse übers Oberfeld, und bilden mit knapp zehn Prozent eine Miniopposition gegen den Block der etablierten Parteien. Der Druck der Natur- und Umweltschützer aber wächst. Als dann ohne Vorwarnung in vorauseilendem Gehorsam im Fasaneriewald eine Schneise für die zum Oberfeld fortzusetzende Bundesstraße gerodet wird, geht ein Aufschrei durch die Bevölkerung und in diesen Aufschrei hinein gelingt der Coup.

Die Obere Forst- und die Obere Naturschutzbehörde versehen nach diversen informellen und formellen Gesprächen den Darmstädter Fasaneriewald mit dem Bannwaldschutz, der strengsten Schutzform für unersetzliche Wälder. Damals ließ sich damit noch ein Bundesstraßenbau stoppen. Schon ab 1986/87 fehlt im Stadtplan von dieser vorgesehenen Straßenführung jede Spur – „Keine Trasse übers Oberfeld!" Die Natur- und Umweltschützer haben letztendlich gesiegt. Nach den von Wolfgang Schindler entfernten Betonsteinen zur Markierung der einst geplanten Autobahn am Querweg bei den ‚Unbesiegbaren' wurde nie mehr gefragt.

Die Naturschützer arbeiten weiterhin an der ökologischen Aufwertung des Oberfeldes. Über die landwirtschaftlich genutzte Fläche können sie nicht verfügen – noch nicht. Als die Wohnstatt eines Einsiedlers mit zwei baufälligen Backsteingebäuden und Holzschuppen am Seiterswiesenweg nicht mehr genutzt wird, kann die Darmstädter Ortsgruppe des Bundes für Vogelschutz sofort zugreifen, die Fläche vom Land Hessen pachten, um dort ein Vogelschutzgehölz zu errichten. Und so mancher Igel und Hase, wenn er dann gemerkt haben wird, dass es auf dem Oberfeld tatsächlich wieder einen Unterschlupf gibt, soll dort ebenfalls ein Zuhause finden. Denn auf der ökologisch wertlosen, von Umweltschützern ‚Kultursteppe' genannten Ackerfläche mit nur zwei Feldfrüchten und keinem Baum und Strauch leben nur noch wenige Tiere.

In der Stadt stationierte US-amerikanische Soldaten werden für die Aufräumarbeiten um Hilfe gebeten und rücken an mit schwerem Gerät, mit Bagger, Raupe und Transporter für Schutt. Die Vogelschützer dirigieren den Abriss, um einige Bäume und Sträucher erhalten zu können. Zusätzlich sollen mehrere Gewächse wie Feldahorn, Schwarzdorn, Pfaffenhütchen, Hainbuche, Hasel, Weide und Faulbaum ein Zuhause für viele Vögel bieten. Für Eidechsen gibt es einen Steinhaufen, für Käfer altes Holz und für Pflanzen auf der knapp viertausend Quadratmeter großen Fläche genügend Platz. Die Vogelschutzgruppe freut sich schon auf das Wachsen und Werden, auf Goldammer, Zaunkönig, Dorngrasmücke und Turmfalke, damit wenigstens auf einem kleinen Fleckchen Oberfeld natürliche Lebensräume vorhanden sind, die früher überall zur Feldflur dazu gehörten. Durch Naturschutz wird Vielfalt befördert, werden die durch Monotonie gerissenen Wunden geheilt.

Aus dem Forstamt kommen kritische Anmerkungen zur Bewirtschaftung des Ackerlandes auf dem Oberfeld. Im Gespräch mit der Domänenverwaltung war vom zukünftigen Oberförster schon in den achtziger Jahren darauf hingewiesen worden, dass Landwirtschaft auf einer Staatsdomäne nicht nur nach ökonomischen, also einzig nach Ertragssteigerung ausgerichteten Kriterien betrieben werden dürfe, sondern auch nach ökologischen. Dies sei nun um so mehr von Bedeutung, da Staatsdomänen als Vorbildbetriebe gelten und nach und nach bereits die Schattenseiten intensiv betriebener Landwirtschaft auf dem Oberfeld zum Vorschein kamen: Bedingt durch Monokultur, intensiver Düngung und unzureichendem Aufbau der Humusschicht riss Starkregen im Spätsommer und Frühherbst, wenn die Rüben noch nicht ausgewachsen waren, tiefe, meterlange Erosionsrinnen in den deckungsarmen Oberboden, der nach der Ernte überwiegend auf großen Flächen vegetationslos da lag.

Überhaupt, wurde weiterhin kritisch angemerkt, könne es doch nicht sein, dass das Oberfeld von den dort Erholung suchenden Stadtbewohnern nur als ein mit Traktor und Maschinen bearbeitetes Feld und nicht als ein mit einem Gutshof verbundenen Acker wahrgenommen werde.

Das einzige, auf einen landwirtschaftlichen Betrieb hinweisende Symbol war zu dem Zeitpunkt noch die große Feldscheune am Katharinen-Falltor-Weg, die aber in den achtziger Jahren bereits abgebrannt war und als Brandruine, wohl zwanzig Jahre wird sie dort unangetastet stehen, an frühere, bessere Zeiten erinnerte. Und wenn man in dieser Zeit unter den fast einhundert Jahre alten, prächtigen Linden die Erbacher Straße stadtauswärts fuhr, so erheischte der Blick des Autofahrers zuerst auf der linken Seite an der Gabelung zum Oberfeld die Feldscheunenruine, rechts gegenüber die Meierei mit der Hausnummer 125, mit stets verschlossenem Hoftor. Dahinter auf der Weide zwischen der Drei-Brunnenquelle und Scheune grasten drei Pferde – Hallas Nachkommen. Nur selten sah man jemanden über den Hof gehen oder ihn betreten. Wer zu Fuß dort vorüberging, hatte dieses Gefühl von Totenstille. Als würde der einst vor Leben quirlende Hof vor sich hin dösen.

Angemeldete Besucher wurden freundlich empfangen. Wie Peter Schmidt. Jahrzehnte früher hatte er mit Eberhard Vierling, der damals in den Hungerjahren großzügig seine dicken Wurststullen mit Peters mageren Marmeladenbroten tauschte, die Schulbank der Grundschule gedrückt. Jetzt spielte jener die Rolle des Balou im *Dschungelbuch* beim Projekt Jugendtheater. Man habe einige Requisiten und Kulissen vom Staatstheater bekommen, die entsprechend umgearbeitet würden, leitete er seine Frage ein – nur wohin damit? Ob eventuell im ehemaligen Kuhstall etwas Platz sei und die Theatergruppe sie dort unterstellen dürfe? Das sei kein Problem und selbstverständlich kostenfrei. Eberhard zeigte sich sofort kooperativ und großzügig. Er nahm sich Zeit für das Gespräch. Beim Thema Landwirtschaft wurde er allerdings nachdenklich: Er müsse bei dieser Art Landwirtschaft mitmachen, sonst habe er keine Chance zu bestehen.

Dass die Bodenkrume verbesserungswürdig sei, war dem Domänenpächter bekannt. Ihm fehlte der Mist aus früherer Tierhaltung und als beim Bau eines Hauses auf der Rosenhöhe Mutterboden abtransportiert werden sollte, griff er die Gelegenheit beim Schopf und ließ sich die siebzehn LKW-Ladungen zum Oberfeld fahren und auf dem Senffeld abkippen. Siebzehn helle Haufen lagen nun auf grünem Untergrund – das war nicht zu übersehen. Ein ehemaliger Polizist erstattete Anzeige. Bei einem über zehn Zentimeter hohen Bodenauftrag handele es sich um landwirtschaftliche Umgestaltung und die müsse genehmigt werden. Man hätte, sagten sich Eberhard und Wolfgang hinterher, diese Haufen gleich auseinanderwerfen müssen, es wäre nichts passiert. Aber, Ende gut, alles gut: In der ersten Instanz verlor der Domänenpächter, in der zweiten gewann er.

Effektiver in punkto Bodenverbesserung war die Schafherde mit mehr als dreihundert Tieren, die seit Jahrzehnten nach wie vor jedes Jahr im Dezember für einige Wochen kam. Von Eberhard Vierling wurde sie gerne gesehen: Schafkot ist wertvoller Dünger, gut für die Fruchtfolge, und die Beweidung mit Schafen gilt als die schonendste. Zudem zahlt der Schäfer ein Pachtgeld für die Nutzung der Winterweide. Seine Schafe fressen von den kleingehäckselten Rübenresten und den Zwischenfrüchten Senfkraut, Raps, Wicken und Ölrettich. Jetzt, kurz vor der Jahrtausendwende, ist der Schäfer längst ein anderer als noch drei Jahrzehnte zuvor.

Und jetzt wird auf der Meierei eine ganz andere, viel weitreichendere Entscheidung getroffen. Eberhard Vierling wird aus Altersgründen die Pacht des Hofes abgeben. Er möge doch bei dem Gespräch mit seinen Kindern dabei sein, hatte dieser zu Wolfgang gesagt, wenn sie sich zur Fortführung der Pacht äußern würden. Immerhin habe er, Wolfgang, schon dreißig Jahre für diesen Hof gearbeitet. Im Gutshaus saßen sie zusammen. Eberhards Kinder lehnten ab. Wolfgang Schindlers Zukunft ist ungewiss. Die Ära Vierling wird nach Verlängerung des Pachtvertrages bis 2006 dem Ende entgegengehen.

Zur Jahrtausendwende gibt es weitere Feldholzinseln auf dem Oberfeld, um der biologischen Verarmung auf den kahlen Ackerflächen auch zukünftig etwas entgegenzusetzen.

Nicht initiiert von den Umweltschützern, sondern von der Stadt. Dort ist man sich inzwischen des ‚Schatzes Oberfeld' bewusst und möchte das Oberfeld in die von ihr geplante Landesgartenschau einbeziehen. Fast alle Städte seien von Gewerbegebieten, Baumärkten und Autobahnen umgeben, heißt es, im Osten Darmstadts dagegen laufe das Stadtgebiet von der Rosenhöhe sanft aus aufs Oberfeld – Bebauung, Autobahn und Bundesstraße sind verhindert worden. Das Wissen um die Schutzbedürftigkeit von Natur ist durchgesickert: Was über Jahre, so der Bürgermeister, vernachlässigt worden sei, müsse nun nachgeholt werden. Das Oberfeld sei ein Erholungsgebiet für die Stadtbewohner und wegen seiner Klimawirkung – eine Kaltluftschneise sorgt für die Zuführung frischer Luft zur Stadt – wichtig.

Zusammen mit dem Land Hessen, dem ungefähr knapp siebzig Prozent der Ackerflächen gehören, wird mit der Planung eines Biotopvernetzungsprogramms Landschaftsentwicklung initiiert. Alleen sollen das Bild des Oberfeldes prägen (dies wird noch viele Jahre auf sich warten lassen), aber die Wege sollen bald Grünstreifen mit Buschwerk und Kräuter bekommen. Die Grünen hatten bereits zehn Jahre zuvor einen Antrag zur Förderung von ‚Ackerstreifen' gestellt. Nun geht es endlich an die Umsetzung. An der Molkenbachaue werden Erlen, Weiden und Pappeln gepflanzt. Der Forstamtsleiter, der Bürgermeister und der neue Domänendezernent sind begeistert über dieses Projekt. Im Gutshaus sitzen sie zusammen. Der Pächter wirkte sehr zurückhaltend im Gespräch. Er hatte aber sein Einverständnis gegeben, auch wenn sich dadurch die Bewirtschaftung der Felder erschwere und er Ackerland abgeben müsse. Ohnehin würde er diese Felder nicht mehr lange bewirtschaften.

Wenn ein neues Projekt initiiert werden soll, dann muss zum richtigen Zeitpunkt der Stein ins Rollen gebracht und der richtige Akteur angesprochen werden. Der im Naturschutzbereich gut bekannte und vernetzte Reiner Weischedel, er hatte das Projekt ‚Eberstädter Streuobstwiesen' aufgebaut und Arbeitsplätze im Naturschutzbereich generiert, erfuhr im Herbst zwei Jahre nach der Jahrtausendwende, dass der Domänenpächter die Pacht aufgeben würde. Doris Fröhlich, Stadtverordnete der Grünen, sprach ihn an. Seit im Stadtparlament im Rahmen der von der Stadt geplanten Bewerbung bei der Landesgartenschau erörtert wurde, das Oberfeld planerisch in die Landesgartenschau mit einzubeziehen, hatte sie begonnen, über dieses große Feld und die ehemalige Hofmeierei nachzudenken. Vor allem darüber, dass dort doch ökologische Landwirtschaft betrieben werden könnte. In die internen Sitzungen der Grünen brachte sie ihre Idee ein, und das nicht nur einmal. Eine neue Stadtverordnete wunderte sich damals, warum Doris Fröhlich immer wieder mit diesem Thema ankam. Mittlerweile sah sie ihre Rolle im Stadtparlament darin, ein solches Projekt mit anzustoßen.

Gelegenheit dazu ergab sich 2002, nachdem im Hessischen Landtag beschlossen wurde, die als unrentabel geltende ehemalige Hofmeierei nach Beendigung des derzeitigen Pachtvertrages in vier Jahren aufzulösen und hochpreisig zu verkaufen. Doris Fröhlichs sodann durchgeführte Recherche ergab, dass die TU das Fraunhofer Institut auf dem Hofareal ansiedeln will.

„Hochpreisiger Verkauf, zweckentfremdete Vermarktung", sagt sie zu Reiner Weischedel, „das ist jetzt die letzte Chance, einen Biobauernhof am Stadtrand zu errichten." Beim Stadtgut Gehaborn sei dies versäumt worden.

Reiner Weischedel fädelt gleich alles ein und bringt die richtigen Projektpartner zusammen. Ein erstes Treffen gibt es mit Arnulf Rosenstock – dem Forstamtsleiter und Naturschützer. Er hat gute Kontakte zu Behörden, zur TU, zur

Presse. Danach spricht Reiner Weischedel Klaus Plischke an, den er über Naturschutzverbände kennt und der bei der Software-AG-Stiftung arbeitet, der reichsten Stiftung Deutschlands. Erfahrungen bei der Entwicklung ähnlicher Projekte hatte er ebenfalls bereits gesammelt. Mehrfach trifft man sich zu dritt im Forsthaus. Ende Januar 2003 gibt es erste Leitlinien: der zu gründende Bauernhof müsse ein Bio-Bauernhof sein, damit gesunde Lebensmittel erzeugt und der Zerstörung der Artenvielfalt und der Böden entgegengewirkt werde. Kuhhaltung mit Weidebetrieb auf dem Oberfeld sei erwünscht. Stadtkinder sollen Kühe wieder live sehen können. Die Verarbeitung und regionale Vermarktung der landwirtschaftlichen Erzeugnisse des Betriebes schaffe zudem Arbeitsplätze.

Am besten eigne sich eine nach biologisch-dynamischen Richtlinien wirtschaftende Landwirtschaft, fügt Klaus Plischke hinzu, und verweist auf Vorbildbetriebe wie den Dottenfelder Hof, die Domäne Mechthildshausen. Zudem halte die Software-AG-Stiftung biologisch-dynamische Landwirtschaft für förderungswürdig. Aber über Geld solle am besten erst gesprochen werden, wenn das Konzept stehe, damit keiner hineinrede. Reiner Weischedel ergänzt den Aspekt ‚Lernort Bauernhof'. Er hatte gesehen, wie begeistert Kinder im Kurs „Von der Milch zur Butter" dabei waren, den Mitarbeiter des Projekts Eberstädter Streuobstwiesen beim Eichwaldhof im benachbarten Griesheim angeboten hatten, so lange es dort noch Kühe gab.

Man war sich einig, dass einer alleine dieses umfangreiche Projekt niemals würde anschieben können. Das würde nur gemeinsam im Team gelingen und mit Unterstützung weiterer interessierter Umweltfreunde. „Ja!", rief Arnulf Rosenstock begeistert in die Runde. „Wir machen gleich nen Verein."
Einen Stand auf dem Oberfeld mit Bauwagen zum Unterstellen

und Genehmigung organisierte er dazu. Als Verein waren sie rechtlich abgesichert und konnten offiziell besser auftreten.

Am dreizehnten Mai ist es so weit. Acht Gründungsmitglieder kommen im Forsthaus zusammen. Alle sind von ökologischer Landwirtschaft überzeugt und dem Gelingen dieses Projekts. Die ‚Initiative Domäne Oberfeld', die ‚IDO', wird ins Leben gerufen mit den Vorsitzenden Arnulf Rosenstock und Klaus Plischke, der Protokollantin Sabine Busse und dem Kassenwart Reiner Weischedel, dem nicht die Position, sondern Mitgestaltung wichtig ist. Alle sind durch und durch optimistisch.

Auch am Stand auf dem Oberfeld, an der Feldholzinsel beim Judenpfad, dem an Wochenenden am meisten frequentierten Spazierweg. Der Himmel steht hoch, die Sonne drängelt sich durch. Ein paar Wolken ziehen über das Feld. Die IDO-Mitglieder wechseln sich ab, damit der Stand von morgens bis abends besetzt ist. Auf dem Klapptisch liegen Beitrittserklärungen für den Verein und Flugblätter: DAS LETZTE STADTGUT ERHALTEN – ÖKOLOGISCHE LANDWIRTSCHAFT MIT TIEREN AUF DEM OBERFELD. Wie bei Info-Ständen üblich, nehmen einige Passanten gerne das Flugblatt entgegen, andere winken gleich ab oder legen es wieder zurück. Entgegen ihren Erwartungen sind die IDO-Mitglieder über kritische Stimmen erstaunt. „Was, ihr wollt Viecher aufs Oberfeld bringen? Das klappt doch nie! Dann kommen Fliegen und Gestank und dagegen gibt's Gerichtsurteile." Andere befürchten Heckenpflanzungen auf dem Oberfeld. „Dann ist die freie Sicht weg. Das wolln wir auch nicht." Dennoch bleibt man optimistisch. Schließlich gibt es ein neues Mitglied am Ende des ersten Tages. Am übernächsten Wochenende wird die Gesprächsstrategie geändert: „Guckt doch mal auf den Acker. Da gibt es nicht mal 'ne Wegwarte, da gibt es nichts. Das hat diese Landwirtschaft hier zerstört." Plötzlich beginnen Passanten zu fragen: „Wie können wir euch unterstützen?“ Nach ungefähr einem Jahr ist die Anzahl der IDO-Mitglieder auf einhundert angewachsen.

Doch wie erreicht man Entscheidungsträger, für die die Erhaltung einer als unrentabel eingestuften Staatsdomäne ein aussichtsloses Projekt darstellt? Vor allem, wenn man nichts in der Hand hat?

Dank seines guten Kontaktes zum Bürgermeister bekommt Arnulf Rosenstock noch im Februar die Gelegenheit, als Gast an einem Spitzengespräch zur ‚Verwertung der Staatsdomäne Hofmeierei‘ zwischen Bürgermeister, „betrachten Sie sich als eingeladen“, und der vom Land Hessen beauftragten Hessischen Landgesellschaft, HLG, teilzunehmen. Eifrig waren die Verhandlungspartner in diesem Gespräch bemüht, gemeinsamen Nutzen aus diesem Vorgang zu ziehen. Der Vertreter der HLG sprach von hochpreisiger städtebaulicher Vermarktung der inzwischen funktionslosen Hof- und Gebäudeflächen sowie des Areals bei den Arbeiterhäusern und der Feldscheuenruine. Glücklicherweise war das gesamte Oberfeld bereits zwei Jahre zuvor im Flächennutzungsplan als landwirtschaftliche Fläche ausgewiesen worden und damit weitere Bebauung unterbunden. Außerdem verwies die HLG auf den unsäglichen Landhunger landwirtschaftlicher Betriebe, die dringend Ackerflächen wie die des Oberfelds zur Ausbringung von Gülle benötigten. Die Stadt wollte im Gegenzug kostenlos Flächen für die Erweiterung des Parks Rosenhöhe mit Kleingärten, um die gescheiterte Landesgartenschauplanung fortsetzen zu können.

Arnulf Rosenstock, eigentlich nur Zaungast in der Runde, kann und will bei diesen Vorhaben nicht schweigen. Er erläutert die Möglichkeit, ökologische Landwirtschaft auf dem Oberfeld einzurichten. Wenn er seine Blütenträume zu einem unrentablen Hof verwirklichen wolle, soll daraufhin sein Gegenüber von der HLG entgegnet haben, sei mit fünf Millionen Euro über alles zu reden.

Immerhin, gut zu wissen, was die Gesprächspartner auf der anderen Seite vorhaben. Das kann nie schaden. Und so beginnen die beiden Vorsitzenden der IDO rechtzeitig an einer gut durchdachten achtseitigen Broschüre mit Anhang zu arbeiten. ‚Denkschrift' wird sie genannt, gedruckt und in Umlauf gebracht – und bei Bedarf kann man sie in der Hand haben und persönlich weitergeben. Vielleicht überdenken Kritiker dieses Projekts ihre Position?

Auffällig an den Vorhaben der ‚Verwertungspartner' der Staatsdomäne ist, dass die einst gemeinsam von Stadt und Land ins Leben gerufene Biotopvernetzung auf dem Oberfeld genauso wenig in ihren Vorhaben Beachtung gefunden hat wie die Tatsache, dass die Gebäude der Staatsdomäne unter Ensembleschutz bzw. zwei Gebäude sogar unter Denkmalschutz stehen. Sie dürfen also nicht verändert werden und sind nicht mit den ‚Verwertungsvorhaben' kompatibel. Daran kann man geschickt in der Denkschrift anknüpfen. Beginnend mit der Geschichte der Landwirtschaft allgemein und auf dem Oberfeld, den geografischen und klimatischen Besonderheiten werden die Ziele für eine ökologische Landwirtschaft auf dem zukünftigen Gutshofbetrieb formuliert: die Artenvielfalt solle gefördert, das Oberfeld als Naherholungsgebiet ohne gesundheitliche Bedenken genutzt, die Frischluftschneise optimal entwickelt, die ehemalige Hofmeierei unter Berücksichtigung des Denkmalschutzes gemäß der ursprünglichen Zwecke genutzt und erhalten werden; neue und sinnvolle Arbeitsplätze sollen entstehen, Kinder und Schulklassen im Lernort Bauernhof durch unmittelbaren Kontakt zu Ackerbau und Viehzucht die Erzeugung der Lebensmittel nachvollziehen können und gegebenenfalls besondere Beschäftigungs- und Therapiestrukturen entwickelt werden.

Arnulf Rosenstock, der nicht nur selber begeistert von diesem schon recht detailliert beschriebenen Projekt ‚Ökologische Landwirtschaft auf dem Oberfeld' ist, kann auch andere Menschen davon begeistern. Bei der Verabschiedung des Grünen Oberstadtbaurats vom Arbeitskreis ‚Städtebaubeirat' Ende Mai bekommt er die Gelegenheit (das Bemühen um den Erhalt und die ökologische Bewirtschaftung der Staatsdomäne hatte sich herumgesprochen) die historische, die soziale, aktuelle und städtebaulichen Bedeutung dieses Vorhabens zu erläutern. Er überzeugt umgehend: Noch an dem Abend formuliert der Städtebaubeirat für dieses ‚wunderbare Projekt' einen erfolgreichen Antrag an den Magistrat. Der Außenbereich des Hofareals wird nach der Zustimmung nicht mehr bebaubar sein. Die Tür zur Stadt, regiert von einer Koalition aus SPD und Grünen, hat sich ein Stück weit geöffnet, und sie öffnete sich noch weiter, als man dort bemerkt, dass die IDO kein Geld, sondern politische Unterstützung haben möchte. Der SPD-Oberbürgermeister benennt eigens einen Ansprechpartner. Er wird den IDO-Mitgliedern bei weiter zu klärenden Fragen, Recherchen entsprechende Fachleute vermitteln.

Mehrere Wochen nach einem Gespräch mit dem TU-Präsidenten erklärt jener, dass von Seiten der TU kein Interesse an einer Ansiedlung des Fraunhofer-Instituts auf dem Gelände der Staatsdomäne bestehe. Auch die Presse berichtet im Sommer über den Rettungsversuch der IDO. Wie will man sich positionieren? Die Stadt wird trotz vorhandener Kritik noch im Jahr 2003 institutionelles Mitglied des Vereins Initiative Domäne Oberfeld und inzwischen gibt es nicht nur Denkmalschutz für den Milchpavillon und die Schmiede auf dem Hofgutareal, sondern auch für das Herzstück, den Kuhstall. Die hochpreisige Vermarktung der insgesamt unter Ensembleschutz stehenden Hofstelle, nun im Außenbereich nicht mehr bebaubar und mit drei denkmalgeschützten

Gebäuden, wird damit zunehmend schwieriger. Schwieriger wird auch, konventionelle Landwirtschaft auf dem Oberfeld zu betreiben. Das Land Hessen ist nicht begeistert. Doris Fröhlich macht Nägel mit Köpfen und stellt einen Antrag an die Stadtverordnetenversammlung. Zunächst als Entwurf. Die Wogen schlagen hoch: „Was soll das denn?" – „Das wird doch nie was." Im folgenden Jahr wird nach einstimmiger Zustimmung die Bewirtschaftung des Oberfelds mit ökologischem Landbau im Flächennutzungsplan der Stadt festgeschrieben. Bio-Landbau, eigentlich ein Grünes Projekt.

Dennoch ist man bei der IDO bemüht, es ein Projekt für alle Bürger zu nennen. Inzwischen trägt es den Namen ‚Hofgut Oberfeld'. Man braucht Unterstützung von allen, dazu ist die Umsetzung viel zu schwierig. Auch in anderen Parteien gibt es Naturschützer.

Die Gespräche zwischen der HLG und den beiden Vorsitzenden treten auf der Stelle. Klaus Plischke legt zusätzlich zum Gesamtkonzept ein fachlich-ökologisches Betriebskonzept vor: ungefähr dreißig Arbeitsplätze werden sich auf dem Hofgut generieren lassen. Die HLG spricht Klartext, sieht darin ein ‚Machwerk weltfremder Idealisten'. Der von einem CDU-Landtagsabgeordneten zur Besichtigung eingeladene Landwirtschaftsminister sagt zu den überzeugend vorgetragenen Argumenten der Vorsitzenden kein Wort. Der derzeitige Pächter, Eberhard Vierling, von der Presse um seine Meinung gefragt, wünscht sich, dass es so bleibt, wie es ist und sieht Tierhaltung auf dem Oberfeld skeptisch. Die Tür zum Landwirtschaftsministerium klemmt.

Wer gut vernetzt ist, bekommt viel mit. Klaus Plischke erfährt von einem Elternverein an der anthroposophisch orientierten Christophorus-Schule für Kinder mit kognitiver Behinderung bzw. Assistenzbedarf. Dieser Verein ist auf der Suche nach Perspektiven für die jungen Leute nach der Schulzeit. Der

Versuch, im Nachbarort eine sozialtherapeutische Einrichtung aufbauen zu können, scheiterte, und die Elterninitiative betrachtet es nun als Glücksfall, möglicherweise am Hofgut Oberfeld eine sozialtherapeutische Einrichtung verwirklichen zu können. Für die IDO gilt das ebenso. Sozialtherapie wäre eine bessere Voraussetzung, das gesamte Projekt voranbringen zu können. Eine Win-Win-Situation für beide. Der Elternverein wird in ‚Projekt Lebensweg e.V.' umbenannt. Man lotet gemeinsam konkrete Umsetzungsperspektiven aus und nimmt Kontakt zum Verein Heydemühle auf. Klaus Plischke war an dessen Gründung beteiligt. Wäre das ein möglicher Träger? Unterstützung bekommt man vom Staatssekretär, früher war er im Sozialministerium tätig – jetzt ist er ein Liberaler im CDU-geführten Landwirtschaftsministerium und besucht im Frühjahr 2004 das Oberfeld. Die Vorstellung des nun um Sozialtherapie erweiterten Projekts kommt bei ihm gut an. Trotzdem braucht es noch einen langen Atem. Die HLG zeigt sich nach wie vor ablehnend. Da die IDO kein Geld hat, ist sie an Pacht interessiert. Der von der HLG genannte Pachtpreis liegt fast vier mal höher als der vom Vorpächter verlangte.

Die IDO gibt nicht auf, sondern legt nach.

Neben dem Kontakt zur Politik muss eine andere Trumpfkarte ins Spiel gebracht und mit besseren Argumenten, auch mit Exkursionen und Vorträgen noch mehr Öffentlichkeitsarbeit betrieben werden. Es gibt viel zu tun. Klaus Plischke, der bei seinem Arbeitgeber, Software AG-Stiftung, regelmäßig von dem tollen entstehenden Projekt am Oberfeld berichtet und mit Interessierten den Ort des Geschehens bereits besichtigt hat, vereinbart ein erstes Treffen mit der Software AG-Stiftung. Die Heydemühle, der angedachte Träger für die Sozialtherapie am Hofgut, wird besucht, auch andere sozialtherapeutisch arbeitende Projekte und der Dottenfelder Hof, die Domäne Mechthildshausen. Bei den Besichtigungen sind der Staatssekretär, Vertreter der Software-AG-Stiftung, des Projekts Lebensweg und natürlich IDO-Mitglieder dabei.

Dass dieses Projekt etwas wird, daran zweifelt bei der IDO niemand. Nur wie?

In einem demokratisch geführten Gremium, dem Vereinsvorstand mit Interessierten, wird und muss kontrovers diskutiert werden, um alle Möglichkeiten zu sondieren. Es geht um die Frage, was gemacht wird, wenn die Software-AG-Stiftung kein Geld zur Verfügung stellt. Als Plan B könne man eine Aktiengesellschaft zum Kauf der Hofstelle gründen, wird vorgeschlagen. „Wenn es so nicht geht, dann eben anders." – „Eben, dann können wir doch gleich auf die Stiftung verzichten und mit ner starken BI die Stadt für Verhandlungen um den Pachtpreis einbinden." – „Oder ne Genossenschaft gründen." Es geht hin und her, auch in den Köpfen. Und ob tatsächlich dreißig Arbeitsplätze auf dem zukünftigen Hofgut eingerichtet werden können? Aber weil diese Frage nicht zum Thema passt, wird sie nicht ausgesprochen.

Sabine Busse, Berufsschullehrerin, schreibt wie immer fleißig Protokoll und wird es noch viele Jahre ohne Ermüdungserscheinung tun. Wirklich gute Protokolle, wird gesagt, schreibe sie. Selbst Außenstehende wüssten genau, worum es ging. Auch bei den Info-Ständen ist sie ganz oft präsent. Reiner Weischedel, Betriebswirt und Kassenwart, laut *Darmstädter Echo* die ‚ordnende Hand im Hintergrund', hat die Buchhaltung eingerichtet und stellt Spendenbescheinigungen für Mitglieder- und Gerichtsspenden aus. Aber dass es eines Tages eine Phase geben wird mit täglich ungefähr dreißig auszustellenden Spendenbescheinigungen, ist zu dem Zeitpunkt wahrhaftig nicht vorstellbar.

Immerhin führt die Vorstellung des inzwischen erstellten Realisierungskonzepts im Beisein des Staatssekretärs, der

HLG und zwei weiteren hochrangigen Beamten zu einem Bericht in der FAZ. Der Landwirtschaftsminister, so heißt es, stehe dem Projekt sehr aufgeschlossen gegenüber und der Staatssekretär unterstütze es. Das hört sich doch gut an. Die Abstimmung mit dem Finanzministerium müsse noch auf den Weg gebracht werden.

Auf den Weg wurde mittlerweile die Ausschreibung für die zukünftigen Landwirte gebracht. Nach den Präsentationen der Bewerber entscheidet sich die IDO eindeutig für die Gruppe um die Familien Goebel und Cuendet-Müller. Sie wollen einen Demeterbetrieb mit Milchviehhaltung, Saatgutvermehrung, Gärtnerei, Bäckerei, Käserei und Selbstvermarktung aufbauen. Bei einem weiteren Treffen wird im gut gefüllten Heiner-Lehr-Zentrum das Projekt der Öffentlichkeit vorgestellt und mit den Bewerbern diskutiert. Ob man denn überhaupt noch übers Oberfeld gehen könne, wenn dort Kühe weiden würden? Kritische Fragen gibt es ebenfalls. Flugblätter mit den Zielen der IDO werden verteilt, weiterhin Mitglieder geworben, auch am Stand in der Stadt.

Im Herbst gibt es Vorträge mit Fachreferenten zum Thema ‚Zukunft' mit einem Zukunftsforscher zur Notwendigkeit regionaler Selbstverwaltung, einem Landschaftsökologen zu Stadtplanung und Landschaftsökologie, mit Ernährungswissenschaftlerinnen zur Auswirkung der Ernährung auf die Gesundheit, mit dem Stadtarchivar zur Geschichte des Oberfelds, der Rosen- und Mathildenhöhe. Die letzte Veranstaltung ist eine Podiumsdiskussion mit Bürgergespräch im TU-Gästehaus. Das Oberfeld sei die ‚Seele von Darmstadt', schreibt das Echo hinterher, ein ‚schützenswertes Juwel'. In der Diskussion sei man sich so einig wie selten gewesen.

Danach, wie sonst auch, packen alle IDO-Mitglieder beim Aufräumen mit an. Es gibt nach wie vor jede Menge zu tun. Die

IDO will eine Stiftung für die Umwandlung der Domäne gründen. Einhunderttausend Euro Spenden liegen dafür bereits vor.
Im neuen Jahr kommt Unterstützung von Künstlern mit einem Projekt zur Huldigung des Oberfelds unter der Schirmherrschaft des Oberbürgermeisters. Ab Juni soll der Weg von der Stadt zum Oberfeld mit Installationen gewürdigt werden. Im Februar stellen Vertreter des Projekts Lebensweg e.V. und der IDO das Realisierungskonzept vor. Im April sind Dezernenten der Stadt anwesend bei Verhandlungen über den Kaufpreis der Hofstelle mit der HLG und dem Staatssekretär. Das Ergebnis wird allerdings unterschiedlich interpretiert und die Software-AG-Stiftung über den Verhandlungsstand informiert. Anfang Juni eröffnet der Oberbürgermeister die „Hommage an das Oberfeld" in der ‚Alten Meierei'. Der Blick wird wieder auf die Hofstelle gelenkt.

Um die Verhandlungen voran zu bringen, hatte die IDO der HLG ein erstes konkretes Kaufangebot vorgelegt. Laut Gutachten der HLG sollen eins Komma sieben Millionen Euro gezahlt werden. Die IDO stockt ihr Angebot um sechzig Prozent auf. Es geht trotzdem nicht weiter. Bei einem offiziellen Treffen mit Vertretern des Staatssekretärs, der HLG und der Software-AG-Stiftung als potentiellem Geldgeber, sagt der Stiftungsvertreter (das war mit der IDO so abgestimmt), dass ein Zweitgutachten üblich sei und fordert die IDO auf, ein weiteres Wertgutachten eines unabhängigen Taxators vorzulegen. Dies ist der Gutachtenausschuss der Stadt Darmstadt.

Mittlerweile ist es Herbst. Und wieder gibt es Vorträge. Den Abschlussvortrag über das Oberfeld-Projekt halten Klaus Plischke und Arnulf Rosenstock gemeinsam. „Wir waren ein tolles Gespann", wird Rosenstock siebzehn Jahre später sagen, und er meint damit nicht nur den gemeinsam gehaltenen Vortrag, sondern vor allem die unzähligen gemeinsam geführten Gespräche und Verhandlungen.

Wolfgang Schindler – sechsundreißig Jahre hat er bereits für die Meierei gearbeitet – weiß immer noch nicht, ob er von den neuen Pächtern, wenn es sie denn gibt, übernommen wird. Eberhard Vierlings Pacht endet zum ersten Juli. Aus der Gruppe der zukünftigen Landwirte steigt die zweite Familie aus, sie könne aus familiären Gründen nicht so lange warten. Bei der IDO hofft man, dass Kathrin und Thomas Goebel dabeibleiben. Noch haben wir das Jahr 2005. Noch gibt es kein weiteres Wertgutachten und keine Finanzierungszusage von der Software-AG-Stiftung.

2006–2013

So viele Menschen auf einmal hat das Hofgut Oberfeld noch nie gesehen. Der ‚Tag des offenen Hoftors' wird begangen. Ist die ehemalige Hofmeierei aus dem Dornröschenschlaf erwacht? Sonst stets verschlossen, tummeln sich nun Menschen auf dem Hof, spazieren zum ersten Mal in ihrem Leben um den Anger herum oder gehen nach so vielen Jahren wieder schnurstracks auf den alten Kuhstall zu – wie einst in Kindertagen beim Milchholen. Informationen gibt es am Stand der IDO, an Schautafeln und bei der Präsentation zur Geschichte des Hofes, zur IDO, den Verhandlungen, dem Durchbruch. Die Besucher können an Führungen über den Hof, durch den denkmalgeschützten alten Kuhstall und den Pferdestall teilnehmen. Angela ist dabei. Als Stadtkind durfte sie früher in den Pferdestall schauen. Jetzt schnuppert sie dort wieder den altbekannten Geruch. Mitten auf dem Anger liegen riesige Strohbunde, auf denen Kinder sich im Klettern üben dürfen. Und mitten in der Gästeschar sind auch solche, die schadenfroh warten: „Na, wollen wir mal gucken, wie schnell die sich verbrannt haben."

Der Oberbürgermeister freut sich, dass das ökosoziale Modellprojekt nun Wirklichkeit geworden ist: „Was lange währt, währt endlich gut", und erinnert an die langwierigen, schwierigen und teilweise schwierigsten Verhandlungen. Auch der Staatssekretär ist dabei. Musik erklingt, der Konzertchor singt. Viele Besucher stehen auf dem Anger und hören den verschiedenen Rednern zu, andere sitzen mit zum Verkauf angebotenen Getränken und selbstgefertigten Speisen gemütlich unter dem Vordach des alten Kuhstalls. Und dann heißt es bald: Schlüsselübergabe! Doch halt! So weit sind wir noch gar nicht!

2006 – das erste halbe Jahr wurde übersprungen. Das lang erwartete zweite Wertgutachten für das Hofareal liegt vor. 1,2 Millionen soll es kosten statt der bisher von der HLG geforderten 1,7. Die Verhandlungen ziehen sich. Erneut bittet die IDO den Staatssekretär um Hilfe, und dann einigt man sich auf einen Kaufpreis von 1,5 Millionen inklusive des Erwerbs der zwei verbliebenen Arbeiterhäuser in der Erbacher Straße. Die Software-AG-Stiftung sagt ihre Förderung zu. Zwischenzeitlich wurde zusammen mit Projekt Lebensweg eine Satzung erstellt und die von der IDO gegründete gemeinnützige Stiftung Hofgut Oberfeld kann den Kauf vornehmen. Dann wartet man auf die Stiftungsurkunde und Wolfgang Schindler immer noch auf die Übernahmezusage.

Aber jetzt ist auch das so weit. Thomas Goebel geht zur Werkstatt, wo er Wolfgang schon bei der ersten Besichtigung die Hand schüttelte. „Herr Schindler, wir würden Sie gerne übernehmen." Alles werde per Vertrag geregelt. „Da werrn merr uns schon einisch." Wolfgang mit seinem langjährigen Erfahrungsschatz bleibt dem Hof erhalten.

Alles klappt wie geplant. Die Stiftungsurkunde wird wenige

Tage vor der Pachtübergabe vom Regierungspräsidium ausgehändigt. Das Fest zum ‚offenen Hoftor' kann tatsächlich stattfinden: Sonntag, zweiter Juli 2006 ist es so weit. Draußen auf dem Anger, wo einst Halla ihre Runden drehte. Die Sonne scheint. Der Schlüssel ist gerade an das Pächterpaar überreicht worden. An Kathrin Goebel, promovierte Tierärztin, sie wird die Rindvieh- und Geflügelhaltung aufbauen, und an Thomas, Diplom- Agraringenieur, er kümmert sich um den biologisch-dynamischen Pflanzenbau, die Bauvorhaben der Landwirtschaft und Öffentlichkeitsarbeit. Beide absolvierten eine landwirtschaftliche Ausbildung und sammelten Berufserfahrung. „Dann weiß man", so Kathrin, „was geht und was nicht."

Den Übergabevertrag muss Thomas nun alleine unterschreiben – die früheren Mitbewerber waren abgesprungen. Noch gibt es keine einzige Kuh auf dem Hof, aber Lohn, Mist und Saatgut zu bezahlen. Noch stehen die Feldfrüchte der konventionellen Landwirtschaft auf dem Oberfeld. Sie werden nicht viel Geld einbringen, auch nicht die Ernte der folgenden drei Jahre – so lange dauert die Übergangszeit zur Anerkennung als Demeterbetrieb. Arbeit gibt es genug.

Direkt nach Familie Goebels Umzug in die Baracke des früheren Senior-Pächters wenige Tage nach dem Hoffest trifft man sich zur ersten Arbeitsbesprechung in der Werkstatt. „Und Männer, was ist zu tun?", fragt Wolfgang. „Ja, sag du mal", antwortet Thomas, du kennst dich hier aus." Und so, erzählte Wolfgang später, habe er im Sommer erst einmal gerade so weitergemacht wie bisher. Am dreizehnten Juli wird die Wintergerste gedroschen. Dann ist die Sommergerste dran. Wolfgang fährt wie immer den alten Mähdrescher. Mit dessen Macken kennt er sich aus. Thomas oder einige Helfer kommen mit Anhängern und bringen die Gerste zur Scheune.

Manchmal arbeiten Wolfgang und Thomas bei der Einlagerung des Getreides zusammen. Man lernt sich kennen.

Ende Juli – Starkregen hat wieder dem Zuckerrübenfeld zugesetzt. Thomas ist gerade dort, als das Unwetter aufzieht und an verschiedenen Stellen Wasser über Wege und Felder zu fließen beginnt, den Ackerboden, lehmigen Sand, mit sich reißend. Schnell holt er seine Kamera und kommt mit der Familie im Auto zurück. Das Gewitter steht direkt über ihnen. Ein Blitz verschmort die Autoantenne. Innerhalb kurzer Zeit fallen vierzig Liter Regen pro Quadratmeter, sodass sich an einer Stelle auf dem Zuckerrübenfeld bereits eine einhundert Meter lange und siebzig Zentimeter tiefe Rinne gebildet hat. Die Bodenstruktur und die Durchwurzelung des Bodens auf dem gesamten Feld muss dringend verbessert werden. Mit Pflug, Grubber und Scheibenegge wird in den nächsten Wochen auf dem bereits frei gewordenen Gerstenfeld die Aussaat der Klee-Luzerne-Gras-Mischung vorbereitet. Tief wurzelnder Klee und bis zu drei Meter tief wurzelnde Luzerne verbessern nicht nur die Bodenstruktur, sondern tragen auch zur Bodenfruchtbarkeit bei. Schon im Spätherbst beginnt das Oberfeld großflächig ein grünes Kleid zu tragen.

Der Verein Projekt Lebensweg mit dem Ziel, den Aufbau der Sozialtherapie zu fördern, möchte zur Öffentlichkeitsarbeit und zum Miteinander auf dem Hofgut beitragen und initiiert das nun wöchentlich geöffnete Sonntagscafé. Die Zeitung informiert, Flugblätter werden nachmittags auf der Rosenhöhe verteilt. Die Menschen kommen. Und es kommen immer mehr. Am ersten Sonntag vierzig, bald sind es doppelt so viele und mehr. Der Hof öffnet sich für die Stadt und die Stadtbewohner für den Hof. Interesse und Neugier bringen sie hierher. Und wenn sie einmal dort gewesen sind, in diesem liebevoll gestalteten Café, dann kommen sie wieder. Selbstgebackener

Kuchen und guter Kaffee werden unter freiem Himmel serviert mit Blick auf den Hof, die denkmalgeschützten Gebäude – den Charme des längst Vergangenen ausstrahlend: Ja, damals.

Seit August bereichern die ersten zehn Hofhühner das Geschehen, picken Krümel neben den Tischen und unterhalten die erfreuten Gäste. Gespräche werden geführt, Hof- und Feldführungen angeboten, Flyer für die ersten Feste, Veranstaltungen, Angebote verteilt, über Vorhaben, die Planung für den Bau des Hauses Lebensweg, dessen Spendenkampagne, die Einrichtung eines Cafés in der noch umzubauenden Schmiede wird berichtet. Rundbriefe mit weiteren Informationen werden von Thomas mittlerweile an dreihundert Interessierte versandt, auch an die vielen Helferinnen und Helfer für die geplanten Samstagseinsätze. Sie werden ehrenamtlich arbeiten. Was wäre der Anfang, was wäre das Hofgut ohne sie? IDO-Vorstand und -Mitglieder sind dabei, Interessierte aus dem Umfeld, die über Mundpropaganda oder beim Sonntagscafé davon erfahren. Zuerst muss aufgeräumt, einiges provisorisch hergerichtet, das Notwendige instandgesetzt und renoviert werden. Erst dann kann gebaut werden.

Am dritten Samstag im Juli beginnt die Arbeit im zugewucherten Garten auf dem Anger. Ein schön angelegter Bauerngarten ist das langfristige Ziel. Zunächst heißt es: alles freischneiden, hohes Gras mit der Sense mähen, Unkraut jäten, Gartenland umgraben und die als Zaun aufgestellten und zugewachsenen alten Verrieselungsrohre abmontieren. Auch beim Heuabladen helfen einige der bisher fünfzehn freiwilligen Helfer. Büsche und Bäume müssen freigeschnitten, Obst, Holunder, Pfirsiche, Pflaumen gepflückt und eingeweckt werden. Reinhard sorgt dafür, dass bald die von Efeu bewachsenen Bäume hinter dem alten Kuhstall freigeschnitten werden. Man trifft sich jeden zweiten Samstag um neun am Hoftor und arbeitet bis sechzehn Uhr. Für Verpflegung wird gesorgt und die Arbeit nicht knapp. Aufräumarbeiten in der Scheune und im alten Kuhstall stehen langfristig an, das eine oder andere Dach muss repariert werden.

Der Lernort Bauernhof hat gleich in den ersten Wochen eines der beiden Arbeiterhäuser in der Erbacher Straße bezogen. Kinderstühle und -tische werden organisiert und Dank der vielen Helferinnen und Helfern ist der Garten am Lernort schnell hergerichtet. ‚Stroh macht froh' und ‚Der Weg des Getreides vom Feld bis in den Bauch' lauten die ersten Angebote für kleine Gruppen. Im September zur Auftaktveranstaltung des Lernorts Bauernhof auf dem Anger, dem ‚Feldmeisterfest', kommen schon dreihundert Kinder! Die Plätze für Schulkinder sind bereits ausgebucht. Kinder – einst wurden sie auf dem Hof nicht gern gesehen. Nun beleben sie das neue Bild; auch Erwachsene – nicht wie vor Jahrzehnten die vielen landwirtschaftlichen Mitarbeiter. In der Landwirtschaft arbeitet man jetzt zu viert. Zu besonderen Anlässen, Residenzfestspielen, der Jubiläumsfeier des BUND, dem Erntedank-Fest auf dem Hofgut mit Posaunen, Köstlichkeiten, Musik, Kinderspielen und der Aktion ‚Zukunft säen' strömen Feierlustige, Kultur-, Projektinteressierte in Scharen herbei.

Und die ersten Kühe kommen! Gleich Anfang September betreten nach fünfunddreißigjähriger Pause zwei Kühe, von den Grünen gespendet, mit den Namen Doris und Ilse das Hofgut. Der Anfang für den Aufbau einer Rinderherde ist gemacht. Die Tiere gehören der vom Aussterben bedrohten Rasse des Deutschen Schwarzbunten Niederungsrinds an. Stolz tragen sie ihre Hörner und überwiegend schwarz sind sie gezeichnet. Ein Zweinutzungsrind, es liefert Milch und Fleisch. Allerdings nicht in den von der Hochleistungslandwirtschaft geforderten Mengen. Deshalb wurden sie wegrationalisiert. Im Ökolandbau sind diese Rinder wegen ihrer Fruchtbarkeit,

Robustheit und der Fähigkeit, auch geringwertige Pflanzen optimal zu verwerten, beliebt. Mit diesen Rindern möchte Katrin die Herde aufbauen. Sie wird sie täglich füttern und nach ihnen schauen. Provisorisch, bei den Samstagseinsätzen wurde dafür gesorgt, kommen die Kühe im hinteren Teil der Remise auf dem Hof unter. Auch drei Kälber dieser Rasse werden von einer Schule und Einzelpersonen gespendet. Die Gäste beim Sonntagscafé freuen sich über den neuen Blickfang auf dem Anger.

Dass die Arbeit jetzt erst richtig losgeht, darin sind sich auch die beiden bisherigen IDO-Vorsitzenden und nun im Vorstand der Stiftung Hofgut Oberfeld tätigen, Arnulf Rosenstock und Klaus Plischke einig – obwohl die Zeit davor schon genügend Kraft gekostet hatte.

Für die Stiftung gilt es, das vielfältige Gesamtprojekt zu koordinieren, sich also mit den Kooperationspartnern des Hofguts im vierzehntäglichen Turnus abzustimmen, verschiedene Interessen in Einklang – Demokratie kostet Zeit – und das Gesamtprojekt voran zu bringen. Auch die IDO begreift sich als Teil der Hofgemeinschaft und möchte die Entwicklung des Projekts, das man ins Leben gerufen hat, in den verschiedenen Bereichen fördern und unterstützen.

Die vom Projekt Lebensweg initiierte Spendenaktion für den Bau des Hauses Lebensweg nimmt dank der Unterstützung des Darmstädter Echos mit dem Spendenaufruf ‚Echo hilft' bereits Fahrt auf. Zweimal wöchentlich erscheinen Berichte zum Hofgut und zur Sozialtherapie. Die Spenden fließen und sie fließen weiterhin. Das Geld geht auf das Konto der Stiftung, die die Gesamtfinanzierung mit weiteren Krediten und Förderanträgen übernimmt und später das Haus Lebensweg an den Träger, die Heydenmühle, verpachten wird. Alle sind begeistert. Die IDO übernimmt die Abwicklung der

Spendenaktion. Für Reiner Weischedel beginnt jetzt die Zeit, in der er täglich ungefähr dreißig Spendenbescheinigungen ausstellen, verbuchen und die Spenderliste dem Echo übermitteln muss.

Im November werden sämtliche Zuckerrüben in der Rekordzeit von vier Tagen mit einem der größten Vollernter von einem Lohnunternehmen geerntet. Sonst hätte auch diese Maschine zusätzlich zu den Ablieferungskontingenten für Zuckerrüben dem vorherigen Pächter für nur eine Saison abgekauft werden müssen. Anfang Dezember findet der erste organisierte Adventsmarkt bei eher frühlingshaftem Wetter statt. Mehr als eintausend Besucher strömen herbei – durch die Spendenaktion ist das Hofgut Oberfeld in aller Munde. Rund einhundert selbstgebackene Kuchen, drei Eimer Waffelteig und ein riesiger Bottich voll Kürbissuppe waren hergestellt worden – am Abend ist alles Essbare ausverkauft. Auch betreute Jugendliche der Heydenmühle bieten die von ihnen hergestellten Produkte an und der Lernort Bauernhof bastelt Vogelfutterglocken mit Kindern.

Danach wird die Zeit für Konzept- und Koordinierungsarbeiten genutzt. Das Jahr geht zu Ende und die Spendenaktion noch einen Monat weiter. Ende Januar sind 300.000 Euro gespendet worden. Auf dem Hofgut ist man überwältigt: So viele Leute unterstützen die Sozialtherapie. Susann Zschau, Vorsitzende des Vereins Projekt Lebensweg, versendet ein herzliches Dankeschön an die Spender. Die Software-AG-Stiftung wird diesen Betrag noch verdoppeln und die Gesamtsumme den Grundstock für den Bau des Hauses Lebensweg auf dem Hofgut bilden.

Zwei Kälber haben bei der kleinen Rindviehherde in der Remise für Zuwachs gesorgt und im Pferdestall steht das neue Pensions-Pony. Sehr zur Freude der Sonntagsgäste. Auch Kathrin und Thomas, die keinen Familienbetrieb aufbauen wollen, sie hatten sich ja als Gruppe für das Projekt beworben, haben Verstärkung bekommen: Bereits bei öffentlichen IDO-Vorstandstreffen in den Jahren zuvor war er dabei gewesen und kam schon im Sommer zu den Arbeitseinsätzen samstags – auch in der Hoffnung, als Kind schon durfte er es bei Verwandten, vielleicht mal Trecker fahren zu können? Schon im Herbst kommt er zum Einsatz, und gleich im neuen Jahr wird er von Kathrin und Thomas gefragt, ob er nicht im Leitungsteam mitmachen wolle. Er hatte niemals daran gedacht, Will Schaumann, Diplombetriebswirt mit handwerklich-technischer Ausbildung und Erfahrungen im Bereich ökologischer Energiewirtschaft einschließlich Unternehmensführung, auch nicht daran, einmal Landwirt zu werden mit Pflichtversicherung in der landwirtschaftlichen Alterskasse. Dieses Projekt überzeugt ihn. Nur fürs Treckerfahren bleibt kaum noch Zeit.

Für die Landwirtschaft muss dringend eine Rechtsform gefunden, vor allem das Auskommen in den drei schwierigen Jahren des Übergangs gesichert werden. Die von der CDU geführte Landesregierung streicht während der aktuellen Legislaturperiode sämtliches Fördergeld für Bio-Landwirtschaft in Umstellung. Die Grünen im Stadtparlament stellen den Antrag, dem Hofgut für diesen Zeitraum die Pacht für städtisches Land – jedoch sind das nur zwanzig Hektar – auf dem Oberfeld zu erlassen. Alles andere muss rechtzeitig bezahlt werden. Die Frage ist nun, ob die Landwirtschaft an die Stiftung gebunden wird oder auf eigenen Füßen stehen soll? Als Genossenschaft oder Aktiengesellschaft?

Diese Verhandlungen mit den Projektpartnern auf dem Hof sind zeitraubend und manchmal schwierig. Aber Gremienarbeit, so Will, brauche Zeit und die nehme er sich, um Positionen auszuloten, zu vermitteln, Vertrauen aufzubauen. Doch irgendwann habe Basisdemokratie ihre Grenzen, nämlich dann, wenn alle mitreden, aber nicht die Verantwortung tragen wollen. Man einigt sich auf die Gründung der Hofgut Oberfeld Landwirtschaft AG (HOLAG), damit das Hofgut kein Familienunternehmen, sondern jeder austauschbar ist. Zudem finden sich bei dieser Rechtsform diejenigen, die viel Arbeit in das Projekt stecken, auch im entsprechenden Stimmrecht wieder: Die Entscheidungen trifft jetzt der Vorstand, mit Kathrin, Thomas und Will, nachdem man sich vorher mit dem Aufsichtsrat beraten hat. Bei dieser Aktiengesellschaft handelt es sich um eine sogenannte ‚kleine', nicht börsennotierte Aktiengesellschaft. Die Mitglieder sind namentlich bekannt – doch diese müssen noch gefunden werden.

Beim ersten Treffen denken die Interessenten an Beiträge von einigen hundert Euro. Der Vorstand hofft indessen auf ein Startkapital von 120.000. Ab einer Einzahlung von dreitausend Euro ist man dabei. Ende Mai schon, fast ein Jahr nach Projektbeginn, kommt ein Gründungskapital von knapp 300.000 Euro zustande. Rund dreißig Menschen, vor allem aus Darmstadt, haben dafür gesorgt. Aus der Bürgerinitiative ist nun ein Bürgerunternehmen hervorgegangen. Mit der Stiftung, die die Hofstelle erworben hat und Ackerflächen von Land, Stadt und Privatbesitzern pachtet und dann weiter an die Landwirtschaft verpachtet, wird eine Entwicklungskooperation eingegangen. Die Gemeinnützigkeit der Stiftung darf dabei nicht gefährdet werden und die gewerblich orientierte Landwirtschaft muss ihren Geschäftsbetrieb laufen lassen können.

Auf den Wiesen des Oberfeldes weidet seit dem Frühjahr die kleine Rinderherde mit einigen Kälbern. Entgegen allen Vorbehalten der Kritiker – problemlos. Genüsslich fressen die Tiere ihr Gras im Freien. Ein völlig neues, friedlich wirkendes Bild auf dem Oberfeld. Auch Gänse gehören ab diesem Jahr dazu, vorne bei der Streuobstwiese am Scheftheimer Weg, vis-à-vis die ersten sechzig Hühner im selbst gebauten mobilen Stall, die die Passanten zum Verweilen anhalten.

Die Landwirtschaft investiert in Bodenbearbeitung. Die ersten beiden Anschaffungen sind eine Mulchmaschine und ein Striegel für die mechanische Unkrautbekämpfung, Pestizide kommen nicht mehr auf den Acker, und als Drittes wird eine Espressomaschine gekauft. Das Sonntags-Café wurde von Projekt Lebensweg an die Landwirtschaft übergeben. Jetzt findet es wieder draußen auf dem Hof statt, während der kalten Jahreszeit in der Gesindestube, die dringend, einschließlich Gutsküche, renoviert werden muss. Finanzielle Unterstützung wird es dafür von der IDO, Verein Lebensweg und der Stiftung geben. Man schiebt gemeinsam an.

Thomas und Klaus organisieren die Arbeitseinsätze. Weitere Arbeiten warten. Um die Kühe auf dem Oberfeld füttern zu können, muss eine Raufe gebaut werden. Der Schafstall für den Lernort Bauernhof am Katharinenfalltorweg entsteht aus einem alten Stall und die alte, halb abgebrannte Feldscheunenruine wird abgetragen. Vierzig Festmeter Holz für die Beheizung des Holzofens, dem ‚Backes', müssen geschlagen werden, den eine Gruppe junger Menschen aus Europa – organisiert von der IDO über das erste Workcamp – unter Klaus' Anleitung im Sommer gebaut hat. Und er funktioniert. Bei den Festen ausprobiert, wird der Andrang gleich so groß sein, dass man mit dem Backen kaum hinterherkommt.

Auch die Zusammenarbeit für den Aufbau der Sozialtherapie mit der Heydenmühle kommt voran. Ab dem nächsten Jahr werden zehn zu Betreuende von der Heydenmühle mit ihren Betreuern zweimal wöchentlich für die Mitarbeiter*innen des Hofes kochen. Für das Sonntags-Café hat Verein Lebensweg einen kleinen Flohmarkt eingerichtet – den es heute in der Futterküche des alten Kuhstalls immer noch gibt. Einmal jährlich wird ein Sponsorenlauf über das Oberfeld zugunsten des Projekts organisiert. Jeder kann mitmachen. Die Landwirte bieten dazu Getränke und Essen auf dem Hof an. Inzwischen gibt es Kutschfahrten im Angebot und vor allem Reitunterricht, nach dem Motto ‚natürlicher Umgang mit dem Pferd', auch für Menschen mit Behinderung. Eine Pferdewirtin kümmert sich darum und um das Pferd, ein Fjordpferd – auch das ist neu.

Völlig neu, zusätzlich zu den Tieren auf dem Oberfeld, ist die pflanzliche Vielfalt und die Farbenpracht, die den Stadtbesuchern beim Spaziergang entgegenkommt. Breite bunte Blühstreifen rahmen die Getreidefelder ein, dazu gibt es drei Felder mit Ackerbohnenweiß, Sonnenblumengelb und Blaumohnrosa. Ein unvergesslicher Anblick. Ganz besonders dieses Feld in Rosa, umsäumt von Phaceliablau. Dort bei der Skulptur ‚Die Unbesiegbaren', wo zuerst die Autobahn und dann die Bundesstraße geplant worden war. Man stelle sich das einmal vor!

Die Ernte wird in diesem Sommer durch den vielen Regen erschwert, aber das Kleegras kann umso besser den Boden durchwurzeln, Nährstoffe aufnehmen, die im Heu konserviert werden. Zuletzt werden die Sonnenblumen geerntet wie das Getreide, die Ackerbohnen, der Mohn mit demselben alten Mähdrescher, der jeweils umgerüstet werden muss. Obwohl vieles gleich bleibt: Der Boden wird nach wie vor gepflügt, Getreide gesät, geerntet, gedroschen, Saatgetreide im Winter gereinigt. Auf die neuen Aufgaben kann Wolfgang sich gut umstellen. Zudem hatte er sich bei jemandem informiert – der in der biologisch-dynamischen Landwirtschaft tätig ist – und eine Idee bekommen, was anders gemacht wird. Auch beim Rühren des biologisch-dynamischen Hornmistpräparats in großen Eichenfässern, das die Bodenbelebung fördert und in homöopathischen Dosen auf dem Oberfeld mit einer Gebläsespritze ausgebracht wird, ist er dabei. Mittlerweile weiß er, wie alles läuft und lernt nach und nach die Menschen kennen. Da macht ihm die Arbeit immer noch Spaß. Die kleinen Kinder der Pächter schauen ab und an bei der Arbeit zu und staunen Wolfgang an. Sie werden dicke Freunde und beim zukünftigen Mittagessen in der Gesindestube wird man zusammensitzen.

Die Hühner fühlen sich in ihrem neuen Stall mit Auslauf wohl, die Rinder sind in das Provisorium unter der Remise zurückgekehrt, die Gänse bleiben vorerst noch auf dem Oberfeld. Das erste Rindfleisch aus eigener Haltung wird verkauft und weitere eigene Produkte, wie Eier, Kartoffeln, Brot, im überdachten Eingangsbereich zur ehemaligen Gesindestube oberhalb der Treppe während des Sonntags-Cafés im Winter. Während der Woche kann dort im Selbstbedienungsmodus eingekauft werden. Das sind die bescheidenen Anfänge des Hofladens!

Die Stiftung bringt die Spendenakquise weiter voran und hat über die Verwendung des Geldes für das Gesamtprojekt einen mit allen Partnern abgestimmtes Konzept entwickelt. Die Herrichtung des alten Kuhstalls für Veranstaltungen, der Umbau im Gutshaus, des Milchhauses, der Schmiede steht an. Auch der Meiereibach auf der Ostseite des Hofguts soll renaturiert werden. Wolfgang wird zur Unterstützung das Grundstück mulchen und das Bachbett schneiden. In den folgenden Jahren werden fünfundzwanzig Erlen dort gepflanzt und die Wasserqualität beginnt sich zu verbessern. Ein Hofbeleuchtungskonzept ist umgesetzt worden und, ganz wichtig, die Abrissgenehmigung für den alten Schweinestall liegt mittlerweile vor.

Gut vierzig Jahre zuvor war er noch der neue Stall gewesen,

nur zwanzig Jahre genutzt, dann zwanzig Jahre im Leerstand und jetzt wartet er auf den Hammerschlag. Die Kalenderblätter fallen wieder viel zu schnell. Im übernächsten Jahr wird er kommen, der Hammerschlag, und der Oberbürgermeister nach Begrüßung durch den Stiftungsvorsitzenden im Beisein von mehr als einhundert Förderern, Freunden und Interessierten mit diesem Hammerschlag den Abriss dieses Stalles einleiten – für den Bau des Hauses Lebensweg. Bis dahin wird wieder einiges geleistet worden sein.

Beim Lernort gibt es einen Gemüsegarten zum Ernten und Schmecken, außerdem Hühner und Schafe zum Anfassen und im Kurs, ‚Rund um die Kuh', eine Übungskuh aus Holz, die von den Kindern erfolgreich mit eigenen Händen gemolken wird.

In der Landwirtschaft ist der erste Auszubildende eingestellt worden. Die als Jungkuh zugekaufte Kuh, Inga, hat auf der Weide ganz alleine Zwillinge zur Welt gebracht. Die kleine Rinderherde ist auf zwanzig Tiere angewachsen. Mehr geht auch nicht, bevor der neue Kuhstall nicht gebaut ist. Der alte Kuhstall ist für eine sich frei im Stall bewegende Herde von Kühen mit Hörnern – die zudem täglich auf die gegenüber liegenden Straßenseite zum Beweiden des Oberfelds gebracht werden – nicht geeignet. Kathrins Ziel ist, robuste, gesunde Schwarzbunte Niederungsrinder zu züchten, die Fleisch und Milch bei Gras- und Heufütterung liefern und zehn Jahre oder älter werden dürfen. Es ist schwierig, Rinder dieser vom Aussterben bedrohten Tiere zu kaufen, insbesondere Bullen mit Hörnern, deshalb werden manchmal auch rotbunte Rinder hinzugekauft. Kathrin füttert sie alle täglich mit dem im Sommer auf den zwanzig Hektar hinzugepachteten Waldwiesen geerntetem Heu. Gleichzeitig kann sie sie besser kennenlernen und nach ihrem Wohlbefinden zu schauen. So auch beim Geflügel, bei Hühnern, Gänsen und Hähnchen. Auch dort stellt sich die Frage für sie, wo sie geeignete Küken und Junghennen für die Bioaufzucht herbekommen kann, mit dem Ziel keine Hochleistungs- sondern Zweinutzungstiere zu halten? Wann es Sinn macht, noch einen weiteren mobilen Stall für Hühner einzurichten, da immer mehr Darmstädter ihre Liebe zu den Hofguteiern entdecken? Welche Produkte zusätzlich über den Tresen des kleinen Verkaufswagens gereicht werden sollen? Was alles bei der Planung des neuen Kuhstalls zu beachten ist?

Auf dem Oberfeld gedeihen derweil die Feldfrüchte. Statt Ackerbohne, Sonnenblumen und Mohn werden jetzt im zweiten Jahr Erbsen angebaut, Getreide natürlich und immer wieder bunte Blühstreifen am Rand. Gedüngt wird mit Mist, dem Gold des Bauern, biologisch-dynamischen Präparaten und Gründünger, Leguminosen, die den Stickstoff aus der Luft fixieren und ihn den Kulturpflanzen zur Verfügung stellen, wie das Klee-Luzerne-Gras. Auch die Fruchtfolge – in den ersten Jahren ist sie sechsjährig – trägt zur Verbesserung der Fruchtbarkeit bei. Die Ernteerträge liegen vierzig Prozent unter denen der konventionellen Landwirtschaft mit niedrigeren Erzeugerpreisen – für preisgünstige Nahrungsmittel, von denen bekannt ist, dass sie eigentlich teuer sind, nur die Kosten woanders bezahlt werden. Und brauchen wir wirklich höhere Erträge, wenn jährlich achtzig bis einhundert Kilo Lebensmittel pro Kopf verschwendet werden?

Ab dem nächsten Jahr werden schon zwei Auszubildende auf dem Hof sein. Auch junge Frauen wollen in der Landwirtschaft arbeiten – und Praktikanten, deren Bewerberliste stets länger ist als der Bedarf.

Will sitzt im Gutshaus in seinem Büro gleich links hinter dem Haupteingang. Er arbeitet mit reduzierter Stundenzahl und kümmert sich um die Finanzen allgemein, langfristig um die Planung des gesamten Heizsystems. Die Stiftung hat die Landwirtschaft wegen der Möglichkeit, viel in Eigenleistung zu erbringen, mit der Erschließung der Hofstelle beauftragt. Nach einer Gutachtenerstellung wird man sich für eine Holzhackschnitzel-Heizung entscheiden, nicht für Gas. Heute ist man froh darüber. Aktuell ist Will mit der zunehmend Zeit in Anspruch nehmenden Werbung für Aktionäre beschäftigt. Für den Bau des neues Kuhstalls, des Hofladens, Cafés, der Bäckerei, werden weitere Einlagen benötigt. Der Aufwand lohne sich, denn die Anzahl der Aktionär*innen steige. Wenn man Geld für ein überzeugendes Projekt brauche, so Will, müsse man es klug vermitteln, dann fließe es einem auch zu. Flyer werden an Interessenten verschickt: ‚Eine Sache unterstützen, bei der der ökonomische Nutzen nicht alleine im Vordergrund steht ...' Mit der Umstellung auf ökologische Landwirtschaft nach Demeter-Richtlinien ohne Mineraldünger und Pestizide gehe es auch um Naturschutz, den Erhalt der Artenvielfalt, den respektvollen Umgang mit der Natur. Pflanzenbau und Tierhaltung mit weidenden Kühen auf dem Oberfeld werden aufeinander abgestimmt.

Bei der IDO hofft man, dass der Vorstand der HOLAG, Kathrin, Thomas, Will, bei diesem besonders hohen Arbeitspensum während der Projektaufbauphase die Kraft zum Durchhalten hat. Alle täglich anfallenden Arbeiten müssen ebenfalls erledigt werden. Thomas organisiert und leitet die Arbeitseinsätze und wird zudem noch nach Abschluss der Verhandlungen wegen des Bauplatzerwerbs durch die HOLAG die Bauleitung für den neuen Kuhstall übernehmen. Wie kann man den Vorstand beim Anschieben des Gesamtprojekts besser unterstützen? Und so kommt die Anfang 2009 geborene Idee der IDO, für die ehrenamtliche Eigenhilfe mit ihren Samstagseinsätzen eine ‚Bauhütte' zu gründen, gerade richtig. In einer Bauhütte nach mittelalterlichem Vorbild arbeiten viele ehrenamtlich tätige Menschen an Bauprojekten im weitesten Sinn, dazu gehört ebenfalls die Mitarbeit in der

Landwirtschaft und die Verköstigung. Somit ist es auch ein Anliegen der IDO, die zweimal wöchentlich für Mittagessen sorgende Kochgruppe der Heydenmühle zu unterstützen und das Angebot auf weitere Wochentage auszudehnen. Reiners Antrag für die Finanzierung einer professionellen Leitung dieser Bauhütte wird für drei Jahre von der IKEA Stiftung genehmigt. Grundsätzlich möchte die IDO zuerst möglichst viele Bauleistungen – die ohne die Beauftragung von Fachfirmen erledigt werden können – über ehrenamtliche Arbeit erledigen lassen.

Die Bauhüttenleitung übernimmt Günter Franke. Nach jahrelanger Tätigkeit im Chemiefirmen-Management in England war er nach Darmstadt zurückgekehrt und kam im Jahr zuvor zu den Samstagseinsätzen, um zu helfen. Vielleicht ergäbe es sich zudem, mal Trecker zu fahren? Bei ihm wird das ebenfalls nur gelegentlich klappen. Er bekommt zunächst einen Hofgut-Praktikantenvertrag. Dann ist er zuständig für die Koordinierung der Arbeitseinsätze – auch während der Woche, nach und nach auch für Praktikant*innen. Absprachen mit den Projektpartnern gilt es zu treffen, Flyer für die Arbeitseinsätze auszulegen, Einladungen mit Vorab-Informationen zu den anstehenden Arbeiten zu verschicken, für professionelle Anleitung bei der Mitarbeit am Bau zu sorgen.

Im Juni und Juli können einhundert Arbeitstage erbracht und im August, September schon doppelt so viele bei Umbauten in der Getreidescheune und Renovierungen an den Wohnbaracken, die jetzt Bungalows heißen; ebenso bei der Kartoffellese, beim Ampferstechen, Zurückschneiden von Hecken, beim Ausräumen des alten Schweinestalls und dem Abbau des Holzgebälks dort. Die asbesthaltigen Dachplatten werden durch eine Spezialfirma entsorgt. Zehn bis dreißig ehrenamtlich arbeitende Mitarbeiter sind bei den Einsätzen dabei. Viel Arbeit macht Appetit. Ergänzend zur Kochgruppe aus Projekt Lebensweg kocht jetzt Bärbel mit Sigrid und Gisela an zwei Tagen wöchentlich und freitags demnächst auch Marianne Janssen. Samstags bei den Arbeitseinsätzen läutet ebenfalls um halb eins die Glocke zum Mittagessen. Es helfen zusätzlich im Rahmen ihres sozialen Tages dreißig UPS-Zweigstellen-Mitarbeiter bei Betonierungsarbeiten, beim Sägen, Hacken, Holzstapeln, Kartoffelsortieren, auch ein Team von der EUMESAT ist dabei und eines von Alnatura beim Präparate rühren.

Ungefähr zur gleichen Zeit wie Günter, nämlich schon im Jahr zuvor, ist auch Hermann Deist gekommen, jetzt Rentner, vorher war er Ingenieur, ebenfalls am Trecker fahren interessiert – und bei ihm klappt es damit. Zumindest im ersten Jahr ist er in Feld und Wald unterwegs und sitzt tagelang auf dem Trecker. Im Frühjahr zum Striegeln, im Herbst zum Grubbern. Danach wartet eine neue Berufung auf ihn. Jens Müller und Catherine Cuendet, die früheren Mitbewerber, kommen zum Hofgut. Sie werden für einige Jahre dort arbeiten. Catherine betreibt selbständig Getreidezucht und Jens hat eine große, zwei Tonnen schwere Kiste im Gepäck: einen Holzbackofen aus Steinen mit dünner, schwarzer Metallschicht, der heute noch hinten rechts aus dem Ofenraum, dem einstigen Hühnerstall, herausragt.

Der bisher dort betriebene Backes ist zu klein und kommt später zum Lernort Bauernhof. Jens wird die Bäckerei aufbauen. Zunächst muss der neue Ofen auf einen Ständer gehievt werden, damit seine Bedienung von der Backstube aus möglich ist. Wer denn mauern könne, fragt Günter die mit ihm vor der Backstube stehende Gruppe ehrenamtlicher Mitarbeiter. Nur Hermann meldet sich schließlich, er hatte mal kurzzeitig für fünf DM in der Stunde beim Bau gejobbt und so baut er mit Günter zusammen den vier Meter hohen Schornstein für den neuen Backofen – erfolgreich. Beides ist noch heute funktionsfähig.

Dann werden Rezepte erprobt. Jens, laut Hermann ein Universaltalent, ist Diplom-Landwirt, kein Bäcker, hat aber als Kind im Schwarzwald begeistert bei Nachbarn beobachtet, wie Brot gebacken wird und sich diese Rezepte eingeprägt. Mit Klaus' Unterstützung werden Teigherstellung, Ofenanheizzeit, Holzmenge, Backzeit aufgeschrieben und die Backergebnisse dokumentiert. Nur einige wenige Sorten erreichen die Entwicklungsreife. Doch das reicht für die Installation des Regelbetriebs dienstags und donnerstags. Die Veredelung biologisch-dynamisch erzeugter landwirtschaftlicher Produkte auf dem Hofgut nimmt ihren Anfang.

Jens, der Bäcker, beginnt nachts um drei mit der Arbeit, und Hermann wird Ofenmeister. Er macht das Feuer und hilft bei der Teigherstellung. Damals noch in der Gutsküche. Um neun Uhr müssen sie fertig sein, weil dann das Kochteam fürs Mittagessen kommt. In Windeseile tragen sie die schweren mit Brotlaiben bestückten zwei Meter langen Brotbretter die manchmal vereiste Treppe von der Gesindestube hinunter. Und es kommt auch mal vor, dass ein Brett mitsamt den Brotlaiben wegrutscht. Glut und Asche werden aus dem Ofen geholt, die Brote hineingeschoben und das Backen beginnt. Anfangs schwankt die Qualität noch, hin und wieder sind die Laibe zu flach, aber die damalige Ökokundschaft am Verkaufswagen ist in dieser Phase nachsichtig und die Professionalisierung schreitet voran. Mit Unterstützung des Auszubildenden Alexander Kern – heute betreibt er die erste EU-zertifizierte mobile Geflügelschlachterei Hessens – kann bald zusätzlich auch samstags gebacken werden und mit der Hofladenöffnung werden heute noch täglich rund zweihundert Brote und zweihundert Brötchen gebacken.

Gemessen an der Arbeitsmenge, die bewältigt werden muss, kommen die neuen Jahre immer noch viel zu früh. Aber erst einmal steht der jährliche Neujahrsempfang für die an Samstagen oder während der Woche ehrenamtlich Arbeitenden im Februar als kleines Dankeschön an – Günter bedankt sich für die tolle geleistete Arbeit. Nachmittags bei Kaffee und Kuchen trifft man sich zum Austausch, Rückblick, zur Vorschau. Danach gibt es Abendessen und weiteres Beisammensein. Frauen, die sonst für das Sonntagscafé ehrenamtlich Kuchen backen – bei den Festen in der Gutsküche helfen oder samstags bei den Arbeitseinsätzen – sind dabei. Irmtraud, Bärbel, Liane, Lio, Doris, Ruth, Angela, Gisela, Tanja bereiten vormittags alles vor. Und nachmittags kommen Bernhard, Reinhard, Renate, Sigrid, Ulrich, Rolf, Jutta, Heinrich, Marianne, Rebecca ... und viele, viele mehr hinzu, die alle ehrenamtlich gearbeitet haben, auch die Mitarbeiterinnen und Mitarbeiter des Hofes und der IDO, zusätzlich zu ihrer sonstigen Arbeit.

Der Bauantrag für Haus Lebensweg ist von der Stiftung auf den Weg gebracht worden, der Bauantrag für den Kuhstall mit Käserei, die dazu gehörende Remise und Heubergehalle von den Landwirten. Gerne würden sie schon zum Herbst 2010 die Tiere im neuen Kuhstall unterbringen können. Doch es braucht Geduld. Auch die Erschließungsarbeiten nach dem von Will entworfenen Plan zur Energieversorgung kommen voran. Die Holzhackschnitzelheizung wird in die neue Remise gebaut, zur Versorgung der Wohnungen über der Käserei und der Gebäude auf dem Hof. Ein großes Rohr wird unter der Erbacher Straße verlegt. Täglich müssen Fragen zur Finanzierung geklärt werden. Ein Teil soll über Förderung, ein Teil über Kredit finanziert werden und möglichst viel über Eigenkapital. Es gibt bereits mehr als siebzig Aktionäre, Tendenz steigend. Wie viel Kredit tatsächlich benötigt wird, stellt sich während Wills

Urlaub heraus. Alles kann telefonisch geklärt werden, das Vertrauen der Vorstandsmitglieder untereinander ist groß. Während seiner Abwesenheit wird unterschrieben.

Doch zunächst sind noch andere Bauvorhaben umzusetzen. Mit Unterstützung einer Integrationsfirma, ehrenamtlich Arbeitenden, Mitarbeitern der Landwirtschaft, Praktikanten, Freiwilligen beginnt die Renovierung der Alten Schmiede im Innenbereich und damit der Ausbau des Hofcafés. Im Gutshaus wird eine Wohnung für die erste Gruppe der Sozialtherapie eingerichtet und in der Lücke zwischen Gutshaus und Backraum eine Backstube für die Teigherstellung im Rohbau erstellt – weitere Arbeiten erledigen Fachkräfte. Am Ende des Jahres werden die Arbeitsstunden von sechs Vollzeitarbeitskräften über ehrenamtliche Tätigkeit erwirtschaftet sein, auch hier Tendenz steigend. Wie bei einem Puzzle beginnen sich nach und nach die Lücken hier auf dem Hof zu schließen.

Die Rinderherde grast derweil friedlich auf dem Oberfeld, Hühner und Gänse gackern und schnattern vor sich hin. Die Ernte wird eingebracht – ab Mitte Juli immer mal wieder durch heftigen Regen unterbrochen – und weiterhin den vielen Gästen Kultur geboten: wieder ein Konzert der Residenzfestspiele vor dem alten Kuhstall, Theater, Kleinkunst, das Symposium ‚Wer ernährt die Zukunft?' und neben den üblichen Festen und Feiern die zweiten ‚Historischen Landarbeitstage'. Die Oldtimer Traktorparade mit fünfundsechzig Fahrzeugen führt mit tuckerndem Getöse rund um den Anger herum und dann übers Oberfeld. Holger hatte die Idee. Einige Exemplare des kleinen von ihm gewarteten Geräte- und Maschinenparks im Kuhstallkeller aus großherzoglicher und Staatsdomänen-Zeit werden im Einsatz vorgeführt, wie Sense, Mähbinder und die alte Dreschmaschine aus den vierziger Jahren. Vorne in der Scheune dürfen sich Interessierte am Dreschflegel beweisen. Wie mit einem Hauch zieht Hofgutgeschichte vorbei.

Und der Gemüseanbau auf dem Oberfeld ist in diesem Jahr gestartet, dessen Ernte nicht für den Verkauf auf dem Hof gedacht ist. ‚Saisongärten' lautet das Konzept der Landwirtschaft für den Gemüseanbau. Kleine Parzellen werden an interessierte Menschen aus der Stadt, an jung und alt, verpachtet. Im ersten Jahr sind es gut fünfzig, die Freude am Gärtnern und an gutem Gemüse haben. Jens ist zuständig. Er sorgt im Frühjahr für einen Teil der Aussaat und Bepflanzung und berät während der Pflege und des Wachstums – individuell wird nachgepflanzt. Das Hacken, Unkraut jäten und Gießen übernehmen die Gärtner*innen in eigener Verantwortung selber. Sonst wäre es schwierig gewesen, so viele Arbeitskräfte für diese Tätigkeit zu bekommen. Der frühere Pächter, Vierling senior, ging deshalb zum Spritzen von Herbiziden über. Doch diese Zeit ist zum Glück vorüber. Die Artenvielfalt soll nicht zerstört, sondern geschützt und gefördert werden.

Die Erschließungsvorbereitungen für den Kuhstallbau beginnen, nachdem die HOLAG den Bauplatz am Katharinenfalltorweg von der Stiftung per Erbpacht übernehmen konnte. Am Milchhaus am alten Kuhstall wird eifrig gewerkelt – zum Jahresende soll es bezugsfertig sein. Im Mai ist die Grundsteinlegung fürs Haus Lebensweg. Die Dreibrunnenquelle kann nach Sabine Busses Gestaltungsvorschlag mit Mitteln der Stadt umgestaltet werden. Der Bau des Hofladens in der alten Remise beginnt. Ab Sommer kommt ein Richtfest nach dem anderen und dann schon die Einweihung – des ersten von der HOLAG gebauten Gebäudes, das betont Will in seiner Rede. Es ist die für die Teigherstellung gebaute Backstube zur Veredelung des Oberfelder Getreides. Dank wird allen Mitwirkenden ausgesprochen. Im Ofenraum duften die Flammkuchen für die Gäste. Anfang Oktober eröffnet Thomas bereits den Hofladen, die beengte Zeit im Verkaufswagen vor dem Anger bei Hitze, Regen, Frost und klirrender Kälte sei vorbei. Er bedankt sich für den besonderen Einsatz des Verkaufs-Teams und Arnulf danach bei den Landwirten mit einer Flasche Schampus aus Rosenstocks Keller: zur rechtzeitigen Eröffnung hätten sie Tag und Nacht geschuftet.

Das rote Band wird durchgeschnitten. Die Kunden setzen ihre ersten Schritte in den Hofladen. Bestückt ist er mit einem breitem Angebot von regionalen und anderen Bioprodukten. Daneben soll das hofeigene Angebot nach und nach erweitert und hier vermarktet werden. Am Ende dieses Jahres sind acht Vollzeitstellen durch ehrenamtlich erfolgte Arbeitseinsätze erwirtschaftet. Das Konzept der IDO geht auf. Insgesamt sechs bezahlte dauerhafte Arbeitsplätze für Mitarbeiter*innen, zwei Auszubildende und Aushilfskräfte sind bisher im Bereich Laden und Café geschaffen worden.

Im Januar ziehen die zu Betreuenden ins Haus Lebensweg ein. ‚Herzlich Willkommen. Die Landwirte', steht auf einem Begrüßungs-Transparent. Auch ihre Betreuer*innen wohnen hier und in dem zum Schmuckstück renovierten Milchhaus. Das ist der Moment, auf den die Mitwirkenden im Verein Projekt Lebensweg gewartet haben: Nur die Werkstätten gibt es noch nicht. Die Bewohner werden jeden Tag zur Heydenmühle gefahren. Doch ‚noch nicht' heißt nicht nie.

Auch der lang ersehnte Spatenstich für den neuen Kuhstall erfolgt. Ungefähr dort, wo früher die alte abgebrannte Feldscheune stand. Frühlingsanfang, die Vögel zwitschern um die Wette. Kathrin begrüßt die mit einem Spaten ausgerüsteten Gäste: den Oberbürgermeister, den Aufsichtsrats-, den Stiftungsvorsitzenden, den Bauhüttenleiter und ‚Wolfgang Schindler, landwirtschaftlicher Mitarbeiter, bester Mann vom Hof'. Nach vierzig Jahren, fügt sie hinzu, werde es wieder Kühe auf dem Hof geben und der Kreislauf zwischen dem Kuhfutter liefernden Acker, das die Kühe fressen und dem Mist, das Gold des Bauern, der zum Acker zurückkehre, werde geschlossen. Das Richtfest im Oktober – die Dachkonstruktion des Stalls ist wahre Zimmermannskunst. Eine Birke thront zum Schmuck hoch oben am Dachstuhl. ‚Hier steht ein Haus fürs liebe Vieh', der Richtspruch beginnt, die Zuschauer spenden eifrig Beifall, das Glas des Zimmermanns zerklirrt nach Brauch und Sitte am Boden und nachdem die letzten guten Wünsche verklungen sind, hat Kathrin, da sie zukünftig ja auch fürs Futter im Kuhstall zuständig sei, die Aufgabe bekommen, das Buffet zu eröffnen.

Im Dezember kann die Kuh- und Rinderherde in den neuen Stall aufs wärmende Stroh und im August – die Innenarbeiten müssen im Kuhstall noch fertig gestellt werden – beginnt für die bisher nicht gemolkenen Kühe und einige frisch kalbende das Melken. Es braucht Geduld. Kühe sind Herdentiere und individuell unterschiedlich. Auch Inga, die mit acht Jahren bisher älteste Kuh, ist dabei und sie wird noch fünf Jahre älter werden – im Schnitt werden Hofgut-Kühe zehn – und viele Kälber bekommen. Imme, Jette und Inka leben heute noch in der Herde. Inga ist besonders unkompliziert und zutraulich. Beim Melken sind Kuh und Mensch sich sehr nahe und lernen sich gut kennen. Danach gehen die Kühe an den gefüllten Futtertrog, wo sie mit einer Verriegelung festgehalten werden, damit einmal am Tag alle in Ruhe fressen können und nicht höherrangige Kühe die anderen vertreiben.

Warum sollte man Kuh und Kalb voneinander trennen? Kathrin führt die muttergebundene Kälberaufzucht ein, für die früheren Ammenkühe war es besonders wichtig, bei ihren Kälbern bleiben zu dürfen. Nach der Geburt sind Kuh und Kalb für ein paar Tage zu zweit im Geburtsstall, dann acht Wochen mit anderen Mutterkühen und Kälbern in einem Stall zusammen und danach beginnt ganz vorsichtig die erste Phase des Loslassens, indem sich während des Weidegangs der Kühe vorübergehend Ammenkühe um die Kälber kümmern, aber gleich danach während der Stallzeit wieder die Mutterkühe. Nach ungefähr vier Monaten kommen die Kälber zu anderen Jungtieren. Es wird sorgsam geschaut. Was brauchen die Tiere? Was ist möglich?

Vier Kühe, verkündet Kathrin, Alma, Rosa, Wyka und Marie würden schon auf sie warten. Gemeint sind der nun seit zwei Jahren amtierende erste grüne Oberbürgermeister der Stadt, auf einem Bauernhof mit Melkerfahrung aufgewachsen, und der Aufsichtsratsvorsitzende der HOLAG. Ende September 2013 dürfen sie zusammen die Milchproduktion offiziell eröffnen. Statt mit einem Spaten ausgerüstet (wie beim Spatenstich), verschwinden sie jetzt mit einem Melkkittel im Melkstand und kehren schließlich mit einem großen gefüllten Litermaß zurück, um diese Milch vor wartendem Publikum vorzukosten. In der Molkerei und Käserei neben dem Kuhstall wird sie zukünftig in Flaschen gefüllt und zu leckeren Milchprodukten weiter verarbeitet. Nach über vierzig Jahren fließt auf dem Hofgut wieder Milch! Die Kundschaft bekommt sie jetzt nicht mehr wie einst per Kutsche geliefert oder direkt am Stall verkauft, sondern im Hofladen. Aber wie damals noch üblich, auch von Kühen mit Hörnern, von Kühen, die so sein dürfen wie sie sind. Nicht aus Hornloszucht oder mit ausgebrannten Hörnern. Deshalb hatte eine auf Ställe für Kühe mit Hörnern spezialisierte Firma beim Stallbau Regie geführt. Ein solcher Stall wird größer und teurer und die Kosten für Milch und deren Produkte steigen. Im Kuhstall kehrt Routine ein. Die Herde ist am Wachsen. Die Kundschaft entscheidet, welche Form der Landwirtschaft sie unterstützen möchte.

2014–2022

Am frühen Freitag Mittag herrscht vor dem Hofladen besonderer Betrieb. Die Milchprodukte aus der Käserei, das Brot des Oberfelder Getreides aus der Hofgut-Bäckerei sind sehr begehrt, aber zu haben. Knapp sind die Hofgut-Eier von vierhundert Hühnern. Eine Gruppe Eierkäufer wartet mit Blick auf das Hoftor vor dem Hofladen – dort wo der Außenbereich des Cafés beginnt – auf die frisch aus dem Stall mit einem Handwagen geholten Eier, und je länger sie warten, desto länger werden die Gesichter. Ein älterer Herr erzählt, dass er jeden Freitag zum Hofgut müsse, weil seine Frau immer nur die so gut schmeckenden Eier vom Hofgut haben wolle. Auf dem Riegerplatz mittwochs bekäme man billigeres Biobrot und auch Freilandeier, aber wisse man, sage seine Frau, was die Hühner dort zu fressen bekämen? Und ob die tatsächlich? Doch alle würden sich diese Eier nicht leisten können, gibt eine Frau vom Cafétisch neben dran zu bedenken. Das sei ja wohl eine Frage der Sozialpolitik, kontert jemand anderes. Einige nicken, andere schauen ungeduldig zum Hoftor. Als von Weitem die Praktikantin mit dem Handwagen zu sehen ist, hellen sich die Mienen der Wartenden auf.

Seitdem durch das Café und den Hofladen in besonderem Maße wieder Leben auf dem Hof ist, kommen manchmal Leute zum Hofgut – nicht nur freitags – die diesen lange nicht betreten haben. Männer, die aus dem Krieg zurückkamen und wie Hubert Titschka über der Schmiede schliefen, aber nur kurz geblieben sind und jetzt nur mal kurz gucken wollen. Oder ehemalige Lehrlinge von Irmgard Vierling. Und wenn sie dann zufällig Wolfgang sehen und der Name seines Vaters, Fritz Schindler, fällt, dann wird mit einem Schlag die

Vergangenheit wieder lebendig. Dann ziehen auch die anderen Mitarbeiter von früher – Bettin, Dapper, Meiermann – im Gespräch vorbei. Einige von den ehemaligen Lehrlingen sagen, dass sie wegen Irmgard Vierling nie mehr den Hof betreten wollten und andere loben sie in hohen Tönen, weil sie ohne das bei ihr Gelernte niemals ihre spätere Position erreicht hätten.

An den Tischen des Cafés sitzen Gäste bei Kaffee und Kuchen, unten picken die Hofhühner Krümel. Der Hahn ist nirgends zu sehen. Vor dem alten Kuhstall liegen große Strohbunde, auf denen Kinder mit Begeisterung herumklettern. Stroh macht froh. Links davon steht eine Flotte Mini-Traktoren, von denen einige eifrig von den Kleinkindern ausprobiert werden. Als Kathrin mittags nach Hause kommt, klingelt das Telefon: „Da sitzt ein Hahn an der Bushaltestelle, sagt die Stimme am anderen Ende der Leitung." – „Der darf das. Der kommt abends von alleine wieder zurück."

Jetzt gibt es einen für 800 Hühner ausgelegten mobilen Stall. Eigentlich wollte der Vorstand keinen größeren Hühnerstall, da dieser ungefähr zehn Hektar Ackerland benötigt. Aber wenn die Kundschaft es möchte. Östlich des Kuhstalls steht er, den neuesten Anforderungen der Demeter-Haltung entsprechend: Mit Schatten spendendem überdachten Wintergarten – später werden die Hühner den Schatten auch unter den neu gepflanzten Pappeln am Rande der Hühnerwiese finden – und einem Hahn für je fünfzig Hühner – fürs allgemeine Wohlbefinden. Und er warnt seine Hühner bei drohender Gefahr. Dafür wird ihm gedankt. Die männlichen Küken werden nach dem Schlüpfen nicht geschreddert, aber die Eier etwas teurer. Das, und vieles mehr, erfährt man bei Kathrins Führung rund um den Stall. Den Tieren soll es gut gehen.

Auch zum Thema ‚Oberfelder Brot' gibt es Informationen für Interessierte – zuerst übers Brot. Hermann, der ehrenamtliche Bäcker und Konditor, wartet bereits im Backraum auf die Gruppe. Um zu betreuende Praktikanten kümmert er sich ebenfalls. Schon als Kind habe er durch seine Oma in Norddeutschland Interesse am Backen bekommen, die auch einen Holzbackofen hatte, und durch seine Mutter an der Konditorei. Wie damals werden heute nach dem dreistündigen Heizen zunächst das schnell zu Backende, die Twister, dann das ‚Ausgehobene' und zum Schluss, wenn die Temperatur schon gesunken sei, Kastenbrot in den Ofen geschoben. Zur Weihnachtsfeier für die Mitarbeiter*innen kommen danach Gänse zum Garen bei Niedrig-Temperatur in den Ofen. Kuchen und Brötchen werden im Elektroofen neben dran gebacken. In der Kuchentheke im Hofladen stehen ‚Hermanns Köstlichkeiten' – Buchweizenrolle mit Preißelbeeren, Windbeutel mit Kirschsahne, Muffins mit Sahneklecks ... Damit verabschiedet sich Hermann von der Gruppe und mit Thomas, Traktor und Anhänger fährt die Gruppe dann vorbei am Stall Richtung Oberfeld.

Von Weitem schon sieht man, dass der Bulle Damenbesuch hat. Manchmal dauert es etwas länger und sie bleibt über Nacht. Dann liegen die beiden zunächst nebeneinander und käuen gemeinsam wieder. Zweimal täglich auf dem Weg zum Melkstand ziehen die Kühe an ihm vorbei. Dabei zeigt sich, ob eine Kuh gedeckt werden kann. Kathrin und ein Landwirt arbeiten zusammen beim Melken und Füttern und achten darauf. Hinter dem Stall liegt die Goldkuhle – der Misthaufen. Später, nachdem er ein Jahr verrotten konnte, wird der Mist auf das Oberfeld gestreut.

Den Tieren soll es gut gehen, den Pflanzen und Bodenlebewesen aber auch. Das Getreide ist gut am Wachsen, die Gerste weiter hinten am Wald zur Malzkaffeeherstellung, am Scheftheimer Weg die begrannte Weizen-Sorte, ‚Aszita', gegenüber liegend der Roggen, ‚Firmament'. Bio-Zuchtgetreide sei wichtig, betont Thomas, weil man völlig andere

Eigenschaften benötige, wie z.B. lange Halme beim Roggen zur Unterdrückung der Beikräuter. Das Dinkelfeld ist mit einem festen Stahlmattenzaun umgeben, ebenfalls die Erbsen – Wildschweine wissen, was gut schmeckt. Früher, das weiß Wolfgang, seien die Schäden eher gering gewesen.

Wenn man genau hinschaut, ist im Dinkelfeld eine kleine Abteilung zu sehen, ein Minifeld mit kleinsten Tüten und Wäscheklammern. Das ist der Arbeitsbereich von Catherine, der Dinkelzüchterin, die Dinkel mit Grannen züchtet, damit Wildschweine diesen nicht fressen können. Man müsse zudem Pflanzen stetig erneuern und unabhängig von den zehn Konzernen sein, die achtzig Prozent des genetischen Materials hinter Verschluss halten. Einschließlich Überprüfung dauere es fünfzehn Jahre bis eine neue Sorte gezogen wird. Aber wenn alles klappt, werden die Wildschweinzäune überflüssig.

Es geht zurück mit Trecker und Wagen, an der fünfjährig angelegten Dauerweide zur Kurzrasenbeweidung für die Kühe vorbei, deren Fladen in besonderem Maße zur Vermehrung der Bodenlebewesen, Fruchtbarkeit und Artenvielfalt beitragen. In einer Hand voll Erde sind mehr Lebewesen als Menschen auf dieser Welt, erläutert Thomas. Diese Lebewesen zersetzen das organische Material im Boden in Nährstoffe für die Pflanzen und tragen zur Vermehrung des Humus bei. Vorneweg der Regenwurm, der Erde verdauen und in Humus umwandeln kann.

Von Weitem sieht man schon die Saisongärten. Dort wächst nicht nur Gemüse, sondern auch das gesamte Saisongarten-Areal, weil zunehmendes Interesse am Gärtnern besteht.

Dort ist zudem dank Marianne Kissel-Lessers, Werner Lessers, Dorothee und Klaus Norths Initiative ein Saisongarten-Kochbuch gewachsen. Zuerst wurden Rezepte gesammelt. Hilfe für Illustration, Gestaltung und Rezepte kam von anderen Gärtner*innen hinzu und zum Jahresende 2012 ist das wunderschöne Buch fertig. Da sie sich für Arbeit interessieren, die ansteht, unterstützen Marianne und Werner im Frühjahr Jens beim Kartoffelpflanzen mit der Maschine, nach der Saison beim Aufräumen; nebenbei entsteht im Garten die Idee, ab und an mal Filme zu schauen. Alle rechtlichen Fragen zu Gema, Filmausleih, Kosten werden geklärt und seitdem laden sie einmal monatlich zur Filmreihe im Gutshaussaal ein, hin und wieder auch ins Kino in der Stadt: *Der Bauer mit den Regenwürmern, Das System Milch, Die Saatgut-Retter*, insgesamt zweiundsechzig Filme werden gezeigt, so lange, bis die Pandemie aufs Bremspedal treten wird. Diskussions- und Musikveranstaltungen im Gutshaussaal und im Freien vor dem alten Kuhstall kommen hinzu – ‚Treffpunkt Gutshaus' und ‚Sommer auf dem Hofgut Oberfeld' werden eine Institution. Was gibt es Schöneres, auch heute noch, als an lauen Sommerabenden auf dem Anger vor dem alten Kuhstall zu sitzen und Jazz-, Klezmer-, Tango Argentino- oder Tango Nuevo-Klängen zu lauschen. Die über dem Hof fliegenden Schwalben zwitschern dabei im Takt.

Am Ende des Jahres 2014 beendet Wolfgang nach 45-jähriger Tätigkeit seine Arbeit auf dem Hof, davon acht Jahre für die HOLAG; aber die gute Nachricht ist, er wird weiterhin gebraucht und bleibt als Honorarkraft. Es gibt keine Arbeit, die er nicht gerne gemacht hat. „Landwirtschaft ist kein Beruf, sondern Berufung", sagt Wolfgang. Sein Körper sei wie eine Batterie. Im Mai, Juni, wenn es am schönsten ist, lädt sie sich auf und im Winter bei Kälte, Regen und Schnee zehre er von dem geladenen „Batteriesystem". Auch bei den Bauarbeiten hat er mit angepackt. Thomas bezeichnet Wolfgang als „Glücksfall", und Kathrin fügt hinzu, er sei das Rückgrat für den Hof und ein soziales Naturtalent.

Die Glocke zum Mittagessen bimmelt. Man bedient sich

selber am Buffet und verteilt sich zwanglos an verschiedenen Tischen in der Gesindestube. Es gibt wie immer jeden Tag Salat, ein fleischliches und ein vegetarisches Hauptgericht mit Nachtisch. Flora, Bärbel, Josefin, Marianne Janssen und andere sind dafür verantwortlich, auch für die Bewirtung bei Veranstaltungen und der Suppenzubereitung für den Hofladen. Marianne wird langfristig die Leitung des Küchenteams übernehmen. Seit ihrer Pensionierung vor fünf Jahren ist es der ehemaligen Lehrerin eine Ehre, beim Hofgut ehrenamtlich zu arbeiten, und seitdem packt sie dort an, wo es nötig ist. Zunächst beim Verkauf im kleinen Wagen mit Vordach, dann im Hofladen, in der Küche bei der Zubereitung des Freitags-, dann des täglichen Mittagessens. Sie unterstützt die Praktikant*innenbetreuung, aktualisiert das Angebot für den Hofladen mit Fertiggerichten, Obatzder, Kochkäse, Variationen belegter Brote; das tägliche Mittagessen wird mit Smoothies ergänzt und samstags gebacken: von Ilo der Käsekuchen, von Christel der Schokokuchen und Bärbel ist mit ihren verschiedenen Kreationen schon länger als Backkönigin bekannt.

Ganz sorgfältig wird das Wachstum der Pflanzen beobachtet, wohl überlegt erfolgt die Auswahl. Nach dem trockenen Sommer 2015 gibt es eine achtjährige, nicht mehr eine sechsjährige, Fruchtfolge auf dem Oberfeld. Wenn erst später im August oder gar September ausgesät werden könne, sagt Thomas, schaffen es die Gräser nicht mehr, bis zum Winter gut anzuwachsen. Deshalb wird das wichtige Klee-Luzerne-Gras jetzt drei Jahre stehen gelassen. Es dient als Kuhfutter und das mehrfache Mähen unterdrückt Unkraut. Außerdem können Leguminosen wie Klee und Luzerne mit Hilfe von Bodenlebewesen jährlich 200 Kilo Stickstoff pro Hektar aus der Luft aufnehmen. Und in die hinterlassenen, einige Meter tiefen Luzerne-Wurzelgänge ziehen die zum Humusaufbau beitragenden Regenwürmer ein. Die Wasseraufnahme des Bodens verbessert sich. Viele andere, das Wachstum der Pflanzen befördernde Bodenlebewesen, profitieren davon. Im vierten Jahr wird Winterweizen – er dient auch dem Erosionsschutz – angebaut, dann folgen Sommergerste, Winterroggen, Sommererbse für die Hühner und ebenfalls zur Stickstoffanreicherung. Das Schlusslicht bildet der Winterdinkel. Zusätzlich wird in Wachstumspausen noch Gründünger ausgesät. Mit dieser Fruchtfolge komme der Humusaufbau voran. Das Potential dafür sei da, jedoch die Trockenheit bremse diesen Prozess aus.

Nur die notwendigen Arbeiten werden auf dem Hofgut erledigt. Wer abkömmlich ist, sitzt Ende Januar zum Betriebsausflug mit im Zug nach Berlin. Die Stimmung ist gut, Getränke und belegte Brötchen aus der Gutsküche werden verzehrt. Wolfgang ist dabei. So etwas hat er in seiner langjährigen Tätigkeit auf dem Hofgut noch nicht erlebt und solch einen ganz besonderen Anlass auch nicht: Dem Vorstand wird auf der Grünen Woche der ‚Bundespreis Ökologischer Landbau 2016' überreicht und fünfundzwanzig Mitarbeiter*innen sind dabei.

„Was die drei Betriebsleiter mit ihrem Team in nur neun Jahren geschaffen haben, sucht seinesgleichen", heißt es in der Demeter-Gratulation. Laut Laudatio anlässlich der Preisverleihung überzeugt das Hofgut durch Innovation, insbesondere mit der Bürgeraktiengesellschaft als Finanzierungsmodell, aber auch mit der muttergebundenen Kälberhaltung, der mobilen Hühnerhaltung sowie der Gemüseselbsternte, die ebenso ihren Betrag zur gläsernen Landwirtschaft leiste wie der Lernort Bauernhof und der überdachte Stalleinblick zum Kuhstall für Passanten. Alle von der IDO gesteckten Ziele sind erreicht.

Zuhause wird weiter gefeiert mit den mittlerweile einhundertzwanzig Aktionären auf der rechten Seite des Kuhstalls. Kälber und Kühe müssen für ein paar Stunden etwas zusammenrücken. Die Gäste sitzen auf Strohballen. Es gibt Punsch, Hofgut-Käsebrote, zur Unterhaltung Filme über die Preisvergabe, den Ausflug nach Berlin – und schöne Musik. Die Kühe lauschen andächtig und ertragen das bunte Treiben mit Gelassenheit. Im Sommer steht die nächste Feier an: das zehnjährige Jubiläum, an diesem Ort – wie es in der Zeitung heißt – der „wunderbaren Vielfalt“. Alle rund siebzig Mitarbeiter*innen, vierzig dauerhaft Beschäftigte und dreißig Aushilfskräfte, können dabei sein.

Wann ist es hinter dem alten Kuhstall am schönsten? Im Frühling, wenn die Baumgruppe den Winterschnitt abgeschlossen hat, wenn die Apfelbäume – auch die alten, knochige Gestalten – in zarter Blüte stehen und Alfred, Reinhard, Elisabeth, Erwin, Sigi, Sigrid, Marianne, Werner und die anderen die Baumscheiben von Unkraut befreien, mit Kompost düngen, junge Bäume streichen, alte Bäume stützen und stabilisieren? Oder im Sommer beim Sommerschnitt, wenn auch die Wasserschosse entfernt werden und die Turmfalken ihre Jungen in den Luftschlitzen des alten Kuhstalls groß füttern – laute Rufe vor ihrer Ankunft mit der Beute von sich gebend? Oder im Spätsommer, wenn sie ihrem Nachwuchs Flugstunden erteilen, Alfred den Rasen mäht, die anderen das Gras zusammenrechen, das Wachstum der Bäume begutachten, die anstehende Ernte betrachten, ausufernde Brombeeren am Waldrand wegschneiden, Sigrid die Brombeerhecke schön macht und Erwin schon an die Bearbeitung der Benjeshecke denkt? Oder beim Keltern vor dem Hofladen auf dem Anger? Wenn alles Wurmstichige und Faule mit fleißigen Händen aus den Äpfeln herausgeschnitten wird und der köstlichste frisch gepresste Saft aus der Presse zu tropfen beginnt. Die Kundschaft steht schon dort und wartet, nicht nur auf den

Saft, auch auf die besonderen Apfelsorten: von Zuccalmaglios Renette, Goldrenette aus Peasgood, Goldrenette Freiherr von Berlepsch – die Vergangenheit lässt grüßen. Die Baumgruppe ließ von einem Pomologen die alten Sorten bestimmen. Einige Bäume stammen noch aus großherzoglicher Zeit. Die Ergebnisse wurden dokumentiert, Schnittkurse organisiert, mit Hilfe von Spenden neue Bäume gekauft oder gezogen. Reinhard kann pfropfen. Elisabeth, Fachwirtin für Baumschnitt, inzwischen am Hofgut beschäftigt, leitet die Gruppe, teilt die Arbeit ein und verschickt die wöchentlichen Einladungen.

Ein Jahr zuvor, nachdem man bei den Ausgleichspflanzungen für den Bau der Wirtschaftsgebäude am Katharinenfalltorweg geholfen hatte, begann die ehrenamtlich arbeitende Baumgruppe ihre Arbeit aufzunehmen, mit Reinhard – er hatte bei den frühen Samstagseinsätzen schon den ersten Baumschnitt hinterm alten Kuhstall initiiert – Alfred, Sigi, Elisabeth und Marianne und Werner, die bei den Pflanzungen eine Helfergruppe anleiteten. Etwas später kamen noch Sigrid – früher war sie in Bärbels Mittagessen-Gruppe tätig – und Erwin hinzu, und immer mal wieder kommen neue Leute zur Verstärkung. Heute stehen hier insgesamt rund dreihundert Obstbäume, auch auf dem Anger bei den neuen Gebäuden, bei der Gänsewiese auf dem Oberfeld, deren Bewohner sich über Falläpfel freuen. Noch mehr freuen sie sich über heruntergefallene wilde Mirabellen. Beieinander sitzend recken sie dann ihre Hälse, schnabulieren genüsslich und wenn es zwölf Uhr schlägt, das soll vorgekommen sein, stehen sie auf und gehen ruhig und gelassen im Gänsemarsch davon.

Gänse brauchen Ruhe, vor allem wenn man etwas von ihnen möchte. Das musste auch Christiane lernen, als sie früher, nachdem sie tagsüber im Akkord Bilanzen erstellt hatte, abends völlig gestresst zum Oberfeld kam. Sie lernte eine besondere

Qualität dieser Tiere kennen, als sie die Gelegenheit bekam, beim-Gänse-in-den-Stall-bringen abends in der Dämmerung zu helfen. Gänse spüren sofort, ob man unruhig oder gestresst reagiert und es macht keinen Sinn, sie schnell Richtung Stall bewegen zu wollen, weil sie dann zur Seite driften oder gar zurückwatscheln. Erst wenn man selber ruhig und gelassen reagieren kann, hat man eine Chance. Deshalb werden sie gemächlich mit ausgestreckten Armen in der Dämmerung beim Mirabellenbaum abgeholt, und ganz langsam, ganz ruhig, ganz gelassen geht man hinter den schnatternden 250 Gänsen Richtung Stall, wo sie zunächst vor der offenen Stalltür stehenbleiben, fröhlich weiter schnatternd, als sei die Tür magisch verschlossen. Erst wenn eine der Gänse sich plötzlich, aber gemächlich nach vorne bewegt und den Stall betritt, gehen die anderen Gänse immer noch freundlich schnatternd, als würden sie sich etwas erzählen, hinterher – ja, jetzt gehen wir schlafen. Nach dieser Prozedur, was für eine Wohltat, war Christianes Im-Akkord-arbeiten-Stress im Nu verschwunden. Heute braucht sie die Gänsetherapie nicht mehr. Sie arbeitet bei der HOLAG, kümmert sie sich um die Bilanzen für die Jahreshauptversammlungen und die Lohnbuchhaltung.

Günter ist seit dem Auslaufen seines Dreijahresvertrags Stiftungsvorsitzender, bei der Stiftung angestellt und mit wenigen Stunden bei der IDO und Landwirtschaft, aber nach wie vor der Ansprechpartner für Helferinnen und Helfer. Seit Beendigung der Bauvorhaben gibt es keine Samstagseinsätze mehr – ehrenamtliche Arbeit wird aber weiterhin geleistet und weiterhin gibt es Praktikant*innen aus verschiedenen Einrichtungen zur Integration/Inklusion, auch von der Heydenmühle, und von Schulen. Es gibt einige, die länger bleiben, wie Max, der mit zehn Jahren ein zweiwöchiges Praktikum absolvierte und seitdem jedes Jahr in den Ferien in der Landwirtschaft und bei der Betreuung im Lernort hilft, oder

Alana, die ebenfalls nach dem Schulpraktikum immer wieder gekommen ist, dann die Ausbildung zur Demeter-Landwirtin abgeschlossem hat und jetzt bei den Kühen im Stall arbeitet. In der Küche ist vor dem Frühlingsfest, wie bei allen Festen, schwer was los. Am Tag zuvor werden mehrere Kisten Kartoffeln geschält, Eier in bestimmter Anzahl für die Kartoffelpuffer aufgeschlagen, damit am nächsten Tag der Teig schnell frisch zubereitet und dann im heißen Fett in großer Pfanne auf dem Hof bei den Gästen gebacken werden kann. Gemüse und Salat werden geputzt. Die in der Bäckerei bestellten Brote und Brötchen für die Bratwürste am Grill gilt es am nächsten Morgen zu schneiden, alles fertig zu machen und zu richten. Marianne hat Unterstützung von Helfer*innen aus Deutschland und aus aller Welt, von Doha, Brhani, Renate, Zainab und ehrenamtlich Arbeitenden. Wenn Bedarf ist, hilft sie bei der Ausbildungssuche und Familienzusammenführung. Bei sonstigen Veranstaltungen von fünfzig bis zweihundert Personen wird für Essen gesorgt, vom Menü für den Neujahrsempfang, dem Mittagessen für die Teilnehmer eines Symposiums bis zu belegten Brötchen bei der Jahreshauptversammlung der HOLAG 2018.

Ein besonders herzliches Dankeschön wurde dort von Kathrin und Thomas ausgesprochen. Das Personalkarussell hat sich gedreht und Will – der die Aktiengesellschaft maßgeblich mit aufgebaut hat – nach elf Jahren seine Vorstandsarbeit niedergelegt. Bis heute haben die Aktionär*innen keine Dividende für sich beansprucht. Man bekäme doch schon eine, sagte jemand im informellen Gespräch, man bräuchte nur mal übers Oberfeld zu schauen, auf die Tiere, die Saisongärten, das Blumenfeld, die Vielfalt auf dem Ackerland. Und die Kinder könnten dort jetzt in intakter Natur draußen sein. Der HOLAG-Gewinn wird weiterhin für die Entwicklung des Hofguts genutzt. Und es entwickelt sich weiter.

Wills Nachfolgerin wird Silke Kunkel, Leiterin des Hofladens mit bisher unbefristeter Stelle. Als Vorstandsmitglied hat sie eine vom Aufsichtsrat jeweils auf fünf Jahre befristete Stelle und zusätzlich auch die Leitung des Cafés und der Gutsküche mit insgesamt dreißig Beschäftigten übernommen. Für Personalentscheidungen, Dienstplan, Einarbeitung und Sortiment-Gestaltung ist sie zuständig und schnell in ihre neuen Aufgaben hineingewachsen. Als sie acht Jahre zuvor nach dem Studium medizinischer Kräuterheilkunde und mehreren Jahren Berufspraxis aus Neuseeland zurückkehrte, stieß sie bei der Suche nach Demeter-Eiern auf das Hofgut, bewarb sich sogleich auf eine Aushilfsstelle an der Käsetheke, übernahm danach die Leitung der Käsetheke und später die des Hofladens. Das Ladenteam beschreibt Silke als ‚melting pot', passend zur Vielfalt des Hofes. Einige, wie sie auch, haben vorher in ganz anderen Bereichen gearbeitet, wie Physiotherapie, Controlling, Psychologie, Biologie, Sozialpädagogik. Mehrere möchten nur auf einer Dreiviertel-, aber nur wenige auf einer Vierzig-Stunden-Stelle arbeiten, andere geringfügig beschäftigt – wie in der Familie eingebundene Menschen oder Studierende. Die Produktpalette habe sich in den letzten Jahren verändert, jetzt seien auch vegane Produkte erhältlich.

Seit der Preisverleihung gibt es weiterhin gute Nachrichten. Alle Erzeugnisse des Hofes können Tag für Tag über den Hofladen verkauft werden: durchschnittlich knapp zweihundert Kilo Backwaren, dreißig Kilo Fleisch und achthundert Eier, dazu werden täglich rund fünfhundert Liter Milch verarbeitet. Man braucht mehr Platz, sowohl im Café, als auch im Laden, vor allem einen Reiferaum für den besonders beliebten ‚Alten Gutskäse' – Erweiterung ist angesagt. Zwischen HOLAG, Stiftung und den Projektpartnern des Hofes laufen Verhandlungen – auch Ehrenamtler sind bei der Gremienarbeit eingebunden – Sabine seit 2010 und Werner bis

2020 im Stiftungsrat, Marianne und Reiner im Ausschuss der Projektpartner des Hofes, und schließlich kann die HOLAG von der Stiftung die Grundstücke pachten und die Gebäude kaufen: die Schmiede und die gesamte Nordseite der Remise, ebenso die Scheune, um dort eine eigene Getreidemühle für die bisher in fremden Mühlen gemahlenen gut fünfzig Tonnen Getreide aufzubauen.

Seit 2020 wird wieder gebaut und der pandemiebedingte Stillstand im Cafébetrieb genutzt. Die Mitarbeiter sind zu anderen Aufgaben bereit. Der bisher verschlossene hintere Raum des Cafés mit der alten Esse wird gemeinsam freigeschaufelt und renoviert. Ins Obergeschoss der Schmiede, vor siebzig Jahren befanden sich dort die Schlafräume der vielen Mitarbeiter, wird das HOLAG-Büro einziehen, dafür kann im Gutshaus eine Mitarbeiterwohnung für eine WG und für eine kleine Familie gebaut werden. Auf Schritt und Tritt begegne einem die Vergangenheit, stellt Thomas fest, der wie üblich die Bauleitung inne hat. Aus alten Dielenbrettern in der Scheune entsteht der Fußboden des neuen Büros und nach genaueren Untersuchungen der Denkmalschützer – bis zur letzten Farbschicht wurde alles abgekratzt – sollen die Balken des Fachwerks nun Ocker gestrichen werden.

Auch für Projekt Lebensweg beginnt eine neue Bauphase. Die Werkstattplätze kommen. In die Remise direkt gegenüber des neu verlängerten Hofladentraktes lässt die Stiftung ein Werkhaus mit Laden für Produkte aus Werkstätten für behinderte Menschen bauen. Günter hat die Bauleitung für diesen Bau inne, der nach seiner Vollendung an die Träger Heydenmühle und Nieder-Ramstädter Diakonie vermietet wird. Auch der Bau eines Gewächshauses mit weiteren Werkstattplätzen – mit der Diakonie als Träger – auf der anderen Straßenseite in der Nähe des neuen Kuhstalls ist geplant.

Nirgendwo gibt es Stillstand auf dem Hofgut. Obwohl Mutterkühe und Kälber gut zwei Monate ständig zusammen bleiben dürfen, beginnt die eine oder andere Kuh, nicht alle Mutterkühe, sie sind unterschiedlich, sehnsüchtig nach der Herde zu muhen, wenn diese ohne sie zur Weide geht. Da stets geschaut wird, ob vielleicht noch mehr möglich ist, lässt Kathrin auch die Kühe mit Kälbern zur Weide auf das Oberfeld gehen. Es gibt keine Probleme, die Kühe kennen den Weg und die Kälber gehen mit. Man kann nicht sagen, dass die Kühe getrieben werden. Stressfrei gehen sie zügig zur Weide, sie wollen ja zu ihrem Futter. Wenn man sie zu schnell antreibt, gerät die Herdenhierarchie durcheinander und führt zu unnötigen Rangeleien. Die Kühe kennen sich untereinander. Wenn zur kleinen Weide mit Gebüsch am Katharinenfalltorweg, wo die ‚trocken' stehenden Kühe, also die Kühe vor dem Kalben grasen, wieder eine Kuh gebracht wird, treten die anderen Kühe aus dem Gebüsch hervor und ‚begrüßen' den Neuankömmling mit Beschnuppern.

Seit die Kälber mit zur Weide kommen, gehen die Mütter mit den ganz kleinen ein bis zwei Wochen alten Kälbern zunächst hinten. Das ändert sich mit dem Wachstum der Kälber wieder. Kühe bringen den Kälbern frühzeitig das Gras fressen bei und auch noch einiges andere. Wenn sie merken, dass es zur Weide geht, halten die Mütter Ausschau nach ihren Kälbern, damit sie entsprechend der Herdenstruktur auf den Marsch gehen. Kathrin musste neulich schmunzeln, als Alma, eine Mutterkuh – die eigentlich weiter vorne geht – vergeblich immer wieder zu ihrem mit anderen Kälbern herumtollenden Kalb schaute, damit es endlich herkommt. Sie mussten deshalb auf dem Weg zur Weide weiter hinten in der Herde gehen. Einige Tage später kam das nicht mehr vor.

Gut vier Monate bleiben Kuh und Kalb zusammen auf der Weide und im Stall. In dieser Zeit trinkt ein Kalb von den fünf- bis sechstausend Litern Milch, die eine Hofgut-Kuh pro Jahr gibt, eintausend Liter Milch. Das gibt gesunde Kälber und später robuste, gesunde Kühe. Mehr sollen die mit Gras und Heu gefüttert Kühe auch nicht geben. Anders war es bei der einstigen Hofmeierei-Hochleistungskuh, Butterblume, vor einhundertdreißig Jahren. Bei ihr ging es um immer mehr. Hochleistungs-Kühe heute geben 10.000 Liter Milch pro Jahr bei einer Lebenserwartung von 4,6 Jahren. Die heutige höchste Leistung der Welt mit 35.000 Litern Milch jährlich, das sind einhundert Liter pro Tag, berichtet die Zeitschrift „Schweizer Bauer“, erbringe eine Kuh aus den USA, ein hornloses, knochiges Großeuterwesen. Wie viel soll und darf aus einer Kuh herausgeholt werden? Wie viel Ertrag aus dem Ackerboden? Wie viel sind die Menschen bereit, für gute Lebensmittel auszugeben? Wie viel können sie bezahlen? Fragen über Fragen. Heute werden nur 12,7 Prozent der privaten Konsumausgaben für Essen und alkoholfreie Getränke ausgegeben, vor ungefähr fünfzig Jahren lagen diese Ausgaben noch bei 25 Prozent.

Für viele kleinere Bauern war es vor einhundertdreißig Jahren üblich, die Kälber von den Kühen aufziehen zu lassen und gar nicht oder kaum Mineraldünger zu streuen. Jahrzehnte lang wurden sie dazu gedrängt und irgendwann war es normal und nicht mehr anders vorstellbar. Seit Einführung einer strengeren Düngeverordnung und besonders seit der Energiekrise, die den energieaufwändig hergestellten Stickstoff so teuer macht, steigt auch in der konventionellen Landwirtschaft wieder das Interesse an Gründünger, vor allem an Luzerne, der ‚Königin der Futterleguminosen‘, laut *agrarheute*. Nur mit Unterstützung der Sonne, sozusagen kostenlos, können Leguminosen Stickstoff binden. Was von Generationen vorher schon praktiziert wurde, wird wieder entdeckt.

Sie drücken und ziehen im Takt, einige schon sehr erfolgreich. Schüler*innen einer sechsten Klassen melken Eckie, die Übungskuh aus Holz mit Plastikeuter. ‚Von der Milch zur Butter', heißt der angebotene Drei-Stunden-Kurs des Lernorts Bauernhof. Zunächst gehen die Kinder zu den Kühen im neuen Kuhstall, schieben ihnen mit Kinderbesen das Grünfutter zum Futtertrog und gleichzeitig beobachten sie die Kühe genau: Dass sie Hörner haben, eine Kuh braun sei und ein größeres Euter habe, die anderen aber fast dunkel sind, wird festgestellt und freudig bemerkt, dass die Kälber bei den Kühen im Stall sein, bei den Müttern am Euter saugen und alle gemeinsam zur Weide dürfen. Kuhrassen werden anhand von Schautafeln erläutert, über Lebens- und Hochleistung wird gesprochen. Katharina, Diplom-Umweltpädagogin und Landwirtin, ermuntert die Kinder zum lebhaften Gespräch, zu Fragen. Wie alt Kühe werden, wie viel Milch sie geben, wie viel davon die Kälber bekommen und warum Biomilch teurer ist, wollen die Kinder wissen. Auch die Lernort-Hühner lernen sie kennen und die beiden Schafe, bevor zum Schluss – die Zeit verfliegt wie im Flug – die Kinder im Schüttelverfahren Butter aus Sahne herstellen. Mit Holzofenbrot wird sie von allen verkostet.

Es gibt verschiedene Angebote. Beim Kurs ‚Vom Korn zum Brot' gehen die Gruppen, wenn am Ende noch Zeit bleibt, in den Keller des alten Kuhstalls. Siebzig Jahre zuvor sortierte Waltraud per Hand Kartoffeln zum Verkauf und heute steht dort die kleine von Holger zusammengestellte historische Landmaschinensammlung – darunter die alte Drillmaschine für die Aussaat und die Dreschmaschine, um das Korn fürs Brot zu bekommen. Mit Fragen werden die Kinder an die Maschinen herangeführt und mit Gedankenspielen wird zur Geschichte übergeleitet. Fünf Mitarbeiter*innen auf drei festen Stellen und einige frei Arbeitende gibt es heute im Lernort Bauernhof. Überwiegend richten sich die Angebote an Kinder von Kitas bis zur Oberstufe – aber auch Erwachsenengruppen kommen gerne.

Wer Bäume pflanzt, arbeitet für die Zukunft. Im Januar dieses Jahres werden je 1.500 Bäume und Sträucher auf dem Oberfeld gepflanzt. Bei der Arbeitsbesprechung morgens in der neuen Remise ist Wolfgang Schindler noch dabei. Er wird sich, wie sonst auch, um den Maschinenpark kümmern, aber in wenigen Wochen nach dreiundfünfzigjähriger Tätigkeit auf diesem Hof – das hat vor ihm niemand geschafft – wohlverdient aufhören. Bei der Pflanzaktion sind Mitarbeiter*innen und Mitglieder der Baumgruppe dabei. André leitet das Projekt. Pflanzlöcher wurden vorgebohrt. Dann geht es an die Arbeit und mit Agroforst geht es der Zukunft entgegen, als Antwort auf zunehmend trockenere Jahre. Bekannt ist, dass sich dadurch langfristig das Mikroklima verbessert, unter Hecken und Bäumen ist es deutlich kühler. Studien gibt es dazu noch nicht. Früher jedoch war Agroforst selbstverständlich, mit Hecken und Bäumen das Land kleinstrukturierter und das Ökosystem dadurch stabiler. Und die Pächter*innen der inzwischen fünfhundert Saisongarten-Parzellen werden sich zusätzlich über Obstbäume und -sträucher freuen.

Seit die Kälber mit auf die Weide gehen, bilden sich an schönen Sommerabenden gerne Menschentrauben bei der Dauerweide der Kühe, insbesondere dort, wo die Kälber dicht beim Zaun stehen, Mensch und Tier sich von Angesicht zu Angesicht gegenüber, im stummen oder gesprochenen Dialog. Niedliche Kälbergesichter. Manchmal kommen andere Kälber hinzu und tollen im Kreis umeinander herum. Schweift der Blick über die große Weide, schaut man auf knapp vierzig Kühe, Salbei, Melisse, Aster, Bella und die mit zwölf Jahren beiden ältesten Kühe, Alma und Feine, stehen weiter vorne und sind gut zu erkennen, dazwischen verteilen sich dreizehn Kälber. Imme ist nicht dabei und einige trocken stehende Kühe sind auf einer anderen Weide. Alle sind am Grasen. Ein friedliches Bild, Ruhe ausstrahlend.

Am nächsten Tag kurz vor Mittag wird auf dem Hofgut ein Kalb geboren. Imme, die Mutterkuh, war deshalb am Vortag von der anderen Weide geholt worden. Kathrin hatte abends noch nach ihr geschaut, morgens ebenfalls und gesehen, dass alles gut laufen wird. Sollten Probleme vor der Geburt erkennbar sein, steht sie selbstverständlich auch nachts auf, um nach der Kuh zu schauen und ihr zu helfen. Als sie jetzt auf den Stall zugeht, sieht sie von Weitem schon das kleine Etwas, dem Imme mit der Zunge das Fell ableckt und das langsam versucht, auf seine noch wackligen Beine zu kommen. Die überwiegend schwarze Zeichnung des kleinen Kalbes ist unverkennbar. Es gehört zur vom Aussterben bedrohten Rasse des Deutschen Niederungsrinds, ursprünglich stammt es aus dem norddeutschen Küstenbereich. Imme ist die Mutter und Inga die Großmutter. Sie war die zutrauliche Kuh, zu der Kathrin eine besondere Beziehung hatte, weil sie zu den ersten Hofgutkühen gehörte und dreizehn Jahre alt wurde. Viele Kälber haben beide Kühe schon dem Hofgut geschenkt, dazu jährlich fünf- bis sechstausend Liter Milch. Diese Lebensleistung werden sie weitergeben. Mittlerweile hat es das Kalb geschafft, auf seine wackligen Beine zu kommen, dem mütterlichen Euter entgegen zu stolpern – und es beginnt zu trinken. Eine kleine helle Blesse ist vorne am Kopf zu sehen.

Dankeschön

Dieses Buch konnte nur mit Unterstützung zahlreicher hilfsbereiter Menschen entstehen – dafür bin ich sehr dankbar.

Mein Dank gilt
den Zeitzeug*innen Marie-Luise Baumert, Sigrid Breuer, Sabine Busse, Charly Carstens, Inka Correus-Jank, Matthias Engelbrecht, Doris Fröhlich, Günter Franke, Eleonore Hofmann, Marianne Janssen, Kurt Kretzschmar, Dr. Hans Joachim Landzettel, Harriet Martin, Angela Neye, Waltraud Palutkiewitzc, Klaus Plischke, Dr. Arnulf Rosenstock, Peter Schmidt, Hans Sachsse und Frau Dahm, Heinz Schneider mit Frau Scheu und Schneider jun., Armin Schwarm, Christiane Stender, Holger Stender, Hubert Titschka, Jutta Ungemach, Reiner Weischedel und
den Mitarbeiter*innen der ULB Darmstadt, des Hessischen Hauptstaatsarchivs Wiesbaden, des Staats- und Stadtarchivs Darmstadt sowie Maxi Jennifer Braun, Gemeindearchiv Weiterstadt, Heribert Gött, Stadtarchiv Langen; Dr. Niklas Napp, Rechercheinstitut Freiburg / s. Bundes-Militärarchiv; Prof. Dr. Dieter Schott, TU Darmstadt; Bernhard Schütz, Darmstädter Geschichtswerkstatt; Birgitt Bär, Beratung; Karin Walz, Journalistin.

Ganz besonders danke ich
dem Leiter des Stadtarchivs Darmstadt, Dr. Peter Engels, für seine Beratung, Marianne Kissel-Lesser und Dr. Werner Lesser fürs Korrekturlesen, für aktuelle Infos und ihre Beratung,
dem Zeitzeugen Wolfgang Schindler, der 53 Jahre in dritter Generation auf dem Hofgut arbeitete und mir den Weg in die Zeitgeschichte bis 1945 ebnete – ohne ihn hätte ich nicht zu schreiben begonnen,
der Bürgerinitiative IDO, die die Entstehung des Projekts, ‚Hofgut Oberfeld', ermöglichte, den Hofgutprojektpartnern sowie allen Mitarbeiter*innen, ehrenamtlich tätigen Helferinnen und Helfern des Hofguts, insbesondere dem Vorstand der HOLAG, Kathrin Goebel, Thomas Goebel, Silke Kunkel, Will Schaumann. Alle haben dieses Projekt mit aufgebaut und halten es am Laufen.
Ohne das Projekt ‚Hofgut Oberfeld' hätte ich nicht über diesen Hof geschrieben.

Fotos zur Geschichte des Hofguts Oberfeld

Das Gutshaus der Hofmeierei um 1910 / StAD

Das Gutshaus der ehemaligen Hofmeierei 1950 / HStAD

Hofgut Oberfeld – das Gutshaus heute / K-L/L

Der Sommerstall für Kühe (früher Erzeugerhaus) im Westen, 1961 / HStAD

Die betagte Wunderstute ‚Halla' (Mitte) ca. 1978 mit Wolfgang Schindler und einem ihr Gesellschaft leistenden Beistellpferd. / WS

Wolfgang Schindler bei der Ernte 1989 / WS

Blick von hinten auf die den alten Kuhstall, die Jauchezisterne und die Scheune / K-L/L

Blick auf den Hofladen und das Café, vom Hof aus gesehen / K-L/L

Ehrenamt – Bauhütte: Aktion ‚Zukunft säen' bei den Historischen Landarbeitstagen, 2010 / GF

Führung übers Oberfeld bei den Landarbeitstagen / K-L/L

Kühe auf dem Oberfeld / K-L/L

Wolfgang Schindler mit Paul, Sohn der Familie Goebel, Betriebsleitung, auf dem Weg zur Treckerparade /WS

Bei den Landarbeitstagen werden Präparate gerührt. / WS

Gänse auf der Streuobstwiese des Oberfelds / K-L/L

Wolfgang Schindler prüft den Reifezustand des Roggens / WS

Wolfgang Schindler beim Pflügen der Herbstfurche / K-L/L

Ehrenamt - Bauhütte: Der Bau des Backhauses / GF

Hühner auf dem Oberfeld im Winter / K-L/L

Ehrenamt – Bauhütte: Holzhacken für den Backofen / GF

Die Streuobstwiese hinter dem alten Kuhstall im Frühling / K-L/L

Bildnachweis:
HStAD: Hessisches Staatsarchiv Darmstadt
StAD: Stadtarchiv Darmstadt
GF: Günter Franke
K-L/L: Marianne Kissel-Lesser und Dr. Werner Lesser
WS: Wolfgang Schindler

Ebenfalls von Gisela Stammer erschienen:

Klara träumt von einem Ort, wo Himmel und Erde zusammenstoßen. Vor dem Hintergrund bäuerlicher Gepflogenheiten, der munteren Mitsprache eines ganzen Dorfes in allen Lebensfragen und zweier Weltkriege, ist es selbst für die willenstarke Klara nicht einfach, sich selbst treu zu bleiben.

Bauernkanari – Roman eines Jahrhundertlebens
ISBN 978-3-88132-319-2
12,90 €

Annegret ist 64 Jahre alt, als vergessen geglaubte Kriegserlebnisse ihr mit aller Macht ins Bewusstsein drängen. Um die Kontrolle zurückzugewinnen, beginnt sie zu schreiben: von der Flucht durch Ostpreußen und den Jahren auf einer russischen Kolchose; von harter Arbeit, Gewalt und Hunger, aber auch von Solidarität, Freundschaft und Momenten der Freude.

Heimlichmilch
Roman
ISBN 978-3-88132-991-0
12,90 €

Zwischen dem Schulalltag, den Kinderspielen im Heugebläse, ihren zu erledigenden Pflichten, der Landwirtschaft mit ihren Neuerungen und den Nachwirkungen des Krieges mit den Flüchtlingen aus dem Osten entwirft Gisela Stammer eine eindrückliche Momentaufnahme bundesdeutscher Geschichte im Jahre 1960. Zugleich erinnert sie daran, dass das Zusammenleben mit Flüchtlingen für Deutschland nichts Neues ist.

Heugebläse
Erzählung
ISBN 978-3-96045-024-5
12,90 €

Verlag Atelier im Bauernhaus
In der Bredenau 6
28870 Fischerhude
www.atelierbauernhaus.de